原野之上

王向明◎著

扬州市文艺创作引导资金项目作品

天津出版传媒集团
百花文艺出版社

图书在版编目（CIP）数据

原野之上 / 王向明著 . -- 天津 : 百花文艺出版社，2024.5
ISBN 978-7-5306-8811-3

Ⅰ . ①原… Ⅱ . ①王… Ⅲ . ①散文集 – 中国 – 当代
Ⅳ . ① I267

中国国家版本馆 CIP 数据核字 (2024) 第 086117 号

原野之上
YUANYE ZHI SHANG
王向明　著

出 版 人：薛印胜
责任编辑：魏　青
装帧设计：書點文化
出版发行：百花文艺出版社
地址：天津市和平区西康路 35 号　邮编：300051
电话传真：+86-22-23332651（发行部）
+86-22-23332656（总编室）
+86-22-23332478（邮购部）
主页：http://www.baihuawenyi.com
印刷：四川科德彩色数码科技有限公司
开本：880 毫米 ×1230 毫米　1/32
字数：194 千字
印张：7.75
版次：2024 年 5 月第 1 版
印次：2024 年 5 月第 1 次
定价：69.00 元

如有印装质量问题，请与四川科德彩色数码科技有限公司联系调换
地址：成都市郫都区成都现代工业港北片区港北二路 551 号
电话：028-88451797　邮编：610021

目录 Contents

无法抵达 /001

父亲的荒原 /014

原野之上 /032

在炉火中 /046

穿过胡同拥抱北京 /064

一个人的警务室 /080

随一条河流南下北上 /093

一滴水的光芒 /099

蒲公英花开 /116

仰望年多巴 /135

未曾送达的黑枸杞 /141

用爱守护回归的路 /145

一轮明月两地情 /149
开山是条狗 /153
巡特警队里的年轻人 /158
无声的耕耘 /162
守　门 /165
人在他乡逢小满 /167
心中的麦香 /172
父亲的一亩三分地 /176
成长最好的土壤 /179
寻味年雪 /182
来到扬州 /186
西山鹅声 /189
如水流过英雄城 /194
沿湖渔光 /220
风中的呜咽 /228
枣　树 /232
火　烧 /235
年味儿 /240

无法抵达

一

如果把人生中经历的时光对折，中点刚好落在我离开村庄的六月。

平原一望无际，麦田已经收割，脚脖子高的麦茬正式宣告夏收结束。秋播已经开始，大地的繁衍生息有着自己的节奏。人误地一时，地误人一年。这是光景在乡村的价值。生活在村庄的人们无法逃避在这种环境下耕作的命运，只能头顶烈日，在锄头的上下翻飞中，寻找生活给予他们多一点可能。

当然，他们也曾经用自己的青春与力量和现实抗争，试图通过一切可能的方式在自己的命运中寻求一种突破，一批又一批的人陆续从村庄走出去，从密不透风的庄稼地来到高楼林立的城市中心。城市，是每个乡村人对未来生活的向往，其中自然也包括我。

离开村庄之前，我对城市并没有具体的概念，如果非要说有，那就是有高楼，有汽车，而且不用干农活。这成了我逃离村庄最充分的理由。

我在一个清晨出发，太阳刚刚将眼睛睁开，布满血丝的眼睛将天空染得通红，给我的逃离渲染了一丝悲壮。我的离开并没有人知道，就像荒滩上肆意生长的杂草，被人随意拔掉一棵，周边草木依旧茂盛，看起来并无两样。

高考已在昨天结束，那些未答完的试卷在历经一个白天和黑夜之后，依然固执地在我的脑海里盘旋。题目下面的每一处空白，都是一个让人现出原形的照妖镜，聪明或平庸、偷懒或勤奋，在一张高考试卷面前没有任何隐藏。

在中原大地的乡村世界中，高考是农村人走向城市最为便捷的方式，这种思维几十年来一直在我生活的村庄根深蒂固。当然，人们认知中的“走进城市”，是一种体面的方式，风吹不着，雨淋不着，逢年过节衣锦还乡，绝非是外出靠出苦力讨生活之类的职业。

从这种意义上来说，我“走进城市”的方式表现得极为平庸。上交高考试卷的时候，不用阅卷老师打分，我就已经提前知道了结果。我被几张试卷判了死刑，以灰头土脸的模样，提前确定了自己与城市产生关联的方式。

时隔二十年之后，我一直对经七路纬三路交叉口记忆犹新，它就像我当时人生的十字路口，表面上有四个方向的选择，而真正容纳我的只有东北角的那个名叫“水记大排档”的夜市小吃摊。它容纳了我的身体，也包容着我对城市的所有好奇与向往。即便时至今日，它早已在城市化进程的拆迁中先变成砖头瓦砾，而后又被夷为平地，但在我心中的地位依然坚挺不衰，傲然地如同二七广场的纪念塔一样，成为深扎在我内心深处的城市地标，让我在无数个夜晚，行走在城市的街巷中，都会回想起那段烟雾缭绕的日子。烤肉混合着孜然的香味弥散在大街上，那是乡村从未出现过的味道，一定程度上，我把它们与城市画上了等号。因为即便是如此低端的饮食消费，村庄里也不可能出现，至少在当时，还是城市街头的专属。

对于生活来说，那是时间在大地上书写现实的生活表达，对于很多像我一样漂在城市的人来说，只是一个可以填饱肚子最为实惠的去处。我时常在客人散去之后，坐在门店前面的马路牙子上，看穿梭在城市道路上的人群，他们操着不同地方的口音，那些方言我无法判断属于哪里，但我知道，他们此刻与我同在一座城市。他们是食客，我是店里的伙计，我们从天南海北不约而同来到这里，在充满烟火气的烧烤摊上相遇，在很少有甚至没有语言的接触之后，依然以陌生人的身份各奔东西。这是我与城市的交流方式，也是与如我一样寄居在城市的外来人结识的方式。

二

没有人知道我去了城市，包括我的父亲母亲。时间刚进入二十一世纪，通讯的方式还比较有限，只有一些城里的人才有资格在腰间挎一部手机。手机笨重，功能也十分有限，仅仅支持打电话和发信息，但在当时，却是一种经济实力呈现给人们最直接的表现形式，不用任何修饰，简单干脆，一目了然。

对于农村人来说，手机是一种奢侈的存在，就是相对经济实惠的固定电话，父亲在努力两年之后，依然没有勇气向电信局提出申请。在这件事上，他总是在给自己找各种借口：家里还没有人出去，装了跟谁联系呢？城里也没有亲戚，装了有啥用呢？不用还要每个月交座机费，不划算，等孩子考上大学了再说吧……

其实父亲也曾动摇过，每次电信局的工作人员到村子里其他人家安装电话的时候，父亲总是有意无意试探性地问：“现在还要交初装费吗？每个月的座机费要是能取消就好了……”

因为没有电话，我没有办法通知家里人我去省城了，只是在离开校园的时候托同村的同学把信捎回家，告诉父母暑假里我决定在县城里找一份临时工的工作，为家里挣一点生活费。当然，这只是冠冕堂皇的理由，真实的原因是我无法面对父母，无法面对生活的村庄以及生活在那里的人。我没有勇气回到村里，不知道该如何回答七大姑八大姨对我高考情况的关心，只能以逃避者的姿态让自己保留最后的虚荣与尊严。

对家人来说，这其实不是一种商量，而是生硬的告知，简单、粗暴，不留任何商量的余地。我无法听到父亲反馈的意见。如果是我回到家里告诉他这消息，他自然是不同意。我早就知道会是这种结果，故意选择了先斩后奏。

我常在县城的街市上游荡，每看见一个挂“招工”牌子的饭馆或是店铺，都要走上前去打探一番，看他们是否还需要一个并没有任何工作经验的年轻人。在一次次被拒绝之后，我终于在一家店面不大的苍蝇馆子里找到了人生的第一份工作。狭窄、脏乱，仅能摆下几张桌子的饭馆，却让我以一种新的姿态与视角感受城乡之间的差别。在这个狭小的空间里，我的内心总是下意识地萌生一种自卑，尽管店里除了老板和老板娘，就只有我一个伙计，从城里人的角度来说，他们生活的状态并不鲜亮，但我依然从内心羡慕着他们，不是因为他们生活的崇高，而是因为面对城市的时候，我已习惯了仰视的角度，仰视城里的人、房子，甚至是路边的一草一木，归根结底，是我内心过于卑微。

即便如此，我并没有在这样的饭馆得以长久容身。不久之后，老板的小姨子也到姐姐的店里做帮手，让我显得有点多余。这个和我一样来自农村的姑娘，并没有人们对农村人认知中的朴素与善良，她白白胖胖的脸上藏着大量过剩的胶原蛋白，即便使出浑身力气也很难让一丝笑容在面颊上呈现。她总是以一种居高临下的态度对我指手画脚，即便我把原本油腻的地板和桌子擦得一尘不染，依然不能得到她的一个赞赏。她像是这个店的主人，直接取代了老板的地位，老板似乎并不在意，对我们的战争总是视而不见。

有一次我终于爆发了。那天晚上，我打扫完所有卫生，在收拾碗筷的时候，一个盛装调料的小碗不经意间掉在地上粉身碎骨。她竟然指着我的鼻子破口大骂，还带出了侮辱我母亲的脏话。如果说之前的所有负面情绪是堆积在内心的火药，那一句脏话成了引燃火药的导火索，我当着老板和老板娘的面一手掐着她的脖子死死地把她顶在墙上，另一只手下意识地抄起一个盘子就要往她脸上砸。

我的举动让所有人震惊，其中也包括我自己，我一向觉得自己是个相对文明的人，如此暴躁地对待一个乡下来的女人，还是人生中的第一次。好在老板反应快，从后面紧紧抱住了我的手臂。

结果自然不欢而散。我没有拿到一分钱的工钱，但我依然记得离开时的决绝，像是一个英雄悲情地离去，去寻找一个新的栖身之所。很长一段时间，我一直想不明白，一个乡下来的人为什么要对另一个乡下人如此傲慢与无理。直到我无数次看到某些公司或是小区的保安，经常对着快递员或是外卖小哥颐指气使，我隐约在其中看到了那个胖胖的女人。本是同病相怜的人，何必相互为难？

三

我在暗夜里行走，县城的夜晚并不沉寂，所幸是在夏天，有没有栖身之处对我影响并不是很大。商业街北口的一家烧烤摊已经结束一天的忙碌，我主动凑上前去，问摊位老板还要不要勤杂工。老板操着一口浓重的东北口音说，今天是最后一天出摊，明天就到郑州开店了。接下来的话我自己都有点不敢相信，面对这个只是刚见面的东北汉子，我竟然毫无防备地问："那你郑州的店要勤杂工吗？"

老板放下手里正在收拾的东西，一脸诧异地看着他面前瘦瘦弱弱的年轻人，愣了一会儿，突然笑了："要，咋不要呢，你去了我就要。"

在这之前，我并没有去过郑州，对这座城市的了解，全都来自某些商品上的地址备注，或是村里去过那里打工的人。他们总是把这座城市描述得天花乱坠，它的繁华与热闹，给了我不惧风险的勇气。

我知道这是一场赌注，但我总在内心怀揣着一种庆幸，认为不会那么倒霉遇到恶人。我问老板要了地址，他并没有太当回事，随口说了句："经七路纬三路交叉口东北角水记大排档。"他把这句话当作不经意间的玩笑，而我却当了真，平生第一次斗胆去了省城。

四

从城市的角度来讲，郑州并不是第一个闯进我生活的地方。在关中平原西部，还有个叫宝鸡的城市，至今我也没有机会去过，但丝毫不影响她在我的生活里野蛮生长三十多年。

我的出生地，在河南北部的一个小村庄，距离县城算不上十分遥远，但在二十世纪九十年代，骑自行车或是赶马车，至少需要半个上午才能抵达。因为交通不便和观念上的差距，农村人很少进城，城市里的人也很少过来。

我们家住的胡同有四户人家，除了我们之外，其他三户邻居都有城里的亲戚。逢年过节的时候，时不时有桑塔纳或是吉普车开进胡同。这是胡同最热闹的时刻，车子像是一条横在城市与乡村之间的界碑，车屁股后面汽油尾气的味道，是我最早理解的城市味道。它像是注入小村庄的兴奋剂，刺激着我身体内部的每个细胞。

每次车子离开，我们都会追着汽车跑出去很远，直到我们的泥腿被车轮远远甩在身后，看不见车子的尾灯，才意犹未尽地停下脚步。我们追的不是汽车，而是对城市的向往，渴望汽油的味道从鼻腔进入五脏六腑，改变自己作为农村人的基因。

城市到底什么样，有高山吗？有河流吗？需要日复一日下地干活吗？走进城市之前，这些好奇一直充斥在我的脑海里。

五六岁的时候，得知有一个姑姑生活在宝鸡，虽然在这之前我压根没见过她，但并不影响我因此产生的兴奋和躁动。我终于跟城市发生血脉上的联系，虽然遥不可及，但内心始终狂喜不已。

很长一段时间，只要不上学，我都会守在胡同口，期盼有一辆冒着尾气的汽车从远处驶来，拐进胡同，“嘎吱”一声停在我家的门口。很多时候，我甚至还会专门跑到村口，盯着路上为数不多的汽车，心里一遍遍祈祷：开过来吧，开过来吧，快开到村子里吧！绝大多数时候，都是失望的，我闻着那飘然而去的城市味道，一次次兴奋变成一次次失落。

也有好几次，我的祈祷是有作用的，车子真的开进了我生活的村庄，并一点点靠近我住的那条胡同，但又是一次次失望，车子最终停在了我邻居家的门前。我闻着汽油味带来的那点城市味道，失落地坐在院子里的板凳上。还有一次，汽车在前面飞奔，我光着脚在尘土飞扬的马路上追。车子拐进了胡同，开到第一家的时候，我祈祷，往前开，往前开；开到第二家的时候，我祈祷，往前开，往前开；开到第三家的时候，我的心开始怦怦地跳，脸也开始红热起来，肯定是我的姑姑来了，停下吧，停下吧。车子真的停下了，不偏不倚停在那个破旧的院落门口，车还没停稳，我就站在了车门位置，汽油味扑面而来，第一次感觉自己跟城市的关系那么密切。

车里的人没下车，隔着窗户问我：“你知道哪个是某某家吗？”我像是在美梦中惊醒一样，整个身体都处于麻木状态，伸手指了指胡同最里面的一家。我开始怀疑我是不是真有这么个姑姑，一次又一次跟父亲确认，父亲说：“跟你说过多少次了，你姑在宝鸡。”

直到一个陌生女人出现在我家门口，父亲热情地往家里迎，并催促我“赶紧去给你姑倒水”，我才算真正见到传说中的姑姑。同来的还有一个留着和鲁迅一样胡子的男人，后来知道，那是我姑父。他们没有开车，步行过来的，这让我有些失望。城里的人不都是开汽车的吗？我的这点失望很快被另一个兴奋点燃，姑父说，他是开火车的。

那个我第一次见的男人，形象瞬间高大起来。很短的一段时间，我姑父开火车的消息很快传遍了胡同，传遍了我所在的村庄。从此，我走路的姿势也开始自信起来，我不但有了城里的亲戚，还有一个会开火车的姑父，足以让全村同龄的小伙伴投来羡慕的目光。甚至有人想欺负我的时候，有人会主动替我说话："别惹他，他会叫他姑父拉一火车人来揍你。"

比姑姑到来还要让我兴奋的，是他们想把我带走。这不是官方消息，只是听一个邻居说的。姑姑结婚几年，一直没有孩子。我家兄妹三人，我排行老二，他们想把我带到宝鸡去，当作自己的孩子。得到这个消息的时候，我丝毫没有要背井离乡的苦闷和要被父母遗弃的痛苦,反倒是内心夜以继日充满期待。

我终于要离开农村了，要去那座叫宝鸡的城市，终于不用追着汽车才能闻到那心驰神往的汽油的味道。我要扔掉母亲用红色的花布给我缝制的棉布书包，把脚上那双被大脚趾顶破的布鞋扔进村口填满垃圾的小河，我不要再穿带着补丁的衣服。我将有一个带着双肩背带的书包，穿上一双洁白的旅游鞋，每天把头发洗得柔软蓬松，用牛奶面包代替早饭的玉米糊糊。

姑姑走后却再也没有回来。我说出去的那些引以为傲的话，重新回归笑话的本身。我又听说，是我母亲不同意姑姑把我带走，为此我气冲冲地推开家门，质问正在擀面条的母亲，凭什么不让姑姑带我走。母亲停顿一下，不急不恼："别听村里人瞎说。"

五

种子一旦发芽，便开始疯狂成长，那种成长，是野蛮的、没有章法的。在这之前，我没离开过村庄，甚至连乡里都没去过。但我知道，距离村子东南方向大概十里地的地方，有一个火车站。

对我来说，火车已经不单纯是一种交通工具，更是我走向远方逃离村庄的捷径。在一个周末的午后，我走出胡同，走出村庄，一路摸索着找到了那个传说中的火车站。令我意外的是，火车站竟然没有乘客，也看不到火车，直到太阳快落山的时候，才有一列火车徐徐停下，依然没有人上车下车，单纯卸下来一批货物后，又冒着浓烟启动，驶向远方。

太阳躲进最后一片晚霞，我也未能如期待那样看见载满乘客的火车，更没有见到我想象中意气风发开火车的姑父。在这之前，我想了很多场景：火车停下来，我像风一样地跑过去，冲着火车头里那个留着鲁迅一样胡须的男人欢呼，他看见我后先是惊讶，然后咧嘴露出满嘴的牙，一把推开火车驾驶室的门，一个箭步跳来，把我举过头顶，然后再在空中转上几个圈，等乘客全上了车，把我抱进驾驶室，一路带到宝鸡；我甚至还想象了另一种情形，要是看门的保安不让我进去，我就趁他不注意，找个空当“嗖”地一下溜进去，即便是被他逮住，哪怕咬伤他的胳膊也要冲进站台，只要见到姑父，什么问题都解决了……

夜幕来临的时候，我想象中的场景一个也没有出现。那列满载货物的火车已经走远，连车顶烟囱里冒出的白烟都被夜幕笼罩。我踩着火车道上的枕木和石子，脑子里还在想着与宝鸡关联的东西。这些石头是从宝鸡的山上采过来的吗？那枕木会不会也是那里的山上长的？要是沿着火车道一直往西走，能见到姑姑吗？

在当时很长的一段时间里，我对母亲都心怀抵触，在心里埋怨她为什么不让我随姑姑去城里生活。直到我自己有了子女，才算真正理解母亲，为人父母，谁会把自己的孩子送给别人养呢？

六

时间给人生赋予了更多色彩和可能。离开村庄的这些年，我陆陆续续去过很多城市，有的久居，有的逗留，也有的仅仅是路过，我是城市的过客，城市也是我的过客。南下北上中，我在走进城市与回到村庄中不断切换，一次次与城市无限接近，却始终在钢筋混凝土中难以寻找到归属感的顶点。村庄如同一个收放自如的风筝线，时刻保留着将我收回的能力。即便我已在城市安家落户、娶妻生子，有了与在村庄同样长达二十年的生活经历，但当别人问我是哪里人时，我依然会下意识说出河南北部那个小县城的名字。无论我在城市里被贴上多少种不同类型的标签，在内心深处，我生活过的村庄依然具有无法撼动的地位。

我变成了一只风筝，从乡村的原野飘在满是高楼的城市上空，煞有介事地认为自己早已脱离了泥腿子的俗气，却忽略了村庄是放风筝的高手，任凭我飞得再高再远，她站在大地上的烟火气里，每往回收一收手中的线，我就得乖乖跟着她的节奏一点点降落，最后栖息在长满庄稼的泥土里。

城市与村庄在长达二十年的斗争与较量之下，最终以明显的劣势败下阵来。这让我不得不承认，在村庄的牵绊之中，我始终无法在城市中实现一种精神上的抵达。高楼大厦只是安放了我的时间和肉身，远去的乡土却始终霸占着我的灵魂。疲惫的时候，站在城市的楼宇中，总会在不经意间想起曾经被自己无比嫌弃的那个破败的庭院，想起平原上那几亩郁郁葱葱的农田。

在我的户口还没有从村里迁走的时候，我是村庄的村民，和生活在那里的每一个人一样，我的名下分有将近两亩大小的农田。我在田地里播下农作物的种子，收获一季又一季的粮食；我也在那里耕耘时光，肥沃的土地给童年往事提供了大量给养，天然的雨露如甘醇一样让岁月茁壮成长，四季一轮轮往复更迭，这些如乡村烟火一样的日常，在若干年后的城市生活当中，一点一滴汇聚成回望村庄的动力源泉。

没有特殊情况，每年我都要从城市回到村庄。这些年，城市在发生着巨大的变化，乡村也没有停下脚步。尤其是近几年，国家对新农村建设越来越重视，农民的收入越来越多，物质条件越来越好，生活质量越来越高，村里盖楼由原来的两层变成了三层。

每次回到村庄，左邻右舍都下意识催促我说："你也是在城市里混的，老家的房子就是脸面，不把房子翻盖一下，你爸你妈在村里显得多没面子。"父亲也有此意，旁敲侧击地给我敲边鼓，我每次都含含糊糊给挡了回去。

我不同意翻建老屋，不单是因为来自经济上的压力，更重要的是，我越来越无法回避一个现实，坐落在村庄之中的这几栋平房，我早已不在此居住，她非但没有从我的生活中消失，反倒扮演着一个越来越重要的角色。尤其是近些年来，我在外面累了、倦了，最想的不是出去旅游，而是想回到老院子里坐坐，什么也不用干，也不需要人陪，菜园郁郁葱葱，鸟鸣清脆悦耳，所有的苦闷、委屈、不满，都会像是树上掉下的一片落叶，让人懂得要学会放下。如果是夏天，拥抱完老屋之后，还可以到田野里走走，风吹麦浪，一片金黄此起彼伏，脚下泥土丰沃，整个人瞬间就踏实起来。

那一刻，我真正意识到，人和庄稼草木一样，都是有根的，一旦在某一块土地里扎下了，即便是移栽到别的地方，根系内部永远保有原有泥土的记忆。这种精神上的抵达，是我与城市之间唯一的缝隙，无论我如何努力，最后的归属，只能回归到遥远的村庄。

父亲的荒原

一

父亲蜷缩在风里，像一个球。天冷，风大，街上人并不多，很少有人蹲下来与他攀谈。做出这个选择之前，父亲曾尝试过沿街叫卖，甚至一家家问过路边的饭馆，试图让对方把自己的菜收了，少要点也行，哪怕再便宜一点。没有一次成功。

他试图扯着嗓子，让整个城镇的人都听到他的吆喝声，嘴巴刚张开一条缝，冷风就迫不及待地灌满了整个喉咙。他想与风较量，却根本无济于事，犟劲开始上来，细胞在身体里翻腾，脚下死命地踩脚踏板，和那场冬天里的冷风开始一场你死我活的抗争。结果，不言而喻，要不他也不会老老实实蹲在墙角，开始守株待兔。每当有一个人路过，他都下意识站起来，“辣椒、青菜、萝卜，都是新鲜的”这句话他重复了很多次，身体一次又一次在蹲下与起立间反复切换,卖出去的菜却少得可怜。

一切都在沉睡，这是冬季里乡村的特点。

土地冰冻以后，平原开始等待一场大雪，这是庄稼生长的生命源泉。它们对雪的极度渴望，就像是农民对冬天的态度。冬天来了，大雪覆盖了原野，春夏秋三个季节里那些累死人也干不完的农活，在零下几摄氏度的冬季，都戛然而止。人们无须找任何理由，可以理所当然地躺在家里，把煤火生旺，让一道棉门帘隔开屋内外冰火两重天。他们甚至可以光明正大地喊上几个关系好的邻居，捧出秋天收获的花生，不用做任何物理或是化学的加工，一粒无须任何烹制的生花生米，就可以抚慰一盅白酒对胃的灼伤。要是想要下酒菜丰富一点，也可以从地窖里拎上来一棵白菜，去掉外面的菜叶，选择里面乳黄薄嫩的菜心，用刀切碎，简单加入油盐酱醋，瞬间就成了另一道下酒的好菜。

父亲也可以这样，靠着火炉，邀上几个好友，享受一年里难得的清闲和放纵。他以一个理直气壮的理由选择去当菜贩，“家里太穷了，能挣一点是一点”。我并不这么认为，觉得那只是他的借口，他想逃离，逃离那个让他没有成就感的家，逃离那个经常取笑他的村庄。

父亲不是种庄稼的好手，他的身板让他在这个概念上无法翻身。一米七几的身高，体重只和一袋麦子不相上下。每一年麦子归仓，都是父亲的至暗时刻。他麻秆一样的胳膊无法把一袋和他身体等重的麦子放在骨头突出的肩头。和粮食丰收带来的喜悦相比，扛不起一袋麦子留在心里的阴影占据了上风。

他的岳父，我的外公，当时年近六十岁的人，一样如麻秆一样的身体，却有着远超父亲的干巴劲，一个下蹲姿势，双手紧抱着直立的麦子布袋，脸上的皱纹拧成山川沟壑，紧咬的牙齿中间喷出一声沉闷的“嗨哟”，一百斤的粮食就从地上到了肩头。

外公的脾气并不好，尤其是农忙的时候，嘴里总是习惯性地嘟囔一些对父亲不满的话。父亲在一次次挑战扛起一袋麦子失败后，外公再也看不下去，他把肩膀上的粮食卸在驴车上，跨着大步向父亲走来。他给父亲示范，怎么抱住粮食口袋，怎么使劲更有效。“教书养不了家，种地扛不起麦布袋，弄啥还中！”这句话对父亲伤害很大。

父亲终于成功了，我清晰地看见他咬紧牙关，一双麻秆一样的胳膊紧紧箍着麦子口袋的中下部，指甲恨不得把盛满麦子的布袋抠破。他站起来了，扛着一袋麦子站起来了，上排的牙齿咬着自己的下嘴唇，眼睛里红彤彤的，除了血丝，我还看见了里面湿润的泪水。很多年以后，我依然记得那个场景，一袋麦子压在父亲肩头，我下意识地担心那两条也如麻秆一样瘦弱的腿，能不能承受他两个体重的分量。他真是力气变大了？外公的示范动作真的那么高质高效？直到我后来看了很多书才知道那是极度渴望求生时爆发出的强大能量，我才真正理解当时的父亲。相比外公的示范，我更相信是那句“弄啥还中”的否定。让父亲那么拼命地站起来，他不过是想证明自己。

二

父亲曾经是村小学的一名语文老师，民办，没有编制，薪水也少得可怜，但这并不影响他喜欢这个职业。他喜欢站在讲台上的感觉，用一支粉笔把肚里的墨水呈现在简陋的黑板上，一群孩子在他的带领下，读书声响彻在整个村庄。那间连讲台都没有的教室里，他的每一句话都能得到回应。即便是放学铃声响起，他走出校门，走在回家的路上，每一个遇到的人都会热情地招呼一声“王老师放学了”，他在无数次这样的场景里，有时候会回上一句“放学了”，有时候只需要轻轻点点头，微笑一下。

二十世纪八十年代，改革开放的春风已经在遥远的珠江三角洲刮起，但对于几千公里之外的豫北平原来说，并没有产生实质性的影响。整个村庄都没有电视，堂屋门头上的广播是村庄唯一了解外界的渠道。父亲从学校回来，第一时间是拉一下广播的开关拉绳，“啪嗒”一声，安静的宅院就热闹起来。

晨起下田，日落归家，判断时间全靠太阳与地面的高度，一个钟表绝对算得上贵重家电的时代，至少在我生活的村庄，没有人敢把广播里的事跟自己扯上半点关系。县城距离村庄不过十八里地，受限于道路的崎岖泥泞和交通工具的欠缺，在村里人眼中，已经是十分遥远的距离，更何况几千里外的广东，那是天边一样遥远的地方。

那时，已有两个儿子一个女儿的父亲，教学所得的收入相对于家中的开支只是杯水车薪，又赶上省里对民办教师进行改革，历史的洪流中，父亲如滴水一般被时代的荒漠淹没得无声无息。自此，手握粉笔挥斥方遒的自信与激昂，再也没在父亲脸上出现过。

父亲开始不知道该如何调整自己，虽然整日忙碌在家与田地之间，却始终找不到自己的定位。他时常盯着门头上的广播出神，虽然广播里和他所处的完全是两个世界。他曾斗胆在一次吃饭的时候，说起自己的想法，想到外面闯闯，话还没说完，已经遭到了外公和母亲的拒绝。理由简单直接却极具杀伤力——你走了地谁种？况且家里连出去的路费都没有！父亲还想坚持，喉结在脖子中间上下涌动，最终选择了往嘴里塞上一大口馒头，话题也随之夭折。

村里一个最不起眼的混子回来了，原本村子里并没有人注意他的存在，以至于他离开半年都没有人在意。他去了哪儿？是死是活？对于整个村庄来说，就像瓦砾一样。谁都没能想到，也没人敢想，他不但回来了，穿着村里人没见过的牛仔裤，还带着一台只在广播里听到过的电视。不少年轻人蠢蠢欲动，也想出去，其中也包括时年不到三十岁的父亲。

外公终于松了口，一是觉得他这个女婿并不是种地的材料，二是像混子那样游手好闲的人都能挣到大钱，女婿识文断字，说不定真能闯出一片天地，还可以改善家里的光景。

父亲是在那个冬天出去的，母亲头天晚上烙了油饼，塞进父亲包里，再三叮嘱把钱装在贴身的地方。大雪覆盖原野，树上已看不见几片叶子，风吹着哨子，在空荡的田野上空横冲直撞。那个极度寒冷的冬天，父亲的热情如费翔演唱的《冬天里的一把火》。确切地说，他体内的那把渴望出去闯荡的激情之火本就存在，甚至早已长出了捻子，只不过需要一点零星的火苗瞬间就可以熊熊燃烧起来。对父亲来说，那个冬天一点也不寒冷。

三

父亲开春时回来了，并没有穿回来像混子一样的牛仔裤，更没有抱回来一台电视机。连混子都不如，这是村里人对父亲的定位。也是在很多年后，父亲在一次酒后说，当年他胆子不够大，也不肯放下为人师表的那点尊严，注定成不了小混子一样靠“皮包公司”发财的人。

种不好庄稼，当不了教师，闯世界失败，多种因素下，父亲脾气越来越坏，甚至有些自暴自弃。喝酒、抽烟、打麻将，或许是之前的那次打击太大，清高在他心里变得一文不值。那双拿粉笔的手开始与麻将日夜不离。他被现实打击得一蹶不振，却在麻将的战场上越挫越勇，总是把翻盘寄托于下一圈，却一次都没有翻过身。他甚至有一次把输牌怪罪于母亲，若不是母亲在关键的时候喊他下地干活,他一定能赢回所有失去的本钱。

那是个阴天的午后，怒气冲冲的父亲从堂屋的窗台前抓起一瓶还没开封的农药瓶，照着母亲就扔了过去。我不知道是父亲在最后一刻保持了清醒，故意改变了投掷的方向，还是他本来就投得不准，抑或是母亲灵活躲开了那致命一击，“咣当”一声，农药瓶在墙上支离破碎，深褐色的农药四溅开来。很长一段时间，我走过那面墙，看到墙面上残存的农药印迹，都会下意识地哆嗦一下。直到后来邻居家翻建新房，拆除了墙体，心里的阴影才跟着一点点消失。

母亲不敢再去叫打麻将的父亲，就把这艰巨的任务交代给我。我嘴上应着，心里却充满恐惧，在那之前，我已经许多次感受过父亲的威严，每次犯了错误遇上他心情不好，排山倒海般的打骂早已让我对他避而远之。吃饭实在躲避不开的时候，我选择以沉默的方式逃避，我不看桌子上的任何一个人，埋头吃完一个馒头喝完一碗粥,像是躲避瘟神一样躲避自己的父亲。

我在距离麻将桌很远的地方停留，父亲嘴角斜叼着香烟，双手正忙着整理刚结束的一场麻将,嘴里发出一声声遗憾:“早就听了，就是不上牌，× 他姐。”他还是我的父亲吗？还是那个站在讲台上信心满满的老师，那个走在回家的路上人人都和他打招呼的王老师吗？牌桌上的父亲让我想起混子家电视里演的那些游手好闲的坏人，父亲叼着烟搓麻将说脏话的样子，和他们没什么两样。

父亲的堕落也一度影响到我的成长。周边的邻居也时常有意无意地提醒自己的孩子，尽量别跟我在一起玩。我曾亲耳听到一个小伙伴的母亲手里拎着笤帚疙瘩，歇斯底里地说：“不是不让你跟他玩吗！我看你能不能长记性！”随后传来扫帚疙瘩打在棉袄上的“扑哧扑哧”声。他们不知道我一只脚即将迈进他家大门，在这之前，我们约好一起去村外的窑洞里烤火。还有一次，我们一群孩子在一户邻居家玩捉迷藏，一群人躲在屋里，寻找的人想进来，包括我在内的躲藏在屋内的人奋力抵抗，突然外面传来哭声，紧接着是女人带着惊恐与愤怒喊叫我的名字，接着说：“你个龟孙，把俺儿的手挤掉了。”事实上，屋里躲着五六个人，而我在距离门最远的地方。

我成了坏孩子的代名词，他们下意识把所有的坏事都先想到我的头上，我觉得自己比窦娥都冤，但没人相信我说的话，包括我的家人。当那个被我尊称为妗的女人，牵着孩子到我家兴师问罪，扯着嗓子在院子里指责母亲，母亲一句话也不敢说，先是赔不是，然后抓起笤帚就向我冲过来。我当时手里正拿着啃了一口的馒头，我像父亲把农药瓶死命投掷到墙上一样，狠狠地把馒头往地上一摔，愤怒得像一头狮子：“不是我！”

“你还嘴硬！”

“不是我，就不是我！”

我夺门而出，我不敢回家，因为等父亲回来，那个女人会再向父亲告状。我恐惧父亲的毒打。我能去哪儿呢？这个问题一下难住了我，我曾无数次想逃离那个家，但等我真正想逃离的时候，竟然发现自己无处可去。那个家贫穷、压抑，时常还伴有争吵，至少在我走进城市之前，都是我唯一的去处和最温暖的地方。

我想到了猪圈，我曾经无比鄙视无比嫌弃，觉得是世界上最脏最臭的地方，成了我第一个藏身之处。我曾经在给猪喂食的时候，一只脚掉进猪圈的烂泥里，当我把脚拔出来的时候，一阵难闻的恶臭狂风暴雨般钻进鼻孔。我把棉鞋脱下来，死命地用刷子刷了三遍，然后晚上放到煤火炕上烘干，第二天我穿着去上学，依然能闻到那种清晰的猪粪味。每当我看见踩到猪粪里的那只鞋，原本平静的胃里总会下意识翻江倒海。以至于多年以后，只要我想起那个场景，胃里就会突然间不舒服。也正是这个原因，我从来不吃猪蹄。我不敢想象把那个长年累月踩在猪粪里的猪蹄吃进肚子里后会发生什么，索性选择远离。

但是那一天，我竟然躲在猪圈里，与猪为伍。我看着它的四只蹄子踩着混着猪粪的泥巴发出“吧唧吧唧”响。它的每一次踩动，都像是把脚直插进我的胃里，我先是捂着嘴，后来直接连鼻子也捂住，但用不了一分钟，我就要被迫呼一口气。那种味道早就迫不及待等候在我的嘴巴和鼻子入口，只要露出一个小的口子，千军万马的臭气分子就势如破竹占领了我的整个肺腔。

我开始忍不住疯狂呕吐，也正是这个声音，让四处寻我不见的家人发现了动静。母亲看着我夺门而出，压根没想过我会绕了一圈翻墙回家躲进了猪圈里。细碎的脚步声越来越近，我从猪棚透风的缝隙里看见了快步走来的父亲和母亲。我知道自己暴露了，弯着腰从猪棚里跑出来，顺势嗖地一下就翻过了低矮的院墙。我隐约听到母亲在后面喊：“孩儿啊，别跑了，我保证不让你爸打你了！”但我并不相信母亲的保证。

我疯狂地寻找能容纳我身体的处所。黑夜成了我临时的护身衣，但那迟早会被手电筒的光芒打回原形。我想到了没头苍蝇，突然之间特别同情这个平日里十分讨厌的家伙。一间黑洞洞的老屋最终接纳了我，门竟然没有锁，里面除了一张没有被褥的床，还有两条长条凳。外面手电筒的光线越来越多，他们都在喊着我的名字，有的光芒甚至照进过那间屋子，但没有人朝这里走来。我暗自庆幸，却在偶然间射进的光束里，隐约看见墙上挂着一张照片。照片里的人也在看着我，那人嘴角上扬，我却看到了一丝狰狞。

就在一个礼拜或者十天前，照片中的人，那个独居的孤寡老人刚刚驾鹤西去。她的尸体躺在这间屋里的时候，没有人敢靠近，村子里的每个人都避讳那种时刻，除了不得不面对的几个远房亲戚。阴森、寒冷从屋顶，从窗户，从门口，从四面八方压过来，我感觉呼吸困难。但我不想出去，相比这种无形的可怕，我更恐惧父亲有形的巴掌和棍棒。

四

我害怕父亲，却在一定程度上能理解他的苦衷。

父亲和母亲同属一个村庄，和很多那个年代结婚的年轻人一样，经过媒人介绍，简单地了解之后便成了一家人，并没有多么深厚的感情基础。母亲是独生女，因为同住在一个村庄，爷爷家里住房紧张，外公那边相对宽敞，父母住过去也好帮忙操持家里的田地。这在思想观念并不开放的村庄，有一种入赘做上门女婿的嫌疑，在这点上父亲持反对态度。外公为了让他放心，向他承诺，将来有了孩子还跟王家姓，父亲这才同意住了过去。

村庄宗族势力的大小凭男丁多少权衡。母亲是独女，父亲又是外姓氏，无形之中就有了寄人篱下的感觉。父亲还做教师的时候，大家还比较尊重他。后来父亲走下讲台，和他们一样成为扛锄头的农民，一切的尊重开始逐渐被瓦解，父亲甚至成为他们调侃的对象。他们时常在茶余饭后刻意回忆起父亲扛麦子时的窘态。尤其是到了冬天，大把的时间无从打发，太阳好的时候，一群人找个有阳光的墙根，盘点一年里可以供大家消遣的人和事；阴天的时候，就躲在家里围着炉子，就着花生米、凉拌白菜喝上几两。而陪伴他们消磨时光和下酒的，经常有父亲的窘事。比如多年前的那年冬天，父亲喝醉了酒，在家里大吵大闹，甚至一度爬上家里并不高大的矮墙，说是过够了被人看不起的日子，想要以这种方式结束此生。还没等他做出那愤世嫉俗的壮烈跳跃，酒精的冲击就让他丑态百出地跌下了墙头，若不是外公和母亲早早等候在墙根下，父亲最大的可能是脑袋冲下，或是斜躺着摔下。无论是哪一种方式，都会让他的身体付出惨痛的代价，也可能会让本就一贫如洗的家庭债台高筑。

父亲平安无事，却成了很多人酒桌上或是墙根下消遣的谈资。这也是父亲冬日里逃离村庄的原因，他宁愿一头扎进冷风里，天还不亮的时候从家里出门，骑上一个小时的自行车赶到县里的农贸市场，然后穿梭在城市和乡镇的街道。似乎那些陌生的街道和陌生的人才能让他更能找到归属感和成就感。

父亲曾在卖菜期间认识一个家住镇上的朋友，有好几次他们在清晨去往县城的路上遇见，两人便不约而同跟对方打招呼，然后结伴而行。又有很多次他们约好，不管菜卖没卖完，下午的某个时刻在县城的一个地方见面，找个路边的小馆子坐一坐，喝几两酒，再吃上一碗热气腾腾的烩面，然后结伴回家。

乡镇通往县城的路没有铺柏油，路边更没有路灯，摸黑前进，全靠一双肉眼的判断。忽然有一段时间，父亲连续几天都没有遇见那个他们彼此戏称为“菜友”的朋友。冬季凌晨的风雪里，父亲又开始了一个人的骑行。其实，他跟那个人不过是几面之缘，只知道那人姓石，住在镇上，至于具体叫什么不得而知。

夜幕的大布将平原茫茫的雪白捂进自己的黑暗。父亲的菜没有卖完，他似乎并没有心思放在盛满菜的篓子上，“老石干吗去了呢”“咋一声招呼都不打”“上次说好一起出来的啊”，一个又一个疑问在父亲脑子里往复翻腾。直到有一天他从县城摸黑回到乡镇的十字路口，才找到答案——老石被车撞死了。

豫北的风俗，人死后下葬的头一天，家人要给死者“送盘缠”，烧些纸钱、纸马、纸车、纸人，让亲人到了阴间不再为生活发愁。虽然大家都知道这本身就是一种迷信，但风俗传承千年，不做总觉得没有尽到作为晚辈的孝道。

老石下葬那天，一阵唢呐声伴着沉闷哭声的“送盘缠”队伍迎面向父亲走来，他下意识停下来。打头走在人群正中间的是个年轻人，怀里抱着死者的照片，正是父亲念叨了几天的老石。

父亲在冷风中站了很久。不过几面之缘，却像是交往了多年的兄弟。父亲专门买了鞭炮和烧纸，并从口袋里掏出一沓零钱，算是送老朋友一场。老石一家人望着眼前这个陌生人，绞尽脑汁也想不出来是哪里的亲戚，只得尴尬地问：“您是？”父亲说：“我俩一起卖过菜。”这件事竟然很快传到了三里地之外的村庄，成了父亲又一个茶余饭后的笑话。村里人像是找到了打开幸福生活的新盒子，一次一次打开盖子，把这件事翻来覆去讲完后再放回去，以备下一次再用。我并不觉得这件事多么滑稽，长大后我明白，一个人如果渺小到一定程度，那么这个人本身就成了笑话。

五

父亲突然戒烟了，无声无息。

我时常会在家里没人的时候，打开每一个抽屉，甚至翻遍床上的每一条褥子，期待有万分之一的可能发现一角纸币，那样就可以成为自己去小卖部放纵一次的资本。直到有一次，我发现抽屉里摆了一排的散花牌香烟，我开始偷偷地留意父亲，他竟然戒烟了。

半个月前，他在一个晚上，拎着两瓶酒和几包点心，敲开村建筑队工头家的门，换取了在工地搬砖提泥的差事。这种岗位最苦最累，工资也最低，在建筑行业被称为小工，没有技术含量，全靠贩卖力气。

半个月前，我从初中的学校逃离，想去县城找一份打工的活，哪怕只是当一名小工。我想说我讨厌那个家，但是面对父亲，嘴里说出来的却是讨厌在每个学期被老师催着要学费，想挣钱给家里盖三间瓦房。

父亲在建筑队干活，除了工钱，每天还有一包廉价的散花牌香烟。他把香烟一盒盒整齐地排在抽屉里。我见过他把烟放进去之前，先把烟盒子放在鼻子下面，拼了命地闻上一口，闭着眼睛，紧抿着嘴唇，吸进去的空气被他久久捍卫在肺里，吝啬的胸口停止起伏。长久静止之后，他突然摇着脑袋，伴随着一声轻声的“哎呀”，才以最慢的速度把肺腔里的空气一丝一缕地呼出来，然后把烟放进抽屉。

也是在父亲戒烟的那年冬天，我所在的学校争创无烟校园，教我的数学老师有着和父亲一样的烟瘾。一道强硬的指令，让数学老师痛不欲生。有好几次，他正讲着课，突然从裤兜里掏出一大把葡萄干，使劲地嚼上一阵；偶然也会停下来让我们先自习，然后急匆匆地往厕所跑去。往日的这个时间，他都会习惯性地点上一支烟，一边抽着烟，一边讲解着一元二次方程或是二次函数的有关题目。他曾一次次皱着眉头，无精打采地盯着窗外，人也没有了平日里的耐心与平和。我工作之后，参照很多同事尝试戒烟的反应，回想起当年的场景后明白，那是老师的烟瘾犯了。

烟瘾同样大的父亲，当年为了戒烟，是否也经受了那样的折磨，是否也像朋友说的有蚂蚁在心口上爬？他那么大的烟瘾，怎么说戒就能戒了？不但戒得很干脆，还把做工发的烟集满了十盒或是更多，然后一起拿到邻居的小摊贩上兑换成现金。除了做工，他甚至在家里的自留地种上了半亩韭菜。工地上没有活的时候，他会骑上自行车，重新带上曾经被他抛弃的菜篓，去邻近的乡镇和村上叫卖。

我曾专门分析父亲的改变，一定是特别重大的影响让他决定改变自己。我像侦探一样，梳理了很多种可能，最终找到了让他就范的真凶——我。就在我决定辍学去县城打工之后，父亲发现我可以不再受制于他，我离家之后，所能找到的藏匿之所不再局限于家里的猪圈和那间刚死过人的破旧房屋。我可以逃离村庄，逃离乡镇，可以去县城，甚至市里、省里。或许是父亲意识到了我选择的可怕，在他眼中我并不具备闯荡世界的能力，一起又一起外出打工的年轻人被拐骗到黑煤窑的新闻时常在村里被谈起。我击中了他的软肋。他让我重新回到学校，自己用麻秆一样的身体扛起了父亲的使命。

父亲的改变也让我开始示弱，除了重新回到学校，我还自告奋勇，利用放学和周末的时间帮助家里卖地里来不及收割的韭菜。父亲教会我如何认秤，叮嘱我不管卖不卖得完，天黑了就回来。

我完全高估了自己的能力。挎着菜篮子走在街上，唾液瞬间变成了胶水，死死地把我的上下嘴唇粘在一起。等我积蓄了全身所有细胞的力量挣脱了“胶水”的束缚，刚想张开嘴巴吆喝一下，它们又变成了点燃火药的导火索，将一个个细胞变成了一粒粒熊熊燃烧的火药。我的脸、我的胳膊、我的身体，甚至每一根头发和睫毛都在散发着热量。我的脸变成了一个红彤彤的火球，我成了舞台上要把戏的演员，街上的每一个人都在看我，甚至都在议论猜测，这小子挎着一篮子菜干吗？

我害怕遇见熟人，我出门前的信誓旦旦忽然化为了乌有，索性走出村庄，邻村没有人认识我，我想我应该可以无所顾忌。我至今记得自己的第一声叫卖，声音还没出来，浑身先燥热起来，那声“卖韭菜了”从我的嘴巴里微弱地出来，只钻进了我自己的耳朵，压根就没来过这个世界。

我在邻村的街道转了一圈，总算有人向我问询：“你的韭菜咋卖？”我紧张、兴奋，甚至有点手忙脚乱，战战兢兢地说出来：“两毛一斤。”那是个三十多岁的男人，一边挑菜一边与我攀谈，他好奇我是哪个村的，又是谁家的孩子。我说出了村庄，却没有报出父亲的名字。

“卖菜得有卖菜的样。”他说。

“嗯。”我回应。

“卖菜首先得嘴皮子溜。”他又说。

“嗯。”我说。

“你姓啥？”他问。

“王。”我回答。

“那你认识你们村的王贺章吗？以前当过老师。”他竟然知道我爸的名字。

父亲做过老师的事已经好多年不被提及，甚至他自己都忘了自己人生的那段高光时刻，竟然在隔壁村子的某条胡同里重新展示在我面前。

“你认识我爸？”我终于说出了一句算是完整的话。

他惊讶于这种巧合，不但自己买了我的菜，还招呼路过的村民一起买光了整个菜篮子里的菜。

“来，来，来，这是王老师家的孩子，大家一人买一点，让孩子早点回家！

他说当年家里没钱交学费，父亲去找校长求情，他才得以上学识字。他丢给我的钱远超于菜价值本身。走的时候，他专门叮嘱我，回家一定代他向老师问好。

我并没有把这事跟父亲提及，我们本来就很少交流。还有一个原因，我想向他证明自己的能力，而不是因为他的面子才卖完了篮子里的菜。但那次，父亲在我心中的地位有所提升。

六

一张草垫子，戳穿了我在高中时期隐藏的所有真相。

那一年，天气预报说豫北即将遭遇暴雪，气温也将迎来近十年来最低值。村里人冬季御寒，除了把炉火生旺，还会按照床的尺寸缝制一个大的编织袋，里面装上麦秸秆，俗称草褥子，作用相当于现在的席梦思。父亲出现在教室门口，上身穿着叔叔淘汰给他的那件军绿色中山装。那是他最正式的一件衣服，虽然是被叔叔遗弃的，甚至背部和胸前很多地方都起了毛球，父亲却依然把它视若珍宝。那件衣服出现在婚礼现场，出现在家长会，出现在很多他认为重大的仪式场所。那天也是一样。

我不想看见父亲，确切地说，不想让我的同学看到他。我将自己装扮为工薪阶层家的孩子，穿着讲究，发型也紧跟着时代潮流。我不想让别人看出我家在农村。为了维护这个形象，我曾坚持两个礼拜不吃午饭，曾经厚着脸皮借过别人的衣服，甚至在某个中午，趁别人都休息的时候，偷偷跑到宿舍楼的晒台，想将一件精致昂贵的衣服占为己有。我想穿上它，出现在我暗恋的那位师姐面前，虽然她并不知道我是谁，甚至压根就不知道我对她有意思。她从来没看过我一眼，但我迷恋她那干净的短发。我经常穿上最帅的衣服，去看她的每一场篮球赛和每一场田径比赛。

父亲的出现，戳穿了我所有的谎言。他带来的那个草褥子像是一份宣告我身份的告知书。那是母亲听过天气预报后熬夜缝制的褥子，父亲冒着风雪骑了二十里坑坑洼洼的泥路给我送来，回头还要顶风骑回去，他甚至抠门到舍不得在县城吃上一碗面，哪怕只是一个火烧。但父亲的这些不易始终都没有出现在我的脑海里，我用鄙夷的目光和不情愿的态度把他带到了宿舍。草褥子和床的尺寸并不匹配，一部分在床板上，一部分耷拉在床沿。它和父亲一样，是来让我出丑的。那是当时我内心的想法。

我很长时间没回家，找出各种理由，我想与那个村庄以及那个有着破旧房子的家划清界限。我甚至羡慕县城里无家可归的流浪者，至少他们是自由的，每日可以看见楼房，可以行走在没有尘土扬起的柏油路上。我在很多个本该回家的周末的白天或是晚上，穿过一条条街巷，似乎我走过它们看过它们，我身体里就拥有了城市基因。我渴望一阵风吹来，想让夹杂着汽油味道的空气把我淹没，覆盖掉我身上粘着的总也洗不掉的麦秸秆的味道。我在风里狂奔，在雪里打滚，但都无济于事，草褥子总会把我带回现实，带到十八里地外的村庄。

我渴望逃离。我的每一个高考志愿都选择在外省，似乎去哪里并不重要，只要离开故乡就是一种成功。

火车把村庄和庄稼狠狠地甩在身后，小麦、玉米、高粱、大豆、花生，还有那永远也拔不完的野草和捉不完的虫子，它们像是被我故意丢弃的垃圾，我兴奋地看着它们跟着火车追赶。我没有丝毫对它们的同情，反倒有一种甩掉包袱后的如释重负。从此，田野的露水不会再打湿我的衣裤，我再也不会在酷暑的季节钻进闷热的玉米地，那些割麦子、掰玉米、刨红薯、喷洒农药，还有很多我想都不想干的农活，今后都跟我没有任何关系。我终于要去城市了，远离豫北平原，远离父母，不再受制于谁，不再恐惧父亲的巴掌。

现实是，我错了。

城市繁华、热闹、光怪陆离，那些我曾经无比追崇的美好，其实跟我这个光脚走进城市的“农二代”扯不上多大关系。如果非要说有什么关系，就是它们和之前一样，只能存在于我仰望的现实中。

父亲不再种地，和母亲跟随我到城市生活。虽然很多年之前他就去过县城，但二十世纪八九十年代的豫北县城和二十一世纪的长三角城市有着天壤之别。相比村庄和县城，复杂的交通规则经常让父亲手足无措，像是一个需要依靠大人的孩子。曾经强势的父亲，很快在城市中败下阵来，我在家庭中的地位很快和父亲发生了逆转。父亲成了小时候的我，我成了年轻时期的父亲。

好几年的时间里，房子贷款和孩子养育成本像两座大山，砸在我的肩膀上，甩不掉，只能硬着头皮扛着。很长一段时间，我脾气暴躁，甚至一度抑郁。父亲年轻时体内的血液和细胞跨时空地涌入我的身体。与妻子争吵，对孩子无端责骂，我活成了儿时最讨厌的父亲的样子。

很久之后，我静下心来，突然特别理解年轻时候的父亲，这种角色转换的认同也让我跟父亲的关系发生了极大转变，父子间多年的生疏与隔阂顷刻荡然无存。除此之外，父亲看到我动辄毫无根据的发火，下意识想到了当年的自己，对母亲的愧疚之感越发浓郁。在步入老年的生活里，以近乎宠爱的方式呵护着母亲。

父亲想帮我，有心，无力。他甚至一度后悔当年强迫我上学，若是留在村庄，至少不会有在城市一样的压力。至少他可以拖着年近六旬的身体，还在村里的建筑队里打一份小工，可以贱卖自己全身的力气，可以把那一包包打工发下的香烟变成微薄的额外收入，从经济上帮衬一下他的子女。

就是在那个冬天，父亲卖掉了家里的一处宅基地。这种在村庄被称为祖产的家业，是种在后辈人心中根深蒂固的大树，像家风和祖训一样，神圣而不容亵渎。父亲在从城市回家的当天放出口信，要出卖那块留存了两代的土地。消息刚从父亲的嘴里出去，瞬间就传遍了半个村子。村庄里并不缺少想要购置宅基地的村民，甚至市场缺口很大。见证人怀疑父亲是否真的做出了决定，连续问了三遍，父亲才使劲点点头。他背着变卖祖产的名声，在宅基地出售合同签下名字，只是为了凑够我在城市购置一处房产十分之一的首付。

接下来的几天，父亲经常会走出村庄，站在铺满绿色的麦田里，什么也不说。我站在遥远的地方看着父亲，试图通过他的目光寻找内心的东西。天地之间，枯枝满树，大地冰封，残雪覆盖平原，视野一片荒原。

原野之上

一

老年代步车在城市中被取缔，这让母亲手足无措。这是她与城市沟通的唯一交通工具。接送孙女，然后去菜场买菜，为她的子女做上一顿热乎的饭菜，在母亲看来，这是她在城市存在的价值和意义。没了车子，母亲如同失去了双腿，也就失去了自己在城市里存在的意义。

她曾尝试乘坐公交车，年轻时在农村过度劳累落下的腰腿疼，让她每一次上下公交车的踏板变得十分艰难。遇到高峰期，她笨拙的动作，甚至会引得后面着急上车或下车的人不耐烦。她也尝试骑上电动车去接孙女，一场大雨之中，途经一个路口时，路湿地滑，外加她并不娴熟的骑车技术，连人带车与城市的柏油马路来了一个亲密接触。车子甩出去好几米远，庆幸的是，人没什么大碍。很长一段时间里，母亲不敢再碰电动车。整天待在家里的母亲开始焦虑，有好多次，她以不同的方式向我表达出同一个观点，想回老家住上一段时间。

母亲生在中原大地，六十岁之前，除了看病去过一次县城，剩下的时间全部在村庄里生活。村子很小，只有在乡镇，最多在县城的地图上能找到它的存在。但凡将地图的比例尺放大一些，它瞬间就消失在无形之中。

原野之上，一垄垄庄稼长势正旺，一滴滴汗水从母亲脸上滴落。大地以这样的方式接纳劳动人民的付出，庄稼从母亲的汗水中汲取营养,就像子女们小时候从母亲的乳房中汲取奶汁，这是我们成长过程不可或缺的养分。

女人如男人一样在土地上劳作，这是乡村女人的宿命，上一代如此，这一代如此，如无法实现跨越，下一代一样如此。母亲如父亲一样，在麦收的季节，使出全部力气，将一袋粮食扛在肩膀上，一步步挪向粮仓。粮仓装满了一年的收获，也装满了一家人的油盐酱醋和来年的希望。

在平原大地上的豫北，但凡有泥土的地方，都被赋予了孕育庄稼或是瓜果蔬菜的重要使命，人们将荒草拔去，用犁耙将泥土耕耘疏松，然后种下一粒粒粮食或是蔬菜的种子。在母亲看来，在这世界之上，再没有什么事物的忠诚能与土地相提并论，它会认真记住农民对它的每一份付出，并以数十倍甚至百倍千倍的回报反哺人类。种下一粒麦子，回报一个麦穗，种下一粒玉米，结出一个玉米棒子，种下一粒瓜果的种子，还给人类一棵繁茂的果树或是一棵瓜果连绵的藤蔓。如果把世界看作人体，土地就是孕育生命的子宫，一粒粒种子在这里孕育、发芽、成长、开花、结果，哺育千千万万顽强的生命。土地是农民的命根，这也是千千万万如母亲一样的劳动者，如此珍惜土地的原因。

母亲将所有的付出耕耘在大地之上，也将所有的希望寄托在大地之上。她无比热爱生存的这片土地，无数个日出之前，她推开那扇木门，走向黑暗中的原野，露水打湿她的裤脚和头发；无数个日落之后，她从浓密的庄稼地里爬出来，身体已极尽疲惫，青草的汁液在手掌的纹理之中根深蒂固，无论如何清洗，都无法退去液渍的顽固。她深知农民劳作的辛苦，用尽一切力量想让子女们离开农村，过上城里人的生活。

二

母亲并不坚强，我曾亲眼见过她坐在地头哭得捶胸顿足，任由谁来安慰都无济于事。

冬种小麦，夏播玉米，在中原大地上，这是农民传统的种植模式。母亲却与众不同，每年麦收之后，都会和父亲商量，除了播种玉米，还要留出二亩地种上棉花。与小麦、玉米这些粮食作物不同，棉花的经济效益相对更高一些，但与此对等的，是要付出更多的劳作。

棉花种植的人少，优质的种子在乡里并不容易买到，棉花的出苗率不高，只能一次又一次补苗。除了简短的睡觉时间，母亲几乎把她所有的精力交给棉花地。浇水、锄草、施肥、掐尖、打杈、捉虫、打药，这些环节只是棉花成长的一部分，却足以占据一个农民所有的精力和时间。

如果说土地孕育着农民所有的希望，那母亲的棉花地承载着改变我们生活的全部重任。一旦收获之后，棉籽榨油，棉花织布做衣，棉花秆子留做冬季取暖的柴火。火光在炉灶里生起，三九天便不再寒冷，温暖笼罩着整座屋子，让一家人的生活看到光亮。

母亲之所以哭诉，是因为那年大地极其干旱，如果没有水，连同棉花在内的所有庄稼，都要面临干旱而死，一个季节的劳作也将随之蒸发。在村庄生活的人眼中，庄稼肩负着巨大的使命，一家人的吃喝拉撒全从它们身上产出。它们的命运决定着农村人的命运。如果世界上只剩下一口水，人们会选择浇灌到庄稼的根部。只有庄稼存活，农民才能得以生存。在大地之上，他们的命运始终紧紧地拴在一起。

我有很多关于夏天的记忆，总是与干旱相关。相比南方的沿江靠海，地处黄河之北的平原，降雨颇为稀少。作为人类和自然万物生存基本所需的水源，一度成了故乡人民极为奢侈的拥有。人们只能请来打井队，将一根根水管伸进泥土之中，想要在大地的最深处探寻到水源的存在。

深井成了人们吃水续命的根源，接水的队伍排起了长龙，即便时间已经过去二十多年，这个场景，一直在我脑海里挥之不去。印象最深的，大概是我上初中的一年暑假，整个县城的天气极度干旱。大地已经龟裂，习惯光脚在田埂上行走的人们已经无法承受地面的温度。高温之下，植物的叶面水分大量流失，疯狂地将叶片卷成一团。大旱之中，这是植物自我保护的一种方式。

村里的深井解决不了村庄之外庄稼的渴，棉花一点点趋于死亡，母亲坐在地上泪如雨下。在当时，我并不觉得死去一片庄稼值得为它们去哭一场，甚至有点幸灾乐祸，它们一旦没有了生命迹象，再遇到周末的时候，我就可以不用和父母一样起早贪黑下地干活。直到我长到父亲母亲当年的年纪，我才真正感受到一个中年人所背负的巨大压力。庄稼是他们努力生活的最后一根稻草。

三

很多年后，我才知道母亲无比惧怕灾难的原因。

这个生于一九五七年的女人，出生之年，正赶上严重的自然灾害。饥饿笼罩着中原大地，人们开始向自然界索取一切可以进食的东西，草根、树皮成了被疯抢的果腹之物。她的母亲没有乳汁，家里早已揭不开锅，母亲被过继给了自己的舅舅。一场灾害，改变了母亲的命运，也改变着很多家庭的命运。大自然无情起来，人们渺小得束手无策。

这次旱灾，让母亲想起心有余悸的童年，痛哭只是她愤怒的一种方式。时隔多年，我再想起当年的情形，觉得还有一种可能，她想用自己的眼泪去灌溉脚下的土地。显然，这并不现实。

那年的国庆节，庄稼收成一塌糊涂，整个村庄陷入一片昏暗，麦种播撒下去之后，男人们背上行囊，出门谋得一份短工，期待能在春节来临之前，挣上一笔购置年货的钱。

父亲也在那个秋天出去，他要去的是山西的一处煤矿，活很辛苦，也有一定的危险性，但跟贫穷相比，苦累与风险立马变得不再重要。

这是父亲第一次出远门。在这之前，父亲也曾尝试过出去，但家里种的地太多，播种与收割还没有机械化，所有的农活全部要靠人工劳作，出去打工并不现实。

父亲的这次远行，是母亲主动提出来的。在母亲看来，生活已经无法选择，出去找些活干是唯一的出路。

挖煤虽然又脏又苦又累，但父亲反倒显得有些兴奋。在这之前，他四十年的生涯里，从未离开过村庄，如果非要说有，就是曾经去过几次县城，那是他见过的最大世面。从距离上说，去大同绝对算得上一次遥远的行程。

二十世纪九十年代，城市对于乡村无比遥远。我第一次去县城，是因为患上了严重的咳嗽。村里的赤脚医生使出浑身解数，依然无法让我的病情得到一丝好转。乡里卫生院的医生给我开药、打针、输液，轮番折腾了几天，同样没有什么效果，建议我到县城的医院去看看。我用极尽渴望的眼神望向父亲，父亲对医生说："我回家考虑考虑。"

第二天，在连续抽了好几根烟之后，父亲把烟头往地上一扔，用脚尖踩住并使劲在地上蹍了几圈，内心做出了破釜沉舟的决定——带上他的儿子去县城看病。

那一刻，我无比兴奋，咳嗽瞬间成了无关紧要的事情。村庄距离县城二十里地，我坐在自行车的横梁上，远远地打量远方的庄稼地。曾经有无数次，我在地里干活的时候，一遍遍抬头看见乡村通往县城的道路，总是在无端奢望，什么时候我也可以走上那条路去城里看一看。

我必须承认，一个人的心情对于疾病的辅助治疗具有十分强大的功效，否则我的咳嗽不会在去县城的路上就有了明显的改观。父亲突然对我说："你这咳嗽没有昨天厉害了嘛。"我这才突然意识到，咳嗽的频率与剧烈程度确实有所减缓，但内心深处又产生另一种害怕，担心父亲因此放弃去县城的医院。我不能让这种情况发生，刻意增加了咳嗽的频率，甚至一度表演要将肺都要咳出来的节奏。县城对我的诱惑太大了。我不知道是县城医院的医生确实医术高明，还是城市自身所带有的神奇功效，结果是我的咳嗽真的好了。

从那之后，我经常期待着自己生上一场大病，超出乡村医生的能力范围，这样我就可以有机会去一趟县城，看一看城里人的生活。

四

父亲跟母亲的争吵时常发生，他们的婚姻并没有深厚的感情基础。村庄里的人们大多婚姻都是如此。媒人介绍之后，双方见上一次面，如果觉得有戏，私下再见上一两次，把结婚的日子定下，找一个唢呐班子，吹上几首喜庆的曲子，举行一个简单的仪式，一场婚姻就算成了。至于感情，只有在生活的油盐酱醋中慢慢培养。

贫贱夫妻百事哀。从古至今，都是贫困家庭夫妻的真实写照，自然也包括我的父母。生活中的一些琐事，经常会成为夫妻争吵的导火索，与其说是争吵，不如说是对日子艰难的有声抗诉。争吵似乎是一种日常生活的表达方式，和一日三餐一样平淡无奇。

父亲远行那天，母亲表现得极为贴心，一大早便从床上起来，在黑暗中点亮灶膛的炉火，为她的丈夫烙上几个油饼，好带在路上当作干粮。挂念与关心全在实际行动中，没有拥抱，也无须甜言蜜语。这是父辈人夫妻相处的真实图景，在日常的琐碎里争吵，也在离别的日子里牵肠挂肚。

我特别期待父亲能够走出村庄，最好能到大城市去，像我那个玩伴的父亲一样，每次回来都能带回不同的礼物。这些村庄里从来没有的东西，有着无比强大的存在感，足以团结和影响一众同龄的孩子围在他的身边。从客观上来说，这是一种虚荣的表现，但放在现实的生活中，又是一种无比深刻的存在。

我没有见过煤矿，自然也不懂挖煤的辛苦。当我听说隔壁村庄一个孩子辍学之后被骗到省外的一个黑煤窑做苦工的时候，我在替他惋惜的同时，内心竟然也带着一种羡慕，至少他离开过村庄，去看过外面的世界。

父亲在临近春节回来。那是一个寒冷的夜晚，大雪纷纷扬扬，屋里的炉火烧得正旺，母亲催促我早点睡觉。宅院的木门突然传来砰砰的敲门声，母亲披上衣服，我也一骨碌从被窝里跳出来。父亲披着雪片走进屋里，每喘一口气，嘴巴就像是打开了蒸馍的笼屉。我满心欢喜地接过父亲手里的提包，期待里面装着我喜欢的礼物。

我急不可耐地把包放在地上，将提包翻了个底朝天，除了一些衣服和生活用品，没有任何礼物。父亲从贴身的衣服里掏出一沓钱，那是他三个月辛苦劳作的报酬。工地上管吃住，一天十块钱的工资，这让父亲很是满足，三个月，九百块钱，除去路费，父亲一分不少地带了回来，一碗面条都没舍得在路上吃。父亲狼吞虎咽地吃着母亲端来的手擀面，在那一刻，我内心开始与父亲的空手而归和解，努力理解一个中年男人背负的压力。

五

母亲无法一个人完成繁重的农耕劳作，父亲从大同回来后，终归没有走出村庄的原野。现实生活带来的巨大压力，让他们尝试在传统的农作物种植上尝试新的突破，单纯的粮食种植，实在无法供养三个同时上学的孩子。

母亲和父亲商量后决定，在距离村口最近的自留地种上韭菜。这种管理简单又能一茬一茬生长的蔬菜，投入少，收益快，蒸菜馍、包饺子、做包子，能以多种形式出现在农村人的餐桌上。

黎明的第一道阳光将天空与大地劈开一片原野，落日后的余晖重新将天地缝合成一块幕布。世界的开合之间，站在大地之上的父亲母亲，用犁耙将泥土翻松，将一粒粒韭菜的种子撒向土地。从那一刻起，他们将对我们的关照全部转移到一棵棵韭菜的幼苗身上。我们成了平原大地上野蛮生长的孩子，菜苗珍贵得如同襁褓中的婴儿。即便是晚上，母亲依然不太放心，索性在菜园子地头用玉米秆子搭了个窝棚，晚上父亲在那里住下，以防有人偷走园子里的韭菜。

大自然的露珠和父母的汗水轮番滋润，韭菜苗郁郁葱葱，很是喜人。眼看就能上市卖了，却发生了猝不及防的意外。母亲在清晨发现，菜被人偷偷割去了一大片，气得双腿哆嗦，先是愤怒，接着对着窝棚中沉睡的父亲大发雷霆："呼噜打得震天响，二里地外都听到了，菜被人偷完了都不知道。"

年轻时候的父亲并不肥胖，鼾声却极为震撼，用苦力挣命生存的乡村人，白天把所有的疲惫积累在身体里，夜晚通过一声声响雷般的呼噜声，将困顿释放在夜空之中。这是父亲对命运的无力抗争，虽然响彻云霄，但毫无效果。

父亲看着韭菜园里的那块空地，并没有表现出特别的意外，仿佛眼前的结果他早就知道，任凭母亲怎么抱怨，始终保持一声不吭。若干年后，等我们不再种植韭菜，父亲才说出了实情。

那天夜里，他起夜准备小解，脑袋刚从窝棚里钻出来，隐约看到一个人的影子。他下意识抄起了事先备用的铁棍，寻找机会将偷菜贼当场抓个现行。仔细观察之后，他发现那个身影有些熟悉，再仔细观察，竟是村里靠卖菜为生的二夯。那个村里的光棍汉，有着让人同情的命运，他的父亲年轻的时候也是光棍，后来收留了一个精神不太正常的女人。二夯将要成年的时候，他的父亲在一次去乡里的路上遭遇了车祸。一个人带着一个疯娘，讨不到媳妇，日子要过，娘要养，卖菜是他养活母亲的唯一收入来源。

父亲没有揭穿二夯，故意把鼾声打得更响。如果两垄韭菜能保护一个弱者的尊严，这份损失也算是有了价值。村庄不比城市，这事一旦在村里传开，他就很难再抬起头来。这是父亲的价值观,不科学,也不太符合常理,但他就是这么固执地认为。

现实并不像母亲预期的那么美好。农民对生活的节俭程度超出了我们的想象，两三毛一斤的韭菜在家家都有小菜园的村庄里并不畅销。韭菜有着超强的再生能力，老的一茬还没卖完，新的一茬又开始重新生长，往复循环，不休不止。为了能尽量多地卖掉韭菜，父亲去县城的酒店四处推销，以极低的价格贩卖。母亲则守着菜地，以碰运气的心态期待能遇到买菜的路人。我也不甘示弱，放学之后，推上一三轮车韭菜，在附近的村庄里叫卖。

村庄与村庄之间有着空旷的田野，路灯并没有眷顾到这些地方，太阳落山之后没有了光亮。乡村道路狭窄而且不平，拖拉机的车辙并不适合三轮车行进。导致车子零部件的互相撞击传来叮叮当当的声音，伴随着风声和虫鸣，将黑夜的寂静彻底打破。

田野之中，零零落落地矗立着一个个坟头，那是周边村庄里逝去的人们在另一个世界的家。外公讲述过的一个个鬼故事突然涌入大脑，我后背开始发凉，总是禁不住妄想，坟冢之中会突然蹿出来一个东西，将我拦截在前不着村后不着店的荒野之中。于是，脚底下开始拼命蹬车，向着带有光亮的村庄一路狂奔，直到冲进那个破旧的庭院，看见灶台前忙碌的母亲，我的内心才会踏实起来。

很长一段时间，每当看见韭菜，我的胃里就会下意识翻江倒海，发出严重的排斥。菜园给家庭生活带来了一丝转机，也让我经历着一段无比痛苦的过程。

韭菜并非直接从菜园到达买菜人的手中。母亲会在傍晚来临之前，一手抓着韭菜，一手握着铲子，在夕阳留给大地的最后一丝光亮中，铲子所到之处，一束束韭菜从根部与它所生长的土地做出最后的告别。一捆捆韭菜被放进菜篓，被母亲拉回庭院的堂屋里，开始第一次蜕变。

父亲会在天黑之后回来，从他风卷残云的吃饭动作中，能清晰地判断出他早已饥肠辘辘。他清晨离家带走的几个馒头，所产生的能量并不能维持一整天的奔波。

晚饭之后，母亲会将割回来的韭菜摊在地上，一家人围在一起，给每一棵菜做一次“净身”。因为干旱原因，不少叶片顶端开始变干发黄，为了让菜的卖相更好，叶子发黄的部分，需要用指尖一个个掐掉。这个看似无比简单的动作，即便是个三岁的孩子就能完成，但两个指尖在一次次撞击后，逐渐产生一种灼热的痛感，火辣辣地难受，一度让我看到韭菜会莫名地产生恐惧感。现实是，无论我多么畏惧，都无法改变这个现实，每天要跟家人一起，忍受长达四五个小时的煎熬。

现实生活的无奈，让我极度渴望上学，这是逃避择韭菜最充分的理由。如果可以，我能接受周末甚至每一个节日都不放假。但我的父亲母亲无法回避，这是现实压在他们肩膀上的一座大山，即便有千斤重，他们依然要咬牙顶住。生在原野之上，他们卑微得如同一棵野草，别无选择。

六

养儿防老，这是刻在祖国大地上亘古不变的观念。父亲除了偶尔出去打工，走出村庄的次数并不多。出门对于母亲来说则更加难得，去乡里赶集，已经算是见了大世面。我提出让他们随我一道进城生活，他们表现得极为兴奋与期待，但考虑地里的庄稼和家里的鸡鸭没人照料，父亲决定暂时留守，母亲随我到城里居住。

地处长江三角洲的江南与中原大地的豫北区别泾渭分明，无论是语言还是饮食，都有着巨大的差别。我带母亲去吃最正宗的地方美食，母亲总是觉得饭菜的口味太甜，当得知价格的时候更是大为吃惊。

在城市中，母亲总是下意识将一顿饭的花费与一亩地的粮食相比较，她实在接受不了吃起来并不美味的一顿饭，竟然要花去一亩地麦子丰收的价值。她选择在家和上一碗面，打上两个鸡蛋，将西红柿切成臊子，一碗地道的中原手擀面，远胜于城市大餐的美味。

看着母亲沉醉于朴实无华的一碗面条，我突然意识到，美食的定义有着严苛的地域限制，不同地区的人们对于美食的认同并不一致。人的味蕾，从小时候就自作主张，替它的主人做好了这辈子对美食的选择。这让我明白，对于在中原出生并生活几十年的父辈来说，蟹黄汤包这样的美食以及其他名目繁多的佳肴，抵不上一个夹杂着粉丝、大肉和油馍丁的手工包子。

走出村庄之后，母亲才知道外面世界的不同之处，除了饮食之外，语言也有着巨大的差异。她无法理解，自己说了大半辈子的话，怎么从乡村到了城市，和这里的人说话相互都听不懂。

这让她在城市的生活变得无所适从。没住上多长时间，母亲便开始无精打采，三番五次念叨：“你爸一个人在家肯定照顾不好自己，家里养的鸡鸭不知道怎么样了，地里那么多活你爸一个人肯定忙不过来。”

我能读懂母亲的意思。最终，我选择将母亲送回村庄。车子穿过苏皖大地，刚进入河南地界，母亲顿时就精神了。中原看不到山川，原野一望无际，任由人的思绪策马奔腾。玉米、大豆、高粱，还有那些发出阵阵轰鸣声的拖拉机，像是一针针注入母亲身体里的兴奋剂。广阔的原野是母亲施展抱负的舞台，她把黄色的土地铺成一张偌大的宣纸，用锄头、镰刀和篱笆为画笔，蘸取五谷杂粮研制的底墨，用上半年的时光雕琢勾勒，在大自然中描绘出一幅色彩斑斓的金秋丰收图。

父辈离不开这片土地，他们努力将儿女这代人的根从村庄的土地中拔出，靠着挥洒一路血汗把根移栽到城市之中，自己的根却深扎在故土，丝毫无法移动。故乡的土地，是他们唯一能找到存在感的所在，一旦离开，极易出现水土不服，很难健康生长。

不得不说，面对子女，父母总是能表现超出想象的伟大。当我们有了孩子，无法承担工作与家庭带来的双重压力时，父母则义无反顾地离开村庄，将耕耘了大半辈子的田地让邻居代为种植，低价卖掉院子里喂养的鸡鸭，背上行囊来到城市与我们并肩战斗。

母亲腰腿不好，时常会疼得上不了楼，曾经繁重的体力劳动，让她的身体过早透支。一辆四轮老年代步车让她喜出望外。双腿到达不了的地方，车子成了母亲的腿，也成了她和父亲走进这座城市的主要方式。接送孩子、买菜，母亲在城市里找到了自己的价值，促使她长时间在城市中生活下来。

这种存在感并不长久，城市交通管理的新规，禁止非国标的电动三四轮车上路行驶，母亲的座驾也在管控范围之内。没了车子的辅助，母亲只能窝在家里，时间久了，又开始想念千里之外平原上的小村庄，整个人的精神状态也开始低迷。

我在节假日陪母亲回去，在村里住上几天，熟悉的土地、熟悉的村庄、熟悉的人，还有熟悉的乡音，像是一剂妙手回春的良药，瞬间将母亲治愈。我回城时，跟母亲说："要是你不习惯，就跟我爸在家住着，放假了我们回来看你们。"

母亲考虑了一晚上，第二天坚持锁了门，把钥匙交给邻居代为保管，上车随我们回城里。母亲说："你们上班那么忙，孩子带不好，饭也吃不好，我们留在家也不放心。"

车子驶出村口，原野之上，玉米棒子将要成熟，大豆叶子开始泛黄，丰收尽在咫尺。母亲突然让我停车，站在田野之间的道路上，秋风吹过，玉米叶子沙沙作响。

"要成熟了。"母亲自言自语，随后转身回到车上。我从后视镜看到母亲的表情，凝重不舍。我突然恍惚起来，在内心质问自己，当初义无反顾离开村庄，是不是一种错误的选择？

在炉火中

一

大门早已废弃，铜锁在与岁月的抗衡中锈迹斑斑，钥匙失去了原本的价值。

在村庄里长大的孩子，很少有出去的机会，对于外面的认知也极为狭隘。所有男孩子的梦想都高度一致——当兵或是警察，我也毫不例外。

二十年前，平原上的老宅还不破旧，但我对它毫不留恋，外面的世界有着巨大的诱惑力。一封高考录取通知书，让我彻底与它告别。

我背着行囊走出原野，出去寻找当警察的理想。十八岁年轻气盛，身体中的血液像沸腾的铁水，将整个人燃烧得血脉偾张。

火车一路南下，穿过村庄、田野、城市以及漆黑的夜晚，来到南京这座我只是在书本上见到过的城市。如今实力强劲的南京警察学院，在我走进校门的当年，并没有什么影响力，至少我生活的村庄从来没有人知道它的存在。我也是在进去之后，才看到它真实的样子，知道里面有一个无比厉害的专业——特警。看到这个名字的时候，我开始不满足成为一名普通的警校学员，而想成为特警，必须熬过一场特训的铁血苦旅。试训一个月，通过就留下来，淘汰就离开，看似无比简单，其实是一场和命运的赌博。

我们如同一块原始的钢铁，坚硬却毫无规则，特警试训，就是一场冶炼的过程，用液体的火萃取意志的钢。流血流汗，在特警的训练生涯中，正常得如同一日三餐。

集合定在清晨五点半，这是每天雷打不动的时间。

第一天集合，有点散兵游勇，教官已于集合时间之前到达宿舍楼下，眼睛一会儿盯着手中的秒表，一会儿看看陆陆续续从宿舍里出来的学生，表情冷峻，一言不发。

特警的实战教官，大多来自高校体院或是省队的专业运动员，在摔跤、散打、柔道以及专业田径项目上有十足的优势。说得直白一点，每个人都有一个动作或是一个招式把你征服的实力。

我前脚刚站到队伍中，一声急促的哨声突然响起："哨声响后还没有入列的同学，可以继续回去睡觉了，你们已经被淘汰了。"

很多人当时都给整蒙了，以为教官只是在开玩笑，愣了一下，赶紧往队伍里面站。

"我刚才说得很清楚，哨声响后入列的，请马上出列，你们已经被淘汰了。"

有的人不服，说："不就是迟到几秒钟吗？"

"不就迟到几秒钟吗？我告诉你们，这点时间对于很多职业都可以原谅，但特警不行，一秒钟可以让手枪射出的一颗子弹飞行二百米，口径步枪甚至可以达到九百多米，足以决定你们战友的生死和人质的安危。"

队伍瞬间鸦雀无声。我站在队列之中，既后怕，又庆幸。

生活中，很多人习惯了拖沓，迟到一分钟甚至十分钟，总是不以为然，但在特殊的环境之中，有时竟然能改变一个人的命运。第一次集队，直接淘汰了二十多人。

也真是这个原因，这些年，我对时间无比敬畏，哪怕一秒钟也不会错过。

岁月如同一把锋利的篆刻刀，将试训每一天的每一个细节，雕刻在我大脑颞叶内侧海马体，一刀一凿，比任何一件事情都深刻清晰。

二

太阳到达黄经 210°，二十四节气之一的霜降在这一刻到来。深秋的南京，夜晚的温度急剧下降，我原以为过了长江，温度会明显偏高，没想到和五百公里外的豫北平原并无两样。

清晨的金陵城，空气中的水蒸气在地面或植物上凝结成细微的冰针，有的形成六角形的窗花，覆盖在城市的万物之上。

太阳还在慵懒地睡觉，我们的眼睛早于天空睁开，比邻而居的大学，宿舍楼里还没有灯光，偌大的仙林，除了校园的四百米跑道，一切还处于沉睡之中。

试训的人数很多，教官怕站在后面的人听不到，只能提高嗓门冲着我们喊：“今天早晨的第一个训练项目，五公里，拿出最好的状态，跑出最好的水平。”

在部队中流传着这样一句话：新兵怕长跑，老兵怕队列。在严格的日常训练要求中，很多老兵都觉得五公里长跑是体能训练里最容易完成的一项，甚至宁愿五公里负重长跑也不要练队列。但是对刚来部队的新兵而言，五公里简直就是噩梦。当时的我们，和新入军营的战士并无区别，训练甚至更加残酷。

哨声在清晨被急促吹响，我们如同志向高远的野马，奔驰在华东地区的原野，一群来自不同地域，讲着不同方言的年轻人，忘却故乡的山脉高原，或是一马平川的原野，出身并不重要，在这里只凭实力说话。

在与命运拼搏的赛道上，我不得不面对一个现实，理想在空中太过高远，大地上奔跑的脚步却有心无力。跑到一公里多的时候，大腿开始不听使唤，嗓子干燥得有种冒烟的感觉，心跳变得极为剧烈，呼吸也变得困难。实力强弱已经开始拉开，领头位置的几位同学已经将我们远远甩在身后。

我无比渴望能喝上一口水，但这明显不太现实，距离终点还十分遥远，没有人愿意舍弃征途中的任何一秒。在身体精疲力尽与心理无法承受的时候，我所能选择的，除了坚持，还是坚持。当然，我还有另一种选择，就是停下脚步，主动退出。但没有人愿意主动认尿。

不在痛苦中死亡，就在痛苦中燃烧，但也有人选择投机取巧。

大家陆陆续续到达终点，站在赛道边上气喘吁吁。教官却突然指着队伍中的几个人说："你，你，你，还有你，你们几个被淘汰了。"

教官说："在特警，任何人都不要耍心眼，不管是对于你头顶的国徽，还是对自己内心的良知，忠诚是最根本的要求，一个人的品格比警务技能更重要。刚才几个淘汰的，有的少跑一圈，有的跨越内线抄近道，你们的每一个小动作我都看得清清楚楚，特警不欢迎这样的学生，我们要保证这支队伍的纯洁，也要让这里的每一个人感受到公平公正。"

三

我们原以为五公里是整个早晨的训练量，其实只是一场热身。

俯卧撑、单杠、双杠接踵而至，不是自我发挥，而是炼狱之旅。

五十，五十一，五十二……连续多组俯卧撑，胳膊早已麻木得毫无知觉，再也无法支撑沉重的身体，重重地砸在如血一样颜色的塑胶地面上。

“身体挺直撑于地面，脚尖和双手作为支撑点，双手间距比肩略宽，腹部肌肉收紧，将身体下压直至腹部与地面触碰，再把身体抬起重复以上动作。”这是网络上对于俯卧撑标准做法的解释，读起来只需要十几秒，看起来并不复杂，做起来也很简单，但一旦被限定一定的标准，瞬间就成了无比痛苦的存在方式。

一个俯卧撑被分解成两个动作，一声哨响下去，一声哨响起来，节奏的快慢由教官掌握，斗志已经被点燃，细胞在身体内部沸腾，耳边传来战友们撕心裂肺的呼喊。

“还有最后十个……”

我实在支撑不住，任由双臂如何用力，始终无法将自己的身体从地面上剥离。教官似乎看出了我的精疲力竭，一只脚踩在我的背上，冲着我大声喊：“起来！”

每一个细胞在沸腾之后已经奄奄一息，我用尽浑身力气，依然无法将它们唤醒，身体如同一摊烂泥，结结实实地贴在大地的胸怀里。

“你要是起不来，马上就给我退出。”

我不敢抬头看教官的脸，但能想象出那一脸的严肃。

那一只脚增加了千钧的分量，用生死攸关来形容那一刻毫不夸张，臣服就意味着失败，想留下来，只有雄起。

四

每次看到天空布满乌云，我们就会在内心祈祷，渴望一场大雨降临，最好能将整个操场淹没，好让我们有一个客观的理由，去逃避一个半天的训练。这注定是一个荒诞的想法。用教官的话说，别说下雨下雪，就是下冰雹下刀子，训练一样雷打不动。

这么说毫不夸张。

我总感觉，南京并不是真正意义上的南方，冬天下雪的概率一直很大。这对于福建、海南以及两广地区的同学来说，绝对是个无比巨大的惊喜。他们看见雪花的时候，兴奋地在操场上奔跑，一边跑还一边手舞足蹈。

来自东北的兄弟无法理解，一场小毛毛雪怎么就能让他们兴奋成这个样子？这就像我无法理解来自黑龙江的同学一样，他的故乡地处中俄边境的黑河，最低气温能达到零下四十多摄氏度，我原以为他应该无比抗冻，谁料南京的初冬刚到，我们都还穿着毛衣，这哥们却早早地穿上了多功能的大棉袄。

我一脸疑惑地看着他，说“你不是黑河的吗，再跨一步就到俄罗斯地界了，一年中有半年多都是冬天，你还怕冷啊？”他使劲裹紧身上的大衣，说：“我在家冬天穿条秋裤就过冬了，南京这鬼地方，宿舍连个空调都没有，这谁能受得了。”

南京的冬天确实不够柔和，西北风越过长江，横冲直撞闯进大学城，空气寒冷干燥，让很多人无法适应。

在操场上奔跑，肌肤在空气中不断摩擦，我们如钻木取火用的一根木棒，经过与空气这块厚实的木头一次次猛烈撞击，让原本冰冷的细胞在身体内疯狂燃烧。

我把自己的身体挂在单杠之上，即便用尽全身力气，依然无法让胳膊产生足够的动力。那个场景让我想起了春节前夕，村里杀猪的肉贩都会将两扇猪肉挂在十字路口的肉架上，我吊在单杠上的样子，应该跟那扇猪肉无比相似。确切地说，我甚至没有资格去调侃那两扇肉，至少它们有肥有瘦，能在人们的日常生活中产生价值，而我在特警的试训当中，总是扮演垫底的角色。我曾经以为自己的身体素质无比优秀，可以在我生活的村庄之中鹤立鸡群，但面对一大批优秀的体育生，我立马就成了卑微的存在。

到处涂满军绿色的训练场上，强大的地心引力将我的身体拽向大地，尽管我内心不肯屈服，但胳膊无比瘦弱，产生的力量与地球的吸引力根本无法抗争。

我实在无法抓住湿滑的单杠，两个手掌在钢铁之上做完最后的挣扎，最终从单杠上面脱落。一股剧烈的疼痛突然从手心传到大脑中枢神经，好几处手指与手掌连接的部位，肉已经高高翘起，殷红的鲜血染红了手掌上的滑石粉。

教官对此早已司空见惯："手掌磨破是因为皮肤太嫩，等新皮磨掉再长出来，然后继续磨，什么时候新皮磨成老皮，老皮再磨成老茧，你的双手就可以在单杠上为所欲为了。"

一通单杠拉下来，胳膊反应十分强烈，在一次次的磨砺之中，小臂肿胀得和单杠一样坚硬。手已经不听使唤，饭盘在手中剧烈抖动，为了不让饭菜洒到地上，只能强迫两只手控制住盘子。筷子也死活不听使唤，总是在与嘴或者盘子打架，要么夹不起来，要么放不进嘴里。这些只是特警生活的开始。

五

寒潮毫不吝啬地眷顾南京，每次南下，城市就会迎来一次降温。警体馆的摔跤垫子有些冰冷，我们还没有专用的训练鞋，谁也不知道自己能不能坚持到最后，能不能成为真正的特警学员。

我曾无数次光脚在田地中奔走，厚重的土地对人富有善意，即便长久奔波，依然毫无损伤。摔跤垫并不是这样，它需要检验来此训练的人是否足够坚强和勇敢。冬天血液循环差，皮肤弹性开始减弱。一次又一次的跑跳，脚掌在与皮革的无数次摩擦中，开始一点点占据下风。在那个寒冷干燥的冬天，我的脚趾皮肤多处开裂，脚趾与脚掌连接的地方，藏着一道道深深的口子。

训练不能停止，所有的疼痛只能咬牙坚持。师兄们比较有经验，他们走过我们走过的路，吃过我们吃过的苦，这些如自家兄长一样的人，与我们分享自己购买的医用胶带，让我们缠住裂开的伤口，并一再叮嘱我们，晚上回到宿舍一定要用盐水泡脚，否则伤口一旦感染，后果会更加严重。

食盐在热水中融化，脚掌放进水中又下意识弹起，在伤口上撒盐，在这一刻被感知得淋漓尽致。盐水与真菌的战斗一定无比激烈，否则那种痛感不会让我们对一盆平淡无奇的洗脚水产生巨大的恐惧。我们开始相互鼓劲，自己做着强大的心理建设，有人提议：“我们数一二三，谁不放进去谁就是狗。”

整个宿舍的人被捆绑在一起，这件事就没有了余地，没有人愿意认㞞，只能硬着头皮往前冲。

“1——2——”喊到“3”的时候，大家牙一咬，眼一闭，随着几声撕心裂肺的叫喊，一个宿舍的人开始了一场钻心的足浴之旅。

六

放弃资格无比简单，早晨没有按时集合，视为自动退出。人数在一天天减少,离开的人是否带着一种解脱？我不得而知。我知道的是，继续训练的人都在承受着巨大的心理压力。留下，成为特警正式的一员，是我们的最终目标。

警体馆的层约莫五米高，天花板与地板之间，悬挂着两排如小臂一样粗的绳子。第一次见到它们的时候，我们并不知道它们的用处。后来得知，它们如同单双杠一样，作为训练我们的一种工具。

训练的方式听起来十分简单，就是顺着绳索从下面爬到上面。大家凭着感觉，手脚并用，如猴子一样吊在绳子的半空中，觉得是一件无比有趣的训练。直到教官说，爬绳只能用双手，不允许用脚，这样的要求一下子让我们傻了眼。离开了脚上力量的配合，没有一个人可以爬到顶端。师兄虽然做了示范，看起来毫无难度，但依然没人能做得到。这正应了那句话，看人挑担不吃力。

一个剃着寸头的老师推门进来，教官对他十分尊重，但我们并不认识这个看起来一脸严肃的男人。他长着一双奇怪的耳朵，形状像是菜市场摊位上的菜花，耳蜗已经完全变形，只有一个黑洞洞的耳孔，保持着与外界的联系，看着十分奇怪。

看到我们爬绳的窘态，他并没有说话，而是盘着腿往地上一坐，指着我们中间一个胖胖的学员说："你，来趴在我的背上。"两个人的体重之下，他仅靠两只手抓住绳索，一把一把稳稳地爬到顶端，然后再一把一把抓着绳子下来，大气都不带喘一下。他离开之前，给我们说了这么一句话："什么时候你们爬绳练到我这个程度，就算出师了。"

后来我们知道，这个惊得我们瞠目结舌的男人，是摔跤运动项目全国冠军，也是我们的系主任。

七

我在一个集训过后的傍晚突然双目失明，这让我内心产生了一种不祥的预兆。

哨声吹响，一天内所有基础的体能科目已经结束，太阳迫不及待回到自己位于西山的家中。校园外马路上的灯光已经亮起，我们的训练刚落下帷幕。

学校操场的国旗下面，教官开始对一天的训练做最后的总结，我们站着标准的军姿聆听训话。

"试训已经进行了一半，很多人选择了离开，这一点都不值得惋惜，特警所需要的，是特别能吃苦、特别能战斗的血性男儿。你们虽然挺到了现在，但还没有资格说自己是特警班的人，剩下的半个月，只会比之前更加痛苦，只有挺到最后的人，才能真正留下……"

我站在人群之中，教官的声音越来越小，远处的灯光越来越暗，我以为这只是身体疲惫的反应，只要咬牙坚持，终归会挺过去。但身体似乎并不听使唤，眼前突然一片漆黑，耳朵也听不到任何外界的声音，整个人如同一块沉重的石头砸在旁边的同学身上。

我清醒之后，听同学们说，教官并不慌乱，他们对这种突发情况并不陌生，赶紧把我抬到通风处，用指尖死命地掐我的人中。这一点我是有感觉的，当我在一种剧烈的疼痛之中睁开眼睛，内心有一种巨大的担忧，自己会不会因为这个原因被迫离开。

教官并没有太当回事，或许认为从专业的体能训练来说，剧烈运动后出现大脑供血不足导致视力受到影响，只要正确干预能实现有效恢复，并不是一种疾病。

这样的情况在两天之后重复上演，教官心里开始没了底，他郑重其事地问我："你的身体是不是有什么问题？"我一时不知道该怎么回答，要是说没有问题，连续出现的失明情况又该如何解释呢？

在我之前，已经有好几个学生因为心悸或是别的问题，无法适应高强度的训练，被教官劝退。我无法承受退出特警的残酷现实。教官说："你明天去医院做个检查，如果没有问题，你继续参加试训，但如果身体条件不允许，我建议你离开，不能为了当特警把命给玩进去，这个责任谁也承担不起。"

八

黑夜并不能抚平我的恐惧，内心总有一种不好的预感，仿佛自己真的患了一种绝症。我把从我爷爷到我父亲两代的病史回顾了一遍又一遍，除了爷爷上了年纪后患有高血压和高血脂，并没有什么要命的疾病，从遗传学角度上来说，得先天性疾病的概率应该很小。那是不是后天的呢？就在两天前，我在训练完回到宿舍，我尿出的全是如血一样红色的液体。我没有把这样的结果告诉任何人，如今眼睛老是失明，这是尿血的连锁反应吗？当时，没有电脑，没有网络，我无法去查询这些问题的答案，只能一个人在内心强撑。

我怀揣着一种极度恐惧的心理走进医院，这种恐惧，来自对病情的未知，也来自对费用的惧怕。这些开支，压根没在我的消费计划之内，多了这么一项，生活只能变得更加拮据。

一系列的检查之后，医生看着报告单，操着地道的南京话轻描淡写地说："没得事啊，不要紧张，各项指标都正常。"

我并不甘心，追问医生为什么会出现这种情况。

医生问："你运动量那么大，平时都吃什么啊？"

我回答说："基本上都是素菜。"

医生说："回去多吃点肉，吃点有营养的，没啥问题。"

我还是不放心，说自己前两天还尿过血。

医生说："运动量太大，喝水少，身体透支了，回去多注意休息，多喝水。"

我从医院出来，如同从身上脱掉了一套沉重的枷锁。我是健康的，这个往日里再平常不过的状态，足以成了我欢呼雀跃的理由。我得以继续参加特警试训，但教官还是会额外关注我的身体状况，我向他保证，绝不会再出现之前那种状况。我还记得当年教官说的那句话："如果你连饭都吃不起，最好还是离开，三年毕竟不是三天，如果你可以借到钱，就咬牙吃下这份苦，将来工作了，这点生活费不值一提。"

九

老牛耕地，一个无比朴实的名字，它总能让我想起那个写满乡愁的画面，在夕阳即将落入西山的傍晚，父亲扶着木犁，我牵着家里的黄牛，走在一望无际的原野之上。犁铧将玉米根部的泥土翻动，田垄与田垄之间的杂草被一棵棵连根拔起，泥土松动之后，土壤疏松透气，更加有利于农作物的生长。

父亲挥着牛鞭，在空中挥舞出清脆的响声，对牛来说，这是一个没有任何反驳余地的命令，它丝毫不敢怠慢，弓着腰，埋着头，一趟趟在庄稼地里来回穿梭。

夜幕即将降临，父亲、我、牛，一起走在大地之上，将自己的所有力量，奉献给生养我们的庄稼和一马平川的黄土地。

在特警，“老牛耕地”则是一个让人有些惧怕的存在。它不再是唯美的乡土劳作，成了一项磨砺人体能和毅力的运动项目。

在少林寺传承的强健功法之中，这种训练项目名为“铁牛耕地”。不管是被称为“老牛”还是“铁牛”，毫无疑问，在训练场上，这个“牛”就是我们自己。我们将双腿分开，与肩同宽，膝盖微屈，身体悬空，屈臂降体，使胸部向下落，贴近地面后，又向前推移挺身。我记得这个训练科目的每个动作细节，但我无法用文字将它表达清楚，那种酸爽的记忆印刻在我的身体之中，十多年来一直记忆犹新。

如果把操场比作是一块偌大的原野，一个个试训的我们就是在这片土地上往复耕耘的牛。一个又一个，一趟又一趟，教官手中时刻握着一根长长的教鞭，看到哪个在训练中偷懒，抡起棍子照着后背或是屁股上就是一下。这让我想起父亲当年手中的牛鞭，在牛想偷懒或是步伐变慢的时候，他会毫不留情地在牛背上抽上一鞭。

父亲十分中意那头黄牛，并非对牛抱有故意伤害的恶意。这跟教官对我们的打骂其实一样，教鞭和牛鞭一样，只是为了驱赶每个人潜意识里存在的惰性，而成为特警，注定要强于很多普通人，只有一点点进取，不断突破自己生理和心理的极限，才能最终蜕变成钢铁般的意志。

十

我总是在担心，自己最后能不能在特警班留下来，这种担忧时刻让我困顿不已。

在成为特警的路上，每一个人都在努力奔跑，想在这中间实现突飞猛进的超越，几乎是不可能的事情。但对我来说，如果依然停留在原地踏步，最终面临的只有淘汰。是走，是留，选择权其实都在自己手里。我必须在某一方面突破自己。

特警实行老生带新生的训练模式，每次在操场上五公里奔跑的时候，一个身材并不高大的师兄显得格外突出，在颗粒突出的塑胶跑道上，他总是光着脚在上面一路狂奔。在特警的队伍当中，无论是身高，还是腿的长度，他丝毫不占优势，却总能在漫长的征途中一骑绝尘。我总在为他捏着一把汗，脚底与塑胶的无数次摩擦之后，会不会血肉模糊？

我试探着向别人打听这个师兄的情况，当得知他叫邓雷，和我一样来自河南时，距离感一下子就变得无影无踪。训练之余，我会主动找他聊天，我喊他雷哥，尽管他的年龄并没有我大，但先人师门为大，这是特警的传统。

雷哥老家在素有八朝古都之称的开封，除了上大学坐火车，这座城市他去的次数并不多。这点我们极为相似，我的故乡虽然隶属新乡市，但自己生活的地方只是下面一个县城的村庄，小学在村里，初中到乡里，高中到县城，地级城市对农村的孩子来说，先天保持着遥远的距离。县城的名气并不响亮，出了河南，很少有人知道。

离开中原大地之后，每次遇到别人问起："你是哪里人？"时我会习惯性回答："河南新乡的。"很多人总是对"新乡"怀有误解，以为它只是一个乡镇。我时常会补充说："新乡不是乡，是河南的一座地级市。"他们这才恍然大悟，继而追问："你们那城市建设怎么样啊？"这一问彻底把我给问住了，虽然我的个人档案上，这个多次出现在我"籍贯"一栏的城市，即便是考上大学之后，我依然没有近距离走近它一次。它的规模有多大，建设怎么样，都有哪些地标性建筑和旅游景点？这些我一概不知。我唯一能告诉他们的，就是曾经红极一时的"新飞电器"。"新飞广告做得好，不如新飞冰箱好"，在我成长的二十世纪九十年代，不夸张地说，这是一句风靡全国的广告语。很多人一听新飞冰箱，瞬间会向我投来惊诧的目光："原来新飞冰箱是你们那儿的啊！"不过，这种惊诧，很快就会转变成一种惋惜与失望："可惜现在不行了。"

为了能让自己的家乡在别人眼中具有影响力和感召力，我只好求助于网络，惊喜地发现，我原以为一马平川的中原大地，竟然也有山川存在。万仙山、天界山、八里沟，它们就坐落在新乡市下面的其他县市，而我却浑然不知。于是，这些山山水水，很长一段时间成了我嘴里介绍故乡的资本，尽管它与云贵川的大山并不可同日而语。

十一

在雷哥看来，跑步并没有什么技巧，就看你对自己狠不狠。他说："你就跟着前面的人，把牙给咬紧了，前面的人迈一步，你就迈一步，他快你就跟着快，只要不死，就咬着跑到底。"

我问雷哥："你跑步的时候怎么不穿鞋？"雷哥说："好鞋太贵，差的鞋穿着跑步不舒服，不是有那句话吗，光脚的不怕穿鞋的，咱命都敢豁出去了，一个五公里怕啥。"

说起来容易，但真正跑起来难度实在是太大了。我尝试在跑步的时候咬着前面的人，但实力悬殊太大，跟着跑了两圈，就再也跟不上了，步子迈得没人家大，频率也跟不上节奏。

晚自习结束，距离宿舍熄灯还有一段时间，我站在操场的跑道上，脱下鞋行走，生硬的塑胶跑道硌得脚有点难受。我尝试在上面奔跑，刚开始很不适应，跑得小心翼翼，速度自然也上不来。我想起之前雷哥说的话："就看你对自己狠不狠！"心里一想，去他娘的，不就是脚磨破吗？

人一旦对自己狠一点，就会离成功近一点。豁出去之后，大胆奔跑在跑道上，没有了之前的畏首畏尾，塑胶跑道上的每一个颗粒对脚底板的刺激，都像是在提醒自己，你再不加速，一点逆袭的机会都没有了。于是，奔跑，奔跑，再奔跑，黑暗之中，没有人注意到我的孤独奋斗，但许多个夜晚的咬牙坚持，无形的能量一点点在身体内部积蓄、燃烧，然后喷发。

从此之后，在学校的塑胶跑道上，多了一个赤脚狂奔的年轻人，按照雷哥说的，跑步的时候啥也不用想，死盯着前面的人，没啥诀窍。

我一点点增进自己的目标，先咬着第一方阵跑，再咬着第三名，然后第二名，最后死死咬住第一名，等突然有一天，我咬牙从第一名身边超过去，他吃惊地看着我，但为时已晚。

每个人都看到了我的突破，但很少有人知道，在无数个黑暗的夜里，我给自己额外加过一个又一个五公里的征程。当我站在宿舍的便池上，尿出鲜红的液体时，我并不担心，因为之前医生说过，这不是我所担心的尿毒症，不过是运动量过大，身体严重透支。

只要练不死，就往死里练。这是我们苦中作乐的调侃，也是特警训练最真实的态度。

十二

我把那段艰难的时光称为“在炉火中”。每当被生活中的某个细节勾起这段过往,我总会想起村庄里出现过的铁匠师傅。

中原的冬天要比南京地区寒冷许多。到了冬天，一老一少两个铁匠会不期而至来到村口。他们将炉火生得很旺，挑拣一块合适的铁料，放入火中烧得通红，年轻人抡大锤，年长的敲小锤，大锤与小锤轮番砸在铁块之上，叮叮当当，无论频率如何加快，大锤与小锤从来不会碰撞在一起。

谚语说，“打铁无样，边打边像”。一块不规则的铁料，在打铁人的悟性之中，被敲打成斧头、菜刀、锄头、镐子。

我总感觉当年的自己，就是一块原始的铁料，教官如同铁匠。我们被挑拣出来，丢进炉火之中，历经烧料、锻打、定型、抛光、淬火、回火、泽油等一道道工序，被锻造成钢铁一般的勇士。斧头、镰刀、锄头、镐子，以生产工具的方式走入千家万户，在农民一年四季的生产劳作中发挥作用，一茬又一茬庄稼在时令中萌芽、成长、收获，为人类的繁衍生息和社会发展提供营养和能量。我们带着使命出发，奔赴祖国的边疆或者都市，荒凉或者繁华，总有一盏红蓝交替的警灯，闪烁在祖国大地的某一块热土，所到之处，黑暗瞬间成为光明。

穿过胡同拥抱北京

一

北京的腊月比江南冰冷许多。凌晨三点半，沉睡中的大栅栏胡同被一个“吱呀”声吵醒。这是我住进百顺胡同后，每天雷打不动听到的声音，开门的动静并不算重，却很准时，硬生生地把我从睡梦中给拖了出来。

这是大杂院里每天的第一个响动。开门的是在胡同里开饭馆的老韩。这是他生活的常态，也是这条胡同的常态。星星还满天铺在夜空里，月亮也高悬在头顶，整座城市，包括我们共同居住的百顺胡同，都还没有睡醒。其实，老韩自己也没有睡醒，闹钟响了三次，他知道自己无论如何得起来了。

老韩来自安徽，和老伴、儿子经营着一家川湘菜馆，今年快六十岁了，平时喜欢戴个帽子，帽子底下，是白了一大半的头发，戴上帽子人会显得稍微年轻些。

老韩的饭馆位于北京大栅栏一条名叫铁树斜街的胡同里，顺着铁树斜街径直走下去，就是闻名遐迩的前门大街。前门大街也是胡同，不过胡同和胡同不一样，前门大街商业氛围浓厚，是北京有名的小吃一条街，店面装修考究，尤其到了晚上，各种颜色的灯光和大红灯笼亮起来的时候，喜庆又热闹。相比之下，铁树斜街则是老北京的民居胡同，灰砖灰瓦、朴实无华，人流量和前门大街相比，也相去甚远。

老韩的饭馆原本只做中午和晚上两餐，今年行情不好，收入损失很大，虽然房东也相应减免了房租，但客流量大幅减少，还是让饭馆的经营显得有些惨淡。为了增加点收入，他和媳妇商量，早上加做早点，能多挣点就多挣点。

老韩的饭馆不大，摆满了也只能放六张四人座的桌子。这六张桌子和这间位于铁树斜街的小馆子，像是一根纽带，二十多年来，把老韩一家跟北京城联系在了一起。

熬粥用的米和做豆浆、豆腐脑要磨的豆子头天晚上已经泡上了，老韩打开火把粥煮上，这边就开始和面，媳妇负责磨豆子。面积不大的厨房里，只能容下两个人转身。夫妻两个忙得热火朝天，要不了多久，油开始在锅里翻滚，一根根泛着金黄的油条被老韩用一双长长的筷子夹出来，放在锅边沿的金属篓子里；粥、豆腐脑和豆浆也做好了，热气腾腾的，被老韩媳妇从锅里倒进保温桶，等待第一个掀开饭馆门帘的客人。

我没在胡同住下之前，总会觉得北京寸土寸金的地方，各种花销都贵得离谱。去了老韩饭馆之后，才知道早餐远比江南便宜许多。粥盛得满，油条个头也大，各来上一份，也才五块钱，基本上能把人吃饱。要是点上两根油条，到中午饭的时候，都不知道饿是怎么回事。

也正是因为味道好，价格实惠，老韩饭馆早上要比中午、晚上热闹许多，客人来来往往，老韩忙忙碌碌，点餐与结账的人中间，有地道的京腔，也有东北、陕西、四川、湖北、河南等天南海北的声音。因为一顿早餐，他们在胡同里相遇，短暂相聚之后，穿过一条条胡同，又各自以不同的方式去融入北京。

二

胡同是老北京城的一个重要组成部分，演绎着这座古都独特的风情和韵味。在一条胡同里，有气势显赫的王府大宅深院、富人商贾的四合大宅院、平民百姓的四合小院，也有像我和老韩租住的大杂院。人们熟知的南锣鼓巷，是北京最古老的街区之一，明清时期则是达官贵人的聚集地，里面的每一条胡同，都有着丰厚的文化沉淀，每一个宅院里，都诉说着一个老故事。紧挨着南锣鼓巷的帽儿胡同，作为京城十大胡同之一，每一扇红门之后都暗藏乾坤，末代皇后婉容、明代将领洪承畴、北洋军阀冯国璋都曾在此居住。

相比这些富贵之地，我还是喜欢大栅栏一带的民居胡同。没事的时候，我就骑着单车逛胡同。灰墙灰瓦的胡同，一条连着一条，一条挨着一条，不仅仅是城市的脉络，更是老北京居民生活的场所和京城历史文化发展演变的舞台。它记录了历史的变迁、时代的风貌，蕴含着浓郁的文化气息，像是一座座民俗风情的博物馆，烙下了人们各种社会生活的印记。每次在胡同里骑行或是漫步，都有一种想在这里住上几晚的强烈愿望，问了几个房屋中介，昂贵的租金又让这个想法望而却步。

国庆节后的第二天，天气出奇的好，既有秋季的清凉，也有晴日的温暖，阳光洒在胡同灰色的屋顶和墙面上，有阳光的地方温暖如春，上了年纪的老北京人坐在门口的阳光里打盹儿，门前笼子里的鸟叫唤累了，也跟着眯起了眼。原本快节奏的北京，在那一刻，突然间慢了下来。

路过陕西巷一家小卖部，原本想买瓶水，储藏冰柜的拉门上贴着一张纸，写着“平房出租”。我问老板娘：“房子还在吗？”老板娘说：“租房信息是一个朋友贴上的，前脚刚走，你打电话问问。”

房子所在的胡同叫“百顺”，与胭脂胡同、韩家胡同、陕西巷、石头胡同、棕树斜街、朱家胡同、小力胡同并称为清朝时期闻名遐迩的“八大胡同”。而百顺胡同，在其中名气最大。当年，京都名伶大都在附近几条胡同居住。至今，百顺胡同的一处宣传墙上，还雕有“人不辞路，虎不辞山，唱戏的不辞百顺韩家潭”的石刻。

房子位于百顺胡同36号，院子里密密麻麻十几间房，对称地排列在两边，中间是仅容下一个人行走的狭窄巷道。每一间房子面积都不大，大点的十几平方米，小点的七八平方米。负责管理这个大杂院的，是来自吉林榆树的东哥。东哥具体叫什么，我没多问，或许是跟我认识的很多东北人一样，名字里有个“东”字，就下意识被人喊了“东哥”。

我看到房子的时候，东哥正拿着瓦刀在墙上抹水泥。东北人自带豪爽，东哥一张口，就听出是好打交道的人：“兄弟，我也不瞒你，这房子昨天刚腾出来，墙皮脱落得厉害，我重新抹一下，反正就这条件，你看行你就租。”

房间里除了一张床，就只有一个货架，新的水泥抹在墙皮脱落的地方，像是一个针线活不好的妇女在一件旧衣服上缝了一块又一块补丁，针脚粗糙还不匀称，一点卖相都没有。房子很小，宽度只有两米，床放进去，床头床尾都顶到了墙上，满打满算不到十平方米。

东哥说：“这里前一天还住着一家三口。一对三十多岁的河北夫妻带着个五六岁的孩子。男人送快递，女人在家带孩子。孩子小的时候，三个人勉强睡在这张一米五的床上，孩子稍大一些，就显得挤了。后来，孩子父亲在床尾装了一个三层的货架，上面两层放快递，下面一层成了孩子的床。”

男人负责大栅栏一带快递的揽件和投递，每天骑着三轮车在各个胡同之间穿梭。早上走的时候，孩子还没睡醒，中午饭基本上是在外面随便对付一口，有时候单子少，也会到老韩的饭馆里要一碗炸酱面或是点一盘饺子，蘸着辣椒油和醋吃得满嘴流油。不过，他觉得最幸福的还是收工的时候，该派送的单子派送完了，疲惫了一天回到家，女人已经把菜做好了，菜其实很简单，三个人，一荤一素一碗粥，再打开一瓶牛栏山二锅头，北京人叫它“白牛二”，一斤装的叫“大白牛”，半斤装的叫“小白牛”，生活在这个院子里的人大都好这口，据说每年的销量惊人。

这一家人在这里住了五年。孩子从出生到五岁多，所有关于北京的记忆，都跟这间不到十平方米的小屋有关，在那个用货架做成的床上，或许做了很多有关北京的梦。不幸的是，孩子在一次顽皮的淘气中，摔折了腿，北京的医疗成本远比河北老家要高，跨区域报销比例也会少很多，外加孩子快要上小学了，北京的教育资源，他们享受不到，夫妻俩一合计，退了房，带着孩子回老家了。

三

房子条件不好，价格自然也相对便宜，我如愿住进了北京的胡同。

上大学之前，我曾在建筑工地做过民工，住宿条件简陋，就在工棚里，连上下铺的高低床都没有，铺盖铺在木板上，就成了床。胡同的这间小屋，条件并不比建筑工地强到哪儿去。门朝北，没有窗户，熄灯后的一瞬间，整个世界没有一丝光亮，真正的伸手不见五指。

睡在这里的第一天晚上，我一直在想，没有厕所，洗澡不便，上一个租客，包括住在这个大杂院里的左邻右舍，他们是如何长期在这里生活的？他们是不是和我一样，在遥远的家乡，一些三线或是四线的小城市，拥有舒适的居住环境，单元房里有宽敞的房间，敞亮的客厅，有二十四小时热水的家，却为了寻求梦想，选择放弃舒适，漂在北京，煎熬着生活的苦。

一个朋友说，不管是哪一类人，不管有什么样的收入，都能在北京生存下去。在这里，能看到很多阶层差别的不公平，也能瞬间在这种不公平之中找到相对的平衡。你感叹生活艰辛，也会不经意间在马路上看到一个你在电视里见到的明星。比如说，在我原先生活的那个江南小城，想听上一堂文学名家的课，不使出浑身解数，还真不一定能有机会。而在北京，经常能在周末去倾听获得茅盾文学奖、鲁迅文学奖等名家的创作分享，不要门票，甚至不用提前报名。对每一个追梦的人来说，这是北京的魔力，也是北京的魅力。他们从祖国的四面八方而来，以不同的方式拥抱着北京。

我拥抱北京的方式，就是穿过一条条胡同，感受这座城市的人间烟火。

关于胡同，老北京人说：“有名的胡同三六千，没名的胡同数不清。”有史料记载，“胡同”是蒙古语，街巷的意思，南北向称为街，东西向称为胡同。街巷比胡同要宽些，临街的建筑商铺较多，比如杨梅斜街、樱桃斜街，以及老韩开饭馆的铁树斜街。这里的每一条胡同，每一个小院，都有着深厚的历史文化积淀。

在大杂院里，住我对面的，是两个给超市送货的年轻人，六七平方米的小屋里，放下一张两米宽的床，几乎没有什么活动空间了。两个人挤在一张床上睡，他们挺知足，条件好与不好并不重要，关键是省钱。一千五六百块钱的房租，两个人平摊一下，一个人七八百块钱，就可以在北京的胡同里拥有一处遮风挡雨的小屋了。

有一次，我听到他们中间的一个年轻人给家里打电话，语气里带着十足的自豪："你知道我住的这是啥地方吗？这可是国粹京剧的发祥地，乾隆当皇帝的时候，徽班进京，那春台班就住在我这个百顺胡同，梅兰芳当年就住在这旁边。"

一个送货的年轻人，竟对北京的一条胡同如此了解，让我心生佩服。胡同的房子隔音效果很差，年轻人打电话嗓门也大，听着跟站在我旁边说话差不多。

我生在豫北，工作在江南，他浓重的乡音，一下子让我有了亲切感。我问他："你是河南的？"他转身，先是憨厚一笑："啊，河南周口咧。"老乡的身份，一下子拉近了我们的距离，头一次见面的陌生感瞬间也荡然无存。

我说："啥时候你不忙，我请你喝酒，把屋里那个老乡一起喊上。"

"中！"他答应得很爽快。

从我们居住的百顺胡同出发，穿过陕西巷，沿着铁树斜街走上几百米，就到了老韩的饭馆。在这条胡同里，老韩的饭馆并不出众，我第一次去他那儿吃饭，是因为他的那句吆喝："进来吧，好吃不贵，不好吃不要钱。"

我起初并没有打算进，像路过之前的几家店一样，只是一名过客。他的这句吆喝，让我改变了主意。做生意就得吆喝，要不人家不知道你是干吗的，这点我深有体会。

我小的时候，父亲种了很多韭菜，韭菜要一茬一茬割，该割的时候不割，菜一旦长老，就卖不出去了，也会影响下一茬的生长。父亲一个人卖不完，眼看菜要老在地里。那年我十一岁，上小学四年级，自告奋勇对父亲说："爸，要不我放学帮你卖吧，不过卖的钱得让我自己存着，将来交学费用。"父亲没拒绝，第二天我就挎着菜篮子出发了。

没出发的时候信誓旦旦，人一走出家门，心里立马就虚了，挎着菜篮子只顾走，脸红到脖子根，从村西头走到村东头，一斤菜也没卖出去。村里的一个婶子问我："你挎一篮子韭菜弄啥去？"我说："卖。"婶子说："你不吆喝，人家知道你是干吗的？"

如今，老韩的吆喝，与我二十五年前的记忆碰撞在一起，牵着我的思维径直走进了他的饭馆。店里生意不好，我边吃边和老板闲聊。他说，算上今年，在北京待了二十多年了，最后悔的事，就是当初没买房子，到现在还租住在胡同的平房里，夜里上厕所得跑七八十米远，被窝里攒的那点热气一进一出全折腾没了，从屋里到外面，人一下子给冻精神了，深更半夜的还睡不着了。

今年的疫情，对开饭馆的影响很大，街面上不少店都挂了转租的牌子。老韩算是比较幸运，房东免了不少房租，外加自己前些年的积蓄，勉强还能撑着。不过，中、晚两餐生意维持不了开销，只能硬着头皮把早餐也做上了。每天凌晨三点半起床，早餐卖完准备午餐，午餐到晚餐中间的空当，可以回胡同里睡上两三个小时，然后再熬到夜里十一二点，第二天凌晨三点多，周而复始地在住地与饭馆间的胡同里奔波。那时候，我才知道，每天早上的"吱呀"声来自老韩。相比之前影响自己睡觉的抱怨，内心对他投去的，更多的是怜悯与佩服。如果能安享生活，谁又愿意为了生存疲于奔命？

打那以后，只要我回到胡同，不管是早餐，还是中饭和晚饭，哪怕是吃一碗炸酱面，我都会选择去老韩的饭馆。

这一次，我和住在对门的两个老乡，在老韩的饭馆要了几个硬菜和两瓶“白牛二”。打电话的老乡叫田野，另一个叫李子涛，俩人来自同一个村子。酒至酣处，我夸田野：“你对胡同挺有研究的嘛！”田野的脸一下子红了：“有啥研究，胡同的墙上都有介绍，一天跑多少趟，两天记一个字也会背了。”李子涛说：“田野喜欢历史，小时候家里穷，初中就辍学去广州打工了，但内心一直向往北京，这里是首都，有历史，也有文化。”

李子涛这么说，田野还有点不好意思，端起酒杯说：“啥喜欢不喜欢的，就是没事喜欢瞎看看。”我敬他酒，让他给我讲讲百顺胡同，他举起酒杯，推托说：“你一看就是大学生，我能给你讲啥。”我执意要他讲。他把酒喝了个底朝天，说：“那我就随便扯扯闲篇：陕西百顺石头城，韩家潭畔弦歌声……说的就是咱这大栅栏的八大胡同。不过，现在人说起‘八大胡同’，就只想着野史中那些青楼妓院、烟花女子，其实不准确，‘八大胡同’可不限于这八条，而是前门一带多数带有妓院楚馆的烟花柳巷；再有一个，‘八大胡同’当时因为风月场出名，最初实际上是京剧班子频繁驻扎才红火起来的，所以说这是京剧的发源地。铁树斜街 101 号，就在这饭馆不远，就是梅兰芳出生的地方，后来搬进了咱们住的百顺胡同。咱的隔壁 34 号，是京剧之父程长庚故居，斜对面不远 55 号，是青衣泰斗陈德霖故居，咱住的那儿，是著名武生迟月亭故居……”

话匣子一打开，田野顿时变得滔滔不绝，像是压抑许久突然找到了可以交流的对象。话越聊越投机，酒也越喝越多，回去的路上，田野突然问我："你说人虚荣不，咱明明住的是这小破房子，两个大男人睡一张床上，连个窗户都没有，回家打电话的时候还吹得天花乱坠。"我搂着他的肩膀，说："你那是孝顺，不想让家里人担心。"他突然抱着我哭了，哭声在夜晚的胡同传出去好远。

其实不止田野、李子涛，我也一样，一个人漂在北京，牵扯着一个家庭的思念。在这一点上，管理这个大杂院的东哥更是深有感触，他已经七个月没回家了，有工作的原因，也因女儿的那句话。上一次他回去，临走的时候，女儿对他说："爸爸，你以后别回来了，我已经习惯你不在家了，你半年不回，回来待两天又走，我会更想你，还不如不回！"

四

我和东哥签下租房协议后，发了一条朋友圈，为了多年以后寻找这一年我在北京的痕迹，也为了庆祝在偌大的北京城，我有了一间属于自己的小屋。尽管简陋，却是我拥抱北京的阵地。

能住在前门附近的胡同，不少人觉得是一件特别豪气的事情。他们和我最初的感觉一样，北京的胡同身价都高不可攀，即便是租住，也要付出昂贵的租金。这是因为，人们总是习惯于抬起头往上看，追求高贵富裕的生活，却经常忽略再发达的地方，也会有一些靠苦力生活在城市角落里不起眼的小人物。就像老韩，在这座城市里，他的饭馆包括他自己，其实都是可有可无的，但每次回到老家，乡亲们听说他在前门大栅栏的胡同里开饭店，那一定是腰包鼓得装不下的大老板，从来不敢想象为了多挣下一点钱，早点在北京买上一间小屋，每天只能睡上三四个小时。

妻子把我的朋友圈拿给母亲看，老人家很快就把电话打来了，问我是不是跑到乡下租房去了，怎么连个暖气都没有？我说这可不是乡下，是皇城根下。母亲问，那离天安门，离毛主席纪念堂远不远？

母亲生于二十世纪五十年代末，那个时候，群众发自内心地对毛主席无限崇敬、热爱。不管是不是共产党员，包括像我母亲一样大字不识的农村孩子，都最听毛主席的话，最听共产党的话。家家户户堂屋当门的墙上，都贴着毛主席的画像。在母亲眼里，毛主席是让她吃饱穿暖的恩人。

六十多岁的母亲，与土地打了半辈子交道。早些年，农业尚未实现机械化，播种、灌溉、除草、收割、入仓等一系列农活全靠人力劳动。从开春到秋收，每天起早贪黑与土地较劲，到了没有农活的冬天，为了能给我们挣点学费，又会像男人一样出去揽些苦力活。母亲生我的前一天，还挺着肚子在农田里除草。日复一日、年复一年的过度劳累，母亲腰腿疼痛的症状越来越严重，不能多走，也不能长久站立。

在我走出农村之前，县城是母亲去过的最远的地方，见过的最大的城市。我参加工作后，想趁着母亲腰腿还算可以，带她出去走走，看看外面的世界。每次母亲都说："外面有啥好看的，城里的楼都一样，我这腿也跟不上趟。"其实，这都不是根本原因，主要是看我那时候还没在城里安家置业，母亲不想让我花钱。

这次我到了北京，每次跟母亲视频通话，她都问我："去天安门了没，去看毛主席了没？"我说看了，天天坐地铁从那儿过。母亲说："你给我拍张照片看看。"我把站在天安门前的照片发给她，母亲问："毛主席的呢？"我说毛主席纪念堂不让拍照。母亲“哦”了一声，语气里有点失望。我说：“妈，下次我回去把你带来，你亲眼看看天安门，看看毛主席。”母亲眼里立马有了光，随即又暗淡下去：“那来回路费得花不少钱吧？”

母亲虽然心疼钱，但因为是来北京，最后还是妥协了。为了省钱，母亲坚持住在我租的那间平房。母亲说，这房子这么破，政府咋不拆了盖楼，我说别小看这小平房，距离天安门两公里，一平方米卖二十多万。母亲听了先是一惊，随后又变得平静：“离天安门这么近，难怪卖这么贵。”

两公里路程，对正常人来说，闲逛着就去了，对于腰腿不好的母亲来说，是个不小的挑战。从胡同去天安门的路上，我担心母亲身体吃不消，要打辆车。母亲坚决不同意，说以前毛主席领兵打仗，爬雪山过草地，两万五千里长征都过了，咱这几里地算啥。

母亲没上过学，是个地道的农村妇女，北京和她关联的，不是故宫、长城、颐和园、南锣鼓巷，只要能去一趟天安门，能亲眼看看躺在水晶棺里的毛主席，对她来说，就是拥抱了整个北京。

出发之前，母亲特意换上了新买的衣服，路上走得很坚决，一步也没停歇。在天安门前照相的时候，她先摸摸衣领，再拽一拽衣角，我让她笑一笑，她依然一脸严肃。在母亲内心，与天安门、与毛主席合影，是一生中必须要完成的使命，嬉笑不得。

参观毛主席纪念堂的人很多，队伍排了几个来回，时间长了，母亲手撑着腰，我说要是吃不消就回吧。母亲说，没事，吃得消。直到一个小时走出纪念堂，母亲才找了一个台阶坐下来歇会儿，她说：“看毛主席躺在那儿，总感觉他只是睡着了。”我想说毛主席虽然走了，但他的思想还在，想想又打住了，没必要在母亲面前多此一举。在母亲那代人看来，毛主席一直都活在他们心中。

五

在北京的日子，我经常背着包从胡同出发，前往天通苑、回龙观、通州、大兴、皮村乃至地理位置隶属河北廊坊的燕郊，体验北漂聚集地的真实生活。他们为梦想而来，工作在城里，租住在市郊，上班单程最长的时间达两个半小时。

地处北京北五环外的天通苑，是亚洲最大的社区，三十万的固定人口，六十万的北漂，他们每天迎着城市的第一缕阳光开始奔波，在夜幕沉沉时才回到栖身之所。站在天通苑地铁站的天桥上，即便是晴好的日子，依然看不到小区的尽头。

和天通苑一样，回龙观、北京像素、河北燕郊，是这些大多数北漂闯进北京的第一站落脚点，因为房租相对便宜，安放着千万个北漂人无奈的现实和遥远的梦想，有人在此启航，也有人在疲于奔波中黯然神伤。他们向往的北京太美好，但他们能在北京拥有一席之地太艰难，他们想依托这样的过渡，实现扎根北京的愿望。

我时常躺在床上，回味远途上班跋涉的艰辛和疲惫，庆幸自己在皇城根下拥有这样一间小屋，刚好容下对北京、对文学的痴念与向往。我也时常会站在仅容一人行走的巷道里，仰望头顶湛蓝的天空，让文学的梦想飘向朝阳区最东端那个叫皮村的地方。

皮村，一个北京市郊的村庄，地处北京与燕郊的交界地带。公交车在村口的环岛边上停下，环岛向西，笔直的马路通往繁华的北京城区，向北则是皮村，是租住在此的两万多名外来打工者眼中的另一个北京。

我慕名去皮村，是因为那里的文学小组。那些户籍在农村却早已不在老家种地的外来务工人员，花上几百块钱，就可以在这里寻找到一处栖身之所。他们分布在城市的角落和夹缝之中，其中，有很多怀揣文学梦想的人，他们需要文学阵地，需要精神抚慰，需要被肯定、被鼓励，但主流的文化阵地对他们来说，太过奢望与遥远，于是他们抱团取暖，在那个偏远的、本不为人所知的小村庄，成立了自己的文学小组。工作中，他们是建筑工、装修工、电工、瓦工、装卸工，夜深人静，他们围聚在一起，就是文学的追梦人，他们用手中的笔，书写城市的角落和工人们的喜怒哀乐。看见他们，我就会想起多年前的自己，在建筑工地的空地上，捧着一本文学书籍，在文学的世界里感知路遥、陈忠实、二月河、贾平凹，也正是文学的力量，让我从一名建筑工人重新燃起求知的欲望，走进大学的校门，并拿起笔，书写发生在祖国大地上那些动人的故事。

我从胡同一次次出去，去往前门、天安门、故宫，去往房山、昌平、门头沟，去往怀柔、密云、平谷、顺义，去往我没有去过的北京的每一个角落，用脚步丈量首都的博大与深厚，然后拖着疲惫的身体重新回到胡同。那间简陋得不能再简陋的小屋，是我拥抱北京后精神和肉体的归宿。

六

柿子在桌子上放软的时候，我离开了胡同。

柿子是我刚住进来的时候田野给我的。那是一棵生长在公园边上的柿子树，黄澄澄的柿子挂在枝头，像是一个个小灯笼，熟透之后从枝头落下，腐朽成泥土，成为树木生长新的肥料。果子是树的作品，被人摘下是一种认可，农村出生的田野再明白不过。就像是家里种了麦子、玉米、大豆，它们倾尽了生命里所有的能量孕育出的果实，如果不被采撷，不被加工，对庄稼本身来说，就是一种遗弃。

田野把树上能够得着的柿子摘下，带回家里。那天，他打完电话，我和他打招呼，他把柿子送给我，算是老乡初次见面的礼物。

走的那天，我把被褥留给了田野和李子涛，烧水壶留给了老韩，挂衣架给了东哥。我们短暂在这里相聚，又很快在这里分别。他们为了梦想，常年在这里生活；我不过是寻找一份体验，成为这里一位短暂的过客。

“晚上喝酒吧，我请，算是为老乡送行。”田野说，“还去老韩的饭馆。”

饭馆生意依旧不景气，老韩刚好有空陪我们一起坐下来喝酒。菜并不丰盛，酒还是“白牛二”。窗外寒风肆虐，零星飘着雪花，屋内推杯换盏，几个为梦想打拼的北漂人，经历着属于自己的狂欢。烤鱼的托盘下，酒精炉烧得正旺，托盘上面热气腾腾，寒冷的夜里，我感受到了别样的温暖。

我挺庆幸在那条胡同里，遇见和我一样的他们，他们也和我一样，遇见和他们一样的我。酒喝多了，他们给我讲在北京的工作和生活，那里有乡愁，有牵挂，有欢喜，有无奈。我把他们的故事先记在心里，再写成文章，成为传播他们故事的文字。

田野请客，老韩不肯收钱，我还是偷偷扫了店里付款的二维码。田野听到钱到账的声音，跟我急眼：“明明是我喊请客的嘛！”老韩也不高兴：“起码要打个折嘛！”

出了饭馆，就意味着告别，和胡同告别，也和新认识的他们告别，和这条街巷历史里的故事告别。这些曲曲折折存在于皇城根下的胡同，低矮、破旧，却都有自己的渊源，都有自己的故事，它们辉煌过、屈辱过，在一代又一代中国人的努力下，开始了新的复兴。住在胡同里的人，不管是长居在此的老北京人，还是像田野、老韩、东哥一样的外来务工人员，一个个小小的他们，撑起了大大的北京。他们和生活在天通苑、回龙观、北京像素、皮村以及河北燕郊的北漂人一样，在日常的工作和生活里，让北京这座拥有两千多万人口的城市正常运转、日渐繁华。站在城市的高楼上俯视大地，熙熙攘攘的人群中，他们渺小得如同蝼蚁，但也正是看似渺小的他们，让中国尊、中央广播电视塔、国贸等一座座城市地标拔地而起；也正是看似卑微的他们，在疫情期间，拔掉自己菜地里的蔬菜，义务捐献给疫情重灾区，倾囊助力祖国打赢疫情防控阻击战。

和他们告别后，我又走过百顺胡同、陕西巷、铁树斜街，走过前门，走到天安门广场，寒风素冷，我又想起母亲，想起她拍照时一脸严肃的表情。她来北京不是旅游，而是一次初心之旅，这座城市躺着那位让她吃饱穿暖的老人，减免农业税、发放粮食补贴、危房补助等一系列助农惠农的政策，从这座神圣的城市里出台，让她的日子一天比一天好过，一年比一年富裕。

我感谢那条胡同，感谢胡同里那间只有一张床的小平房，它容纳了我的梦想，承载着母亲在北京美好的记忆。与其说是与胡同告别，不如说是换了一种形式的拥有，它早已和梦想一样，深藏在内心深处。许多年以后，想起北漂的日子，就会想起那条胡同、那间小屋。我曾经从小屋出发，穿过一条条胡同，拥抱过整个北京。

一个人的警务室

一

太阳还没有完全睡醒，氾光湖居民家里的灯就陆陆续续亮了起来。要不了多久，集市口就会变得热闹嘈杂，拉桌子，摆凳子，鱼、蟹、蔬菜、猪肉，一个个摊位摆好，氾光湖老百姓一天的日常生活就开始了。

氾光湖不是一个湖，只是社区民警李树干警务区的名字。这里地处里下河腹地江苏省扬州市宝应县氾水镇境内，东临京杭大运河，西靠宝应湖，南接高邮湖，方圆大约六十三平方公里，一万四千名常住居民。1999 年，宝应县乡镇区划调整，原本是一个乡建制的氾光湖被撤销，并入氾水镇。随着氾光湖乡一并撤销的，还有乡里的派出所，所里的民警也统一并入氾水派出所，只保留一个警务室和一名警察留守。

氾水镇与氾光湖乡咫尺之遥，中间仅隔了一条京杭大运河，氾水在河东岸，氾光湖在河西岸，经济发展却大相径庭。这么来说吧，别说在宝应县城，就是放到整个扬州市，氾水镇都算得上最大的乡镇之一，是镶嵌在黄金水道京杭大运河上的一个明星古镇，唐代时期就初具规模，自古就有“金氾水，银宝应”之称，繁华程度可见一斑。而京杭大运河对岸的氾光湖，因为三面被水阻隔，交通很不便利，外面的东西进不来，里面的东西运不出去，想去趟镇上，只能靠坐摆渡才能过京杭大运河。

终于能到镇上了，不用再受整天坐摆渡来回奔波的苦，所里民警个个充满期待。可不是嘛，到了氾水镇，买东西、上医院都比在氾光湖方便，孩子受教育的环境也有明显改善，换成谁，谁能不心动呢？何况李树干工作踏实，口碑也好，不管是能力还是资历，铁定是要去镇上的。

让李树干没想到的是，老百姓得知他要走，一个个不舍，联名写了挽留信，找到所长，说："小李这人踏实，跟我们也贴心，能不能留在氾光湖？"

老百姓之所以想让李树干留下来，是觉得这个警察把他们当回事，大事小情找到他从来不推托，办事还公道，一碗水端得平，不洒不漏不护短，是个宁愿自己吃亏也不让百姓受损的人。所长把联名信递给李树干，问他本人啥意见，李树干没表态，说要回去好好想想。

是啊，留下还是离开，区别太大了，可不要好好想想吗？李树干没回家，没有目的地在村里走，走到哪儿，都有人跟他打招呼，像是见到了自己家里人。走到运河边上，看着来来往往的船只，李树干离开的心有点动摇了。在氾光湖，年纪比李树干大的，是看着他长大的；和他同龄的，是跟他一起长大的；比他小的，是他看着长大的。看着信上一个个再熟悉不过的名字，他心里突然生出了根，根越长越长，直直地扎进了脚下的泥土里。这一扎不要紧，在此后二十多年的时光里，李树干守着一个人的警务室，起早贪黑，没有周末节假日，把自己的青春和热血全奉献给了氾光湖的老百姓。

日子一天一天过，工作年复一年干，整天忙的全是鸡毛蒜皮的小事，对于一个警察来说，很难找到成就感。但李树干不这么认为，在他看来，他能参与这里的每一件大事，本身就是一种成就。南水北调工程、大汕子工程、渔民阻工、氾水运河大桥建设纠纷、村组分地矛盾、乡村道路硬化寻找资源，氾光湖百姓的日子越来越好，乡村建设越来越美，每一件事他都做了贡献，还有什么能比这更有价值的吗？

这些年，每天清晨六点，李树干都会下意识地醒来。先到集市口转转，哪个摊位占道了，哪家车辆停放影响交通了，他都要理一理、顺一顺，既要让摊主做得了生意，也不影响老百姓正常通行。

管理好集市口，天已经放亮，氾光湖小学门口紧跟着也热闹起来，送孩子的家长、学校门口打闹的孩子，迎着晨曦，给这座偏僻的小岛带来新生的活力。在李树干看来，孩子是家里的希望，也是社会的希望，把孩子的安全保护好，就保护了一个家庭的幸福生活，说不定这中间的某一个或是几个孩子，将来能走出这个地方,到外面学了本事,还会念着这里,反哺这里。

李树干之所以每天要到学校门口，是因为村里没有红绿灯，每天送孩子的大都是上了岁数的人，文化层次低，有的压根就没进过学校的门，文明安全参与交通的意识也不强，遇到急事骑着车子横冲直撞，看得李树干心里捏着一把汗。为了不出事，他每天早上把警服一穿、帽子一戴，学生还没到，他就先到了。村民跟他打趣："老李啊，人家交警戴的都是白帽子，你咋戴的是黑帽子？"李树干嘴里招呼骑车的慢点，然后回应和他开玩笑的人："别管黑帽白帽，能管好交通就是好警察。"

孩子们上了学，李树干回家盛上一碗菜泡饭，端着饭碗站在院子里，三口并作两口，呼噜呼噜吃得着急。妻子华占莹又心疼又抱怨："要吃饭就坐那儿安安稳稳吃，又没有十万火急的事催你。”李树干不说话，嘿嘿一笑。在李树干心里，入户走访虽然都是日常工作的小事，但也不能不当回事，更不能糊弄。他要赶在村民吃早饭前赶过去，过了这个点，村民有的下地，有的打工，家里常常是铁将军把门，想见到人，不容易。

村民们看见李树干过来，从来不跟他见外，自己一家人吃饭，顺手给他也盛一碗。李树干摆摆手，说吃过了，顺势在饭桌前的长条凳上坐下，掏出本子。有新情况他就记下来，没有就速战速决，临走的时候不忘叮嘱一句：“自己养的鸡鸭鹅，可要看好了，别让‘三只手’的偷了去。”村民笑着回他：“偷了的话，你给我们把人抓回来。”李树干也半开玩笑：“人好抓，吃进肚子里可给你吐不出来。”一家子人都笑了。李树干也笑了，边笑边拿着走访登记簿，转身去走访下一家。

除了每月雷打不动的入户走访，帮群众代办各种业务也是李树干日常的主要工作之一。年轻人出去打工后，腿脚不便的老人常常为到镇上办事发愁，李树干知道后，在警务室搞起了代办业务，交电费、交水费、办户口、买药，只要村民找到他，都照单全收。每个周一上午，他都要去镇上的派出所开会，每次出门，公文包里都塞得满满的，电费本、水费本、户口本，还有手写的要买药的纸条。同事拿他开玩笑：“你这包里鼓鼓囊囊的，是不是吃拿卡要老百姓的东西？”他笑着把大手在包上拍拍：“氾光湖老百姓识趣，不用卡也不用要，都是主动送上门。”

所长开完会，李树干就开始了新一轮的忙活，先去户籍室，把几家新生孩子的户口落好，然后再跑供电所、自来水公司、药店、超市。几个办事地点不集中，有的还要排队，事情办完了，天就黑了，他自行车龙头上、后座上全是东西。

驮着东西坐上轮渡，过了大运河，他再一家家给送过去，老人看见他汗流浃背，心疼他，赶紧端上一碗水。他双手接过碗，咕嘟咕嘟喝个底朝天，然后把嘴一抹，很过瘾的样子，仿佛喝的不是水，而是甘甜可口的饮料。人家留他吃饭，他把手一摆，要么说要赶着给下一家送东西，要么说媳妇在家等着他呢，下次一定留下来。有的老人就不高兴：“你这个小李，办事挺牢靠，说话老是不算话，每次都说下次，却从来没有过下次。”李树干嘿嘿一笑，推着自行车就跑，一边骑一边说：“下次，下次一定！”

二

时间过得可真快啊，每次路过村口的那两排白杨树，李树干都会发出这样的感慨。他刚穿警服那年，一棵棵杨树还不到碗口粗，笔挺笔挺的，矗立在路两旁，像一个个精神头十足的青年小伙。一转眼就二三十年过去了，白杨树长高了，也粗了，一个人伸开双臂才能抱过来。一阵风吹过来，树上的叶子零零落落地往下掉，李树干忽然意识到，树长大了，自己也老了，脸上的皱纹越来越密，头上的白发也越来越多。

按照法定年龄，2019 年 10 月，李树干就该退休了。李树干是全国公安系统二级英模、全国公安楷模，上过央视，进过人民大会堂，是全省乃至全国公安系统荣誉最高的先进典型。李树干说，当年穿上警服的时候，一门心思只想着怎么能帮老百姓办点实事，从来没想过这辈子能获得这么高的荣誉。

李树干评上第一个国字头的荣誉是全国优秀人民警察，他清楚地记得，那是参加工作的第十六个年头。风吹日晒十六年，小李硬生生被岁月摧残成了老李。新上任的局长到基层走访调研，到汜光湖一看，方圆约六十三平方公里的辖区，就李树干一个警察，再和老百姓聊聊，个个都对他竖大拇指，说："这人真不赖，我们大事小情找他，啥事都一碗水端得平平的，不洒不漏不护短，从来都是向理不向人。"

从村民到渔民，从小孩到老人，从干部到群众，问一个伸个大拇指，问两个伸一对。不过，也有个老人对局长抱怨，说："这个小李啥都好，就有一点不好，老忽悠我，每次留他在家吃饭，回回说下次，却从来没兑现过。"

局长一圈调研完，眼眶里湿了好几次，却什么也没说，上车就走了。

几天后的一大早，一群记者来到汜光湖，他们都是局长安排过来采访李树干的。三面环水的孤岛，一个人的警务室，一万四千多名常住村民，李树干和乡亲们的故事第一次呈现在大众面前，村民们一个个竖起的大拇指、一句句朴实的褒奖赢得了记者和观众一串又一串的眼泪。央视的记者捕捉到线索，也专门赶了过来。那天晚上，中央电视台以"最有面子的农民警察"报道李树干事迹的时候，整个汜光湖沸腾了，李树干身体里的热血也跟着沸腾了。

打那以后，原本孤寂的小岛就没再冷清过，记者一拨一拨来，李树干的荣誉一年比一年高，从全国优秀人民警察到全国公安系统二级英模，从江苏时代楷模到全国公安楷模，从偏远的孤岛汜光湖到在人民大会堂受到习近平总书记接见，一串串的光环戴在头顶，很多人以为李树干会飘，没想到他回来后，还是那个朴实的老李，谁打招呼都应，谁递再差的香烟都抽，照样跟群众坐在树荫下乘凉，蹲在地头聊天。人家调侃他："老李，你都是跟总书记握过手的人了，还能瞧得上咱这农民不？"李树干话没说，笑声先传出去二里地："你看你说的这是啥话，这些年我挽起裤腿插秧、撸起袖子乘船、弯下腰来耕田，哪样输过你们？”

人再不服输，但终归抵不过岁月，六十岁到了，该退休必须要退休。因为是全省公安系统最高层次的楷模，组织上想给李树干办个退休仪式，让时代楷模跟自己的警察职业生涯正式做个告别。说来不巧，李树干是 10 月生日，正赶上新中国成立七十周年大庆安保的关键节点，公安工作任务重、压力大，实在抽不出时间。忙完大庆安保，又到了年终岁尾，公安机关更是忙得不可开交，只好继续搁浅。转眼到了年底，年还没过完，新冠疫情气势汹汹就来了，城市管控，村庄封闭，人都不让流动，退休仪式自然更是无从谈起。

仪式办不成，李树干反倒挺高兴，对他来说，晚一天举行退休仪式，警服就能多穿一天。疫情防控期间，李树干主动向所领导申请到一线去，年轻人照顾他让他悠着点，李树干不肯，说：“我得抓紧最后穿警服的时光，等真正退休了，想执勤都没机会了。”

是啊，人终归熬不过岁月。2020 年 5 月，疫情得到了有效控制，群众的生产生活慢慢开始恢复正常，江苏省公安厅、扬州市公安局，包括宝应县里的领导和同事，在李树干工作的警务室，热热闹闹地为李树干举办了荣誉退休仪式。

办完这个仪式，就算正式退休了，领导说：“老李你上台说两句吧，算是给自己的警察生涯画个句号。”李树干没推辞，来到讲台上，话还没出口，眼泪先抢着要出来，他强忍着，站在台上哽咽了半天，说：“我马上要脱下警服了，心里空落落的。三十年来，组织培养、领导关怀、乡亲们支持，让我这双丈量土地的大脚，走向了全国，登上了央视，走进了人民大会堂，一双劳动的手与总书记的手握在了一起，再苦再累也值了。

我虽然退休了，但还是党员，如果乡亲们需要，我永远都是那个农民警察李树干。”

李树干的退休感言让局里的领导很感动，说：“老李可是咱公安队伍里的宝，那些宝贵的工作经验要是烂在肚子里就太可惜了。”镇上的领导也觉得说：“群众工作是政府工作的根基，老李既然表态，可不能浪费了这机会。”

脱下警服的李树干并没有闲着，正像他说的那样，职业生涯有退休年限，作为老党员，可以无限制地为人民群众服务下去。如今，李树干又开始忙活起来了，镇里任命他为村里的党支部副书记，县公安局向市局、省厅申请，聘任他为省、市公安教官，并担任社区的总网格长，虽然都是挂名，甚至连工资都没有，但一点不影响他干事的劲头。

妻子笑他，这辈子就是当牛拉车的命。李树干也不反驳，反倒挺喜欢这个比喻。牛最为勤恳踏实，退休后能像老黄牛一样再继续耕耘，也算是增加了生命的厚度。

这不，每天一大早，李树干还是会下意识往集市口走去，那条他穿着警服走了三十年的路，从土路、煤渣路到现在平整的水泥路，他见证了路的变化，也见证了老百姓从贫穷走到小康的过程。

那天，还没走到集市口，李树干大老远就听见十字路口有人在吵。卖菜的老张和卖鱼的老华正在为摊位界线的问题争得面红耳赤，眼看着就要动手了。老张看见李树干走过来，大老远就喊：“老李，你过来评评理！”

李树干看了看，一句话也没说，转身就要走。老张纳闷，问李树干：“你咋走了？”李树干说：“我已经退休了，你们的事也管不着了。”老华一听也蒙了：“老李你不管了，以后我们找谁？”李树干回得很干脆：“你们爱找谁找谁！”老张说："那可不行，我们才不管你退休不退休。你断事一碗水端得平，向来不洒不漏，该找你还找你！"

其实，李树干不是真不管，只是想来个冷处理。氾光湖这块土地上，有多少条路、多少条河、多少亩地，有多少户人家，每家有几口人，哪些出去打工了，哪些留守在家，李树干的心里都有一本清晰的账。遇到矛盾纠纷，哪些人吃硬，哪些人吃软，哪些人要抬着哄，哪些人要晾一晾，李树干的心里跟明镜一样。

这俩人没什么深仇大恨，无非是因为鸡毛蒜皮的事而产生的面子问题，晾一晾就行了。李树干问老张："吵了半天你得到了啥？"老张摇摇头。又问老华："你得到了啥？"老华不吱声。李树干语气严肃起来："折腾半天，肚子气鼓了，啥也没落到，你们图的啥？"俩人相视无语。李树干转脸又笑了，一手搂着一个人的肩膀，说："远亲不如近邻，你们俩摊位挨着摊位，长年累月搭帮子做邻居，和和睦睦多好，来握个手，这事就算过去了，下次再闹这一出，我可就真不管了。"

俩人的手握在了一起的时候，太阳已经爬过了头顶，街头一切恢复正常，摊贩与顾客讨价还价的声音在氾光湖此起彼伏。那画面，是农民生活的日常，也是农村幸福美好生活的一个缩影。

三

从集市口刚回到警务室，板凳还没坐热，李树干就接到顾欢的求助电话。顾欢是李树干的徒弟，刚从警校毕业没多久，局里就安排他负责氾光湖警务区，算是接李树干的班。顾欢在电话里说，有一起涉农警情自己搞不定，想请师父出马解围。李树干挂了电话，骑上摩托车就往现场赶。

说起摩托车，李树干打心眼里充满自豪。刚评上全国公安系统二级英模的时候，有一次公安部领导组织大家座谈，得知李树干二十多年坚守一个人的警务室，整天风里来雨里去，提出送给他一辆小汽车。身边的人都替他高兴，哪想到他一口给回绝了，问能不能把小汽车换成摩托车。在场的人不明白，傻子也能拎得清哪个重哪个轻，放着遮风挡雨的汽车不要，干吗要个冬天冻得发抖、夏天晒得烫皮的摩托车？李树干说："小汽车是好，也贵重，但我工作的乡村路窄，经常要到田间地头出警，汽车进不去，不利于开展工作；即便是进得去，我坐在车里，老百姓跟我打招呼我听不见，会疏远了我和群众间的关系，不利于警民和谐。"

摩托车拿到手后，李树干当个宝贝一样爱惜，每天在外面跑了一天，回来都要把车子擦得干干净净。车是好车，可再好的车也禁不住天天骑，外加乡下不少地方坑坑洼洼的，几年下来，车子的小毛病开始陆陆续续出现。有一天，省厅领导到氾光湖视察，看见李树干的摩托车，想试试车子的性能，结果关键时刻掉了链子，废了九牛二虎之力也没点着火。领导摇摇头，说："老李在基层不容易，装备一定要保障好，回头咱以省厅的名义给老李换辆新的。"没过几天，新车就到了，李树干干起工作更加卖力了，每天早上七点不到，摩托车的"突突"声就打破了乡村的宁静，他要赶在家家户户烟囱冒烟的时候去走访。李树干说，乡下人起得早，早饭一吃，该下地的下地，该做工的做工，人就不好找了。

可惜的是，这辆摩托车骑了没几年，车子好好的，人要退休了。退休意味着要脱警服，警用摩托车也不能再骑了，李树干舍不得，但岁月不饶人。厅领导得知李树干要主动发挥余热，继续为汜光湖老百姓服务，退休仪式那天，专门又送来一辆民用牌照的摩托车。

如今，公安部送的警用摩托车进了李树干警务室陈列馆，成为李树干从警生涯的一个见证，省公安厅送的警用摩托车移交给了新来的徒弟。每天一大早，乡亲们都能看到李树干骑着摩托车，奔波于乡村的田间地头，和年轻的徒弟一样生机勃发。村民调侃他，说：“老李你这是老树发新芽枯树又开花啊。”李树干嘿嘿一笑，说：“我这是脱下警服、卸下荣誉，轻装上阵再出发。”

顾欢遇到的警情并不复杂。村民老王把收割稻子的活承包给小李，小李把收割机开到地头后，老王觉得对方要价太高，反悔不干了，打电话又联系了外村一个收割机手。小李一听火了：“我大老远把车子开过来，你说反悔就反悔，我的损失找谁要去？”

顾欢没种过地，不清楚割稻子的费用，也不知道这种纠纷该怎么调解，只得求助师父。还没等李树干车子停稳，小李就三步并作两步走过来：“老李，你断事公道，你说这事咋办？”李树干了解了事情的来龙去脉，把老王拉到一边：“你找人家事先不问价格，人家来了嫌贵，又找别人，确实有点说不过去。我给你算算，后找的这个一亩地便宜十块钱，十几亩算下来，省了一百多块，你给人家贴补五十块钱的油钱，还省了大几十块。”老王想了想，这账算得不错。见老王点了头，李树干又把小李拉到一边：“都是乡里乡亲的，低头不见抬头见，别伤了感情，你这路程也不远，烧不了多少油，我做主了，给你贴补五十块钱的油费你看行不？”小李说：“钱倒是次要的，没他这么做事的，态度也不好，看在你老李的面子上，这事算了。”

刚才还剑拔弩张，师父三下五除二给解决了，顾欢打心眼里佩服。回去的路上，李树干告诉顾欢："做社区警务工作，群众基础很重要，你心里装着大伙，乡亲们才不拿你当外人。"对于李树干这个师父，顾欢心里是百分之百的佩服。在汜光湖，再难缠的人，再难处理的事，到了师父这里，往往三言两语疙瘩就解开了。

至今，顾欢都记得第一次入户走访时候的尴尬。

那天，李树干带顾欢入户调查。到了一户居民家门口，李树干说："你敲门，我站你后面，就全当我不在。"门开了，探出一个脑袋，对方还没说话，顾欢一本正经地说："我是派出所的，到你家做个入户调查，请你配合。"里面的人上下打量了顾欢一番，没说话，转身就要关门。这时，李树干突然从后面冒了出来："老赵啊，路过你家，看看你这有没有需要帮忙的。"老赵一看是李树干，脸上立马绽开了花："呀，老李啊，快进来喝口水。"

从老赵家出来，顾欢一脸郁闷。李树干安慰他："别泄气，这次吃闭门羹，是你说话的方式不对，跟老百姓打交道就得学会用老百姓的语言。你上来一脸严肃，说是派出所的，要调查人家，还让人家配合，人家以为自己犯了多大事呢，哪个愿意配合？"

为了早点让徒弟了解辖区情况，李树干带着顾欢上渔船、进农家、下农田，遇到渔民收网，他袖子一挽，撑船的水平不亚于一个老渔民；遇见马路上晒粮的，眼看着要被雨淋着了，他把摩托车往边上一停，拿起簸箕就往口袋里灌；眼看误了种地的农时，留守老人家的秧苗还没插，他卷起裤腿一干就是一晌。

走的村组越多，见到的村民也就越多，顾欢发现，师父无论走到哪儿，大家看见他都是满脸热情，像是看见了自己家里人。李树干也会趁机把顾欢往前推，逢人就说：“这是我徒弟小顾，我退休了，以后他给你们跑腿。谁要敢欺负他，我可不愿意。”李树干说这话的时候，满脸带着笑。村民知道那是在开玩笑，都拍着胸脯保证：“老李你放心，谁要不配合小顾警官，我都不能答应。”

师徒俩一天跑下来，摩托车的前后挡泥板上沾满了泥渍。李树干拿着毛巾擦了一遍又一遍，一边擦还一边吹，抚摸着那个曾陪着他风里来雨里去的老伙计，仿佛他擦的不是摩托车，而是一枚闪着金光的军功章。

走访结束，已是暮色四合。李树干和顾欢开始整理一天的走访记录。袅袅炊烟又在小岛上空升腾起来，鸡鸣犬吠在邻里间相闻，氾光湖老百姓的一天开始打烊。警务室里却依然灯火通明。从高处俯瞰氾光湖，京杭大运河与湖水环抱间，亮着光的警务室，像是一只点亮氾光湖平安的灯盏，晚归的人看见它，远远地就感受到了一份温暖和踏实。

在氾光湖老百姓眼中，正是有了李树干年复一年的守护，他们的生活才得以平安祥和。在李树干看来，自己终将会慢慢老去，但不管是他，还是徒弟顾欢，抑或是别的同事，总会有一个人头顶警徽，驻守在氾光湖，点亮警务室的那盏灯。因为警察存在的价值，就是把所有黑暗的地方照亮。

随一条河流南下北上

一

在我北京临时住地的墙外，长着一棵银杏树，枝干粗大高挺，紧挨着一条河。到了深秋，在阳光的照射下满树金光，风一吹，树叶零零落落地往河面上漂。一片、两片……河水胸襟宽广，陆陆续续收容了一树的落叶。

我在地图上寻找这条河流的名称，得知它叫通惠河，一种近乡情切的感觉忽然在心底升起。作为京杭大运河的“最后一公里”，通惠河不仅曾是北京的经济命脉，承载了一代代人的梦想欢歌，还作为京城重要的风景游览区，承载着河流沿线丰富的文化遗产和文化记忆。而让我倍感亲切的，是通惠河的水与扬州的大运河、新乡的卫河有着千丝万缕的联系。

我经常会有一种感觉，水和人一样，是有记忆的，否则它不会带着我回到千里之外魂牵梦绕的故乡，也不会让我在北漂的日子里，把所有无处安放的时间交给那条河流。唯一的解释只能归结于一个原因，就是北京的通惠河和扬州的大运河、新乡的卫河在很多地方是相同的，它们共同构成着京杭大运河的神奇，养育着河流两岸辛勤劳作的人和名目繁多的林木。

我的家乡在中原，卫河是故乡的母亲河，因春秋时期卫地得名，发源于山西太行山脉，流经河南新乡、鹤壁、安阳，沿途接纳淇河、安阳河等，至河北大名县与漳河汇聚成漳卫河，再流经山东临清入南运河，到天津融入海河。

明清时期，京杭大运河因为要横穿黄河，两条河流不得不形成交叉状态，黄河中大量的淤泥容易导致运河淤塞，给运河的航运能力造成很大破坏。为了保持运河漕运的通畅和漕粮北运，明代开始就采取河海并漕、水陆兼程、绕道中原的办法，来避开黄河对运河的干扰，这就在客观上促成中原运河的产生，并成为明清京杭运河的辅助路线。在京杭运河淤塞不通的情况下，中原运河发挥了不可替代的补充作用。《明史·河渠志四》卷八十六载："永乐元年，平江伯陈瑄督海运粮四十九万余石，饷北京、辽东……至是，命江南粮一由海运，一由淮、黄，陆运赴卫河，入通州，以为常。" 永乐年后，漕粮由中原运河运入京城，正是利用了卫漕的便利。而卫漕，既是整个卫河的称谓，也是京杭大运河临清与天津之间河段称谓，此段运河因以卫河为源流而得名。

一座城市有了山，便有了厚重感，有了水，便有了灵动美。卫河对于新乡，就像是秦淮河之于金陵，汴河之于东京，还有"八水绕长安"，都告诉我们：水通，则商兴！因为卫河，新乡这座城市拥有过一段蓬勃发展的美好时光。

据史料记载，因为卫河得天独厚的水运便利，清末民初，往来于新乡、天津的货船达七百余只，大船可载一百三十吨，船民三千人，物资的装卸转运分别由饮马口、杨树湾两码头集散。新中国成立初期，新乡依托卫河的漕运便捷，外加地处道清、京广两条铁路的十字路口，城市工业发展十分迅猛：胜利桥头的中原纱厂、三中十字东侧路北的新乡针织厂、二中十字西侧路南的新乡棉织厂等一批"工业明星"，均是从上海内迁新乡的龙头企业。

不仅工业，卫河岸边的北关大街，也就是今天劳动桥南边的那条古街道上，西起石榴园东段，东至饮马口，长约二里，在当年曾布满了商铺：王晏卿的同和裕银号、电力公司，以及刘家鞋店、老郑饭店、老耿干果店等，均林立在卫河岸边。

回望历史，曾经的卫河，主要服务于城市的工商业发展，带来了一河疾行的船帆和两岸林立的厂房。而在新时代的当下，它重新回归了生活，以悠然姿态，陪伴生活在这里的人民，惬意度过每个晨曦和黄昏。那些历史上诞生的雕花的宅子，陪着新一代的子孙,端坐在卫河边,听着历史的风,看水面涨了又落。

如今，卫河段像是一条流动的玉带，春有柳的娇柔，夏有荷的雅致，秋有月的皎洁，冬有雪的长情。如今的卫水河畔，白天可闻丝竹管弦，夜晚可载一船星辉。岸边散步的情侣、垂钓的市民、练功的老人，像是依偎在母亲怀里的孩子，有母亲在，他们心中就有了底气，有了幸福生活的源泉。

二

我与扬州素无渊源，除了书本上学的那些古诗词，与这座城市扯不上半点关系。但冥冥之中，此生又注定了与她情深意切。妻子当年就业，与多座城市以毫厘之差遗憾错过，却阴差阳错与扬州结下了不解之缘。

那天，去扬州参加公考，赶往家乡火车站的路上，因为拥堵，到达火车站时，已经过了列车发车的时间，原以为又会像以前的很多次考试一样，以这种遗憾的方式和一座城市告别。意外的是，火车似乎专门为了等我们到来，我们不来，它甘愿晚点也要等我们来。看着候车室的大屏显示车次还在检票，我们拎着行李急匆匆过安检、进闸机，一路狂奔登上火车的十几秒后，车门咣当一声，开启了它的征程，也开启了我第二故乡的行程。

我时常拿第二故乡扬州和出生地新乡相比，总感觉自己天生就同时归属于这两座风格不同又水网纵横的城市，或许也是因为故乡卫河的水与扬州运河的水一脉相承。

仔细研究卫河的历史，它是在隋炀帝命令开挖大运河之后，在原来的清水后被称为永济渠的一小部分河段命名的。而扬州，号称运河城市的长子城市，有“中国运河第一城”的美誉。对扬州这座历史文化名城来说，一部扬州运河发展史，几乎就是一部古代扬州发展史。运河哺育了扬州，是扬州的根。扬州依托运河的漕运便捷，一度在历史上风光无限。二百多年前的康乾盛世时期，扬州成为漕运和盐运两大国脉所系的咽喉要地，“损益盈虚，动关国计”，是中国东南部最重要的商贸大都会，并一跃位居当时拥有五十万以上人口的世界十大城市之一，荣居榜三！

在扬州这条运河线上，留下了历代著名文人墨客大量的诗文名篇：李白的“故人西辞黄鹤楼，烟花三月下扬州”，杜牧的“春风十里扬州路，卷上珠帘总不如”，徐凝的“天下三分明月夜，二分无赖是扬州”，刘禹锡的“沉舟侧畔千帆过，病树前头万木春”，陆游的“楼船夜雪瓜洲渡，铁马秋风大散关”，王安石的“春风又绿江南岸，明月何时照我还”……这些千古名句，描绘了古代扬州曾经有过的歌吹沸天，极尽繁华的辉煌时代，而这一切无不与运河一脉相承。

水是人类生命的源泉，孕育着世上的万事万物，丰富着人类的文明史，充实着人类社会的传统与现实文化，影响着人类社会的意识形态。在扬州，沿着运河从南向北行走，运河西岸的古寺塔影，婀娜多姿、风情万种的杨柳，富有水乡特色的小桥野渡，掩映于水杉翠竹荫下的农舍，细如羊肠的纤道，随风盘旋的风车，破浪前进的船队，或许还能看到颠簸在大河中的小小的渔船，以及不时上下潜水作业捕捉鱼儿的鱼鹰；而从北向南走，则又是一番境界，美丽的风光、秀丽的古城，在越来越宽阔的水面上渐渐远去，面对滚滚东去的大江，谁都会感受到自然的力量、历史的沧桑。

不管是对于扬州，还是大运河流过的任何一座城市，流淌不息的大运河，就是一部流动的遗产、活着的历史。扬州作为大运河的原点，生活在这里的人对这条母亲河的感情早已融入血液，在他们眼中，运河之水成就了扬州的城市格局，养育了城市，兴旺了城市，更富庶了地方经济，是城市的血脉与荣誉，是先辈留下的宝贵财富，更是深深镌刻于扬州人心底的精神符号。

三

我挺庆幸，自己人生中的一段时光，能随着一条河流，先南下扬州，再北上北京。和大运河的流水一样，流经扬州并未停歇，继续一路北上，途径苏北大地，一路过山东、河北、天津，最终到达北京。我时常站在京杭大运河北京段的尽头，想象一条流经两千五百多年的河流，命运从繁华到衰落，到如今历时八年申请世界文化遗产名录成功，浮浮沉沉中，它究竟经历了那些辉煌与落魄？

我也替大运河庆幸，在扬州的牵头下，大运河得以申遗成功，这是人类环保意识的觉醒。这条为中华民族创造了丰富的物质和精神财富的河流，曾一度自然环境污染严重，文化遗存毁损流失惊人，社会经济功能锐减，像是一位战功赫赫的勇士，在倾尽自己的能量后病倒，被最亲近的家人不管不问。追求绿水青山就是金山银山的中国人，不会选择视而不见，而是保护那一河清水，保护它滋养的每一座青山和流经的每一座城市的生态。

对我来说，不管是通惠河、大运河、卫河，还是任何其他一条自然中的河流，我沿着它们走过的每一步，都是生命中至关重要的收获。无论我看见什么样的河流，都会先想起它，它是潜藏在内心的一个符号，是一种内心抹不去的乡愁，是一种精神世界的寄托。这些年，客居他乡，感觉身心疲惫的时候，最先想到的，不是去看名山大川，而是想把大部分时间交给城市的河流，哪怕什么也不做，就靠着柳树在岸边坐坐，看着河水发会儿呆，似乎一切就心满意足了。

如今，走过的地方越多，见过的河流越多，越深切感受到大运河等一系列河流的伟大。干旱时，人类把水源引进城市和乡村，输送人、庄稼以及动物维系生命的水源；水涝时，它们敞开胸怀，透支自己的承受能量，将肆虐在农田、城市的滚滚水流，转移到江河湖海，汹涌的流水冲垮了它们的堤岸，划伤了它们的躯体，它们却从来没有半句怨言。在它们看来，因为自己的存在，庄稼如期丰收，人类幸福生活，时代发展日新月异，还有比这更伟大的成就吗？

是啊，不管是通惠河、大运河、卫河，它们都是中国大地赖以生存的血脉，不管是决定生死的主动脉，还是那些不起眼甚至被忽略的毛细血管的河流，正是有了它们带着爱的真情流淌，铸就了祖国九百六十万平方公里大好河山的富足祥和，让每一个生活在这片土地上的人民和谐安康。

一滴水的光芒

一

太阳刚探出脑袋，晨曦就铺满了派出所门前的草地，水珠挂在草尖，秋风微弱，露珠左右摇摆，光芒忽闪，晶莹剔透得如一颗透明的珍珠。陆香玲一大早从家里出来，骑上电动车去医院做透析。一个礼拜跑三趟医院，自打患上尿毒症，这种节奏十几年雷打不动。从家到医院，并不路过派出所，她这次却特意绕了路，是想把一封信交给所长。所长姓什么，叫什么，陆香玲并不知道，只是在信封上写着“所长亲启”。

距离派出所正常上班还有一段时间，陆香玲赶到派出所的时候，院子的大门关着，旁边的值班室里亮着灯。她敲敲窗户，里面探出一个脑袋，是值班室的年轻门卫。

“小伙子，麻烦你把这封信交给所长。”陆香玲把信递给年轻人，眼神里写满期盼。门卫小伙拿着信封，正面看看，背面再看看，问她：“阿姨，所长里有负责社区的，有负责治安的，还有负责案件的，您具体给哪位所长？”陆香玲一下子被问住了，之前跟派出所打交道，都是民警上门走访，派出所她还是第一次来，不知道竟然分这么多职能。

陆香玲犹豫了一下，说给最管事的所长。门卫不解，问她：

“您这是要反映啥问题，投诉还是举报？”陆香玲说：“都不是，这是感谢信，感谢派出所的董警官。”

门卫把派出所里的民警名字一个个在脑海里过了一个遍，所长姓陈，教导员姓李，副所长姓赵，十几个民警里没有一个姓董的，正想说是不是搞错了，辅警董明突然在脑海里跳了出来。门卫说：“您说的董警官是不是叫董明？”陆香玲把脑袋点得像捣蒜：“就是，就是，人高高的，戴眼镜，有点肚子。”门卫一下子知道咋回事了，董明这人热心肠，准是又在外面做好事了。他冲着陆香玲保证：“阿姨您放心，所长一来上班，我第一时间帮您把信交上去。”

陈焱来到城北派出所当所长时间不长，这一天，他前脚刚踏进派出所大门，门卫就在身后冲他喊：“陈所，信，给您的信。”陈焱一看信封，眉头一紧，以为是有群众投诉所里的民警。他打开信封，看见“感谢信”三个字，眉头上的山川沟壑才渐渐被夷为平地，嘴角也下意识上扬，心说，这个董明，真是给所里长脸。他把信塞进信封，拨通董明的手机号码，电话先是占线，十分钟里打了三次，一直处于忙音状态。

时间已经过了中秋，地处长江中下游的扬州温度依然居高不下。上班的时间还没到，董明已经在辖区走访了近一个小时。五十八岁的人了，身体有些发福，进平房、爬楼梯，一圈下来，后背的衣服湿了一大片，有群众跟他开玩笑：“老董啊，你悠着点，背上的衣服已经摊煎饼了。”董明摆摆手，说快了，还差两户就结束了。

董明不是警察，只是扬州市公安局城北派出所的一名辅警，主要工作是跟着分管社区的副所长赵祥负责三星村、佳佳花园、月明苑几个小区。城北派出所地处城郊接合部，一半城一半乡，辖区大，人口多，全是副所长赵祥分管。赵祥分管社区业务的同时，还兼任着三星村的社区民警。开会、报材料、下社区，赵祥分身乏术。董明说：“赵所，以后你就忙所里的事，社区这里我比较熟悉，入户走访这类我能干的活我先干，遇到我解决不了的再跟你报告。”说起董明，赵祥打心眼里佩服，一个辅警，再过两年就退休了，干劲还这么足，是他这个分管社区副所长的福气。

这一天，董明刚走出楼道口，老张的电话就打来了：“老董啊，你帮我劝劝儿子！”老张儿子一个人在浙江打工，今天突然打来电话，让他们老两口把家里的存款都转给他，说是要投资。老张已经七十出了头，家里那点存款是一辈子的积蓄，夫妻两个全指望用它来养老。儿子突然说要投资，而且要得十分着急。老张心疼钱是一方面，主要是怀疑儿子是不是遭遇了网络诈骗。挂了儿子电话，他就想起了董明。这一两年，董明每次入户走访，除了雷打不动的了解情况，防范电信诈骗宣传都是必不可少的内容。老张说自己年纪大，不知道啥是电信诈骗。董明说：“只要让你通过手机转账的，都是诈骗，你要是弄不懂，随时打电话给我。”这次儿子让他转账，老张吃不准，赶紧向董明求助。

那天，老张妻子接到远在浙江的儿子打来的电话，说是在网上找到了赚钱的好项目，想用家里的存款做投资。老伴一点没有怀疑，一边接电话一边找银行卡，老张多问了一句：“儿子要钱干啥？”老伴说儿子想投资挣钱。老张劝儿子先等等，为此爷俩还闹起了脾气。

老张找董明辨别真伪。董明就把电话打给了小张，一问情况，董明心里就有数了，问小张：“是不是有人说刷单后会全额返还本金，并额外给你佣金？”小张说是。董明又问：“你是不是已经赚到了头两笔小钱？”小张说：“是。”董明说：

“这是老套路的网络刷单诈骗，我一个礼拜劝阻好几起了，你真要是把父母的养老钱投进去了，他们以后只能喝西北风了。人家跟你非亲非故，连认识都不认识，真有这么好的赚钱机会，会让给你？”讲道理、摆事实，一番苦口婆心，小张听了如梦初醒。

二

董明看着手机上三个未接来电，心里一头雾水，正常有事都是分管社区的赵副所长直接安排，今天咋会一把手所长亲自召唤？董明心里泛起了嘀咕：我迟到了？早退了？入户走访还没有到位？想了一圈，心说没有啊。他把电话拨回去，问所长啥指示。陈焱所长简单干脆，只说了一句：“你到我办公室来一下。”

从三星村到派出所，距离不远，骑电动车也就五六分钟的时间。所长没明说，董明一路上脑海里翻江倒海，每一个脑细胞都在思考所长找自己到底啥事。

所长看到董明，脸上没有一点严肃，指着桌子上的信封问：“这么大的事咋从来没有听你说过？”董明看看所长，更是一脸蒙。所长让他自己打开看，董明一看是感谢信，再一看写信的是陆香玲，心里一下子明白了。他把信装进信封，对所长说：“这么小的事有啥值当报告的，再说这也只是我个人行为。”所长说：“都帮扶十来年了，能叫小事？全所民警都得向你学习。”董明赶紧摆手：“可别，可别，又不是什么大事。”所长打电话叫来内勤，说这事要跟分局报告一下，这种好人好事必须宣传宣传。内勤问董明，有没有慰问的时候跟陆香玲的合影。董明说："我帮人家就是看她不容易，不是为了宣传自己，也从来没拍过照片。"

出了所长办公室，董明打电话给陆香玲："小陆啊，你写感谢信咋不跟我说一声，鸡毛大点事不值当这么大张旗鼓啊。"电话那头，陆香玲刚做完透析，声音有点虚："十来年了，一直想谢谢你，这是我的一个心愿，现在身体一天不如一天，写封感谢信也算是了了我这个心愿。"

2010 年端午节，董明和社区民警在辖区走访，当时三星村还属于比较偏僻的城郊村庄，家家户户住的都是自己在宅基地上自建的房子，有钱的住二层或是三层小楼，没钱的住破旧平房。一群人在村庄树荫下聊天，董明也凑上去，东拉拉西扯扯，问问村里有没有外地新来还没办暂住证的，有没有家里特别困难的，然后梳理完报到社区或是街道。人群中，有人指指不远处的一家破旧小平房，说那一家人女的患了尿毒症，家里面快揭不开锅了。董明和社区民警拎着所里慰问的大米、油、面和生活用品上了门，房屋破旧、阴暗，里面一贫如洗，孩子小，老公也没正经工作，临走之前，董明又从口袋里掏出两百块钱，塞到了陆香玲手里。那时候，他一个月的工资还不到两千块。

董明家里兄妹五个，上面三个姐姐，下面一个兄弟，打小家里就穷，看见陆香玲的生活，小时候的穷日子一幕幕袭来，心里有点承受不了。他自己也没想到，这一帮就持续了整整十一年。逢年过节，董明都要去陆香玲家看一看，有时候拎一兜水果，有时候扛一袋大米，要么就是买上两桶油。后来，随着扬州城市发展，城区面积一年比一年大，陆香玲所在的三星村赶上了政府拆迁，家里分到两套房，卖一套，住一套，生活总算是比之前好点了。

尿毒症是个无底洞，一周透析三次，每一次都是好几百，安置房卖不上价格，每个礼拜去医院的费用，相当于硬生生扒掉一个平方的房子。

村子拆迁了，进来了新的建筑队，农民工大都是外来务工人员，流动性也比较大，为了让每一个外来人口都能登记备案，董明隔三岔五地去工地转转，看见新来的，第一时间把信息登记一下。建筑工地施工动静大，为了赶工期，每天马不停蹄地开工，周围有的群众有意见，举报到派出所。赵副所长有空就带着董明一起去，实在脱不开身，就让董明先期处置，他后期再跟工地负责人协商。工地负责人看见董明，一脸的无奈，工程都是政府的项目，工期紧，不加班按时交不了工，到时候损失可就大了。有一次，工头想让董明向所里说说情，做做群众的工作。工头一边说，一边要给董明意思一下。董明说他这是啥意思，工头说没啥意思。董明忽然想到了陆香玲，问工头："你没必要对我意思，我给你说个情况，你要真想意思去帮帮人家困难户。"工头听了陆香玲的事，从包里掏出一千块钱，委托董明转交一下。董明说："钱我不拿，你要真有心，我带你去。"

董明给陆香玲打电话："小陆啊，有个好心人想去看看你，你在家里等着啊。"工头捐了钱，出了门就给董明竖了大拇指。董明对工头说："你慷慨解囊，我该给你竖大拇指才对，扰民的事你尽量照顾一下周边群众的感受，我也会跟所里报告，然后去给报警人解释解释，大家都不容易，相互理解嘛。"

董明从不代人转交捐款，一是怕产生误会，你要是收了人家钱，你送到位了，人家又不知道，以为你只是找个借口揩人家油，解释不清楚。还有一个原因，他把一个又一个好心人带到陆香玲那里，对陆香玲说："小陆啊，你看，这么多好心人关心你，你自己更得有信心。"每次陆香玲都是眼里噙着泪花，使劲点点头。

三

董明来到所里，把一条香烟扔给刚工作不久的民警小李。小李接过烟，问董明：“又成了一对？”董明嘿嘿一笑，算是回答了。除了当辅警，董明有个很大的本事，就是当红娘，工作三十多年，他促成的新人不少于一百对，比很多专业的婚介所成功率都高。

董明现在负责的社区，有尚未被拆迁的居民自建房，也有拆迁安置的楼房小区，因为经常走访入户，对社区里的情况熟悉得很，谁家住哪一条巷子、哪栋楼、哪单元、哪一户，随便你问，他给你说得清清楚楚，户主是谁、家里几口人，张嘴就来。

陈焱所长到城北派出所当所长没几天，盐城警方发来一份协查通报，一名涉嫌诈骗的嫌疑人居住在月明苑。陈焱所长从别的派出所调过来，有些小区还不熟悉，要是到了小区四处打听，怕打草惊蛇引起嫌疑人的注意。负责社区的副所长赵祥说，把董明带上，他是个活地图。

时间已经是晚上，董明正准备休息，接到赵祥的电话，一句牢骚没有，穿上衣服骑上电动车就到了所里。四个人开上车，董明坐在副驾驶，往左，往右，七拐八绕，董明指着前面一个楼栋单元说，就是这个。四个人下了车，假装是物业的，敲开了门，直接把嫌疑人摁在了地上。

董明对社区熟，都是靠铁脚板走出来的，早先没有智能手机，网络也不发达，了解信息全靠一双腿，现在虽然信息化程度越来越先进，但辖区里老年人比较多，智能手机玩不转，网络也不怎么上，主要还是靠铁脚板。

整天在社区里走，群众认得董明，董明也认识辖区的绝大多数居民，迎面碰上，大老远就打招呼：“老董又来了啊？”然后掏出一根烟，董明原本不怎么抽烟，看见人家让烟，也跟着假模假样抽上一根，一边抽一边聊，家里的、城市的、国家的，天南海北什么都聊。很多时候，聊着聊着就能聊出新情况，比如说隔壁住了新租客，整天昼伏夜出的，董明就会跟所里报告，自己平日里也格外关注。也有的会跟董明诉苦，儿子眼看快三十了，连个女朋友也没谈到，董明耳朵听了，当时不表态，但入了心。他的社区将近一万人，谁家姑娘结婚了，生孩子了，谁家儿子还单身，他心里都有数。有时候趁着走访，遇见门当户对的，他就提上一嘴，把自己手里年轻人的资源给人家介绍一下。

董明人缘好，他推荐的人，对方听了心里也踏实。年轻人一见面，有少部分泡汤的，大部分都对上了眼，最后牵手走进了婚姻的殿堂，小日子过得都还不错。按照当地风俗，促成一对新人，家里必须表示一下心意，有的是一袋子糖，有的送来两瓶酒，也有的送来一条像样点的烟。

早几年，董明还能喝点酒，现在年纪大了，一喝酒身上就开始过敏，考虑到身体健康，不给儿女添麻烦，索性就把酒给戒了。烟不怎么抽，酒也不喝，董明就和所里的年轻民警做起了“买卖”，比如说，市场上一条三百块钱的烟，董明只收一百多，相当于半卖半送。年轻民警经常值班、加班轮流转，通宵熬夜是常有的事，晚上不准备一盒烟，根本顶不住。所里好几个民警跟董明孩子差不多大，看见他们没日没夜地干，董明看着挺心疼。

董明收这个钱，并不是贪财，直接送，一次两次还行，次数多了人家不好意思要，要是遇到不了解情况的，再让人误解就更不值当了。他远低于市场价“卖”了，互利双赢，谁也说不出什么。还有一个更重要的原因，烟酒换来的钱，董明另有用处。比如说，拿这些钱买上米面油，送给陆香玲一样的困难群众。通过自己的力量去帮扶一些弱势群体，让他们能感受到这个世界存在温暖，哪怕自己的力量微弱得如同一滴水，也要用尽全力绽放自己的光芒，只要能滋润到那些生活困难的人，他就觉得自己的奉献是有价值、有意义的。

在这一点上，副所长赵祥是有发言权的，两个人搭档管社区，董明这个人他再了解不过，典型的热心肠，经常是好事做完就做完了，从来也不说，也没人知道。董明说：“我做事不是为了让别人知道，只是我觉得这么做自己活得有价值。”他帮助过的很多人中，有好几个人，为了感谢他，招呼也不打，有的做了面锦旗送过来，有的写封感谢信，到了派出所门口才打电话给他，弄得董明措手不及。从工作到现在，董明陆陆续续收到了三十面锦旗，算上陆香玲送的这封感谢信，他一共收到了七封。

所长陈淼让内勤把这件事上报给分局，分局联系了媒体，一时间，辅警董明坚持十多年帮扶尿毒症患者的新闻在扬州人朋友圈刷了屏幕。新闻里除了一封感谢信的照片，连一张董明和受助人的合影都没有。教导员李明叮嘱董明，以后再做好事，记得留张照片，宣传的时候用得上。董明嘴上答应着，压根儿就没往心里去。李明问他：“以往收到的锦旗还在吗？”董明说：“之前全扔在家里的仓库，后来搬了一次家，全给扔了。”李明又叮嘱董明：“下次再有什么好事，不能老这么闷着，及时告诉我。”董明点点头，没说话，还是没往心里去。

在教导员李明看来，董明这样的人值得宣传。他在所里负责队伍建设，队伍怎么带，得有榜样的力量来引领，不是有那句话嘛，一个典型就是一面旗帜，有了旗帜，就有了方向，就有了榜样，有了学习的目标。打仗的时候，需要邱少云、黄继光、刘胡兰这样的革命英雄。和平时期，民警队伍里需要邱娥国、崔道植、李树干等一大批先进模范，辅警队伍里像董明这样兢兢业业三十多年的并不多见，一样值得大家去学习。

四

虽然整天和民警在一起干活，但在内心深处，对于没有成为正式民警，董明还是心有遗憾的。

年轻的时候，和很多有制服情结的热血男儿一样，董明想当兵，想当警察，他无数次幻想过自己这大个子穿上军装或警服的样子，再敬上一个标准的军礼，肯定是阳刚里带着帅气。但那个年代，当兵竞争十分激烈，梦想虽然强烈，但最终被现实撕了个粉碎。后来，听说公安局面向社会招聘辅警，董明毫不犹豫就报了名。个子高、身体壮，董明一路过关斩将，毫无悬念地就被录取了。虽然工资不高，但董明内心始终保持着一份期待，就是有朝一日自己可以转正。

理想很丰满，现实很骨感，招警政策是逢进必考，董明没有大学文凭，报名的资格都没有，如今三十多年过去了，小董干成了董明，左臂袖章上“辅警”两个字始终没能换成“警察”。

遗憾虽遗憾，但董明也想得开，能跟民警们一起工作，也算是圆了半个警察梦了，无非是收入少一点，但命运也算是照顾他，家里的房子赶上了政府拆迁的政策，分了几套房子，还补贴了一些生活费，也算是衣食无忧了。

董明没当成警察，就把希望寄托在儿子身上。小董一听，直接把头摇成了拨浪鼓，说："爸，你看你一个辅警都忙成这个样子，这还是没有执法权，真要是当了警察，值班、加班多不说，还得天天出差抓人，又危险又累，我可不愿意当警察。"小董一句话，直接把董明心里的那点期望给扔地上摔碎了。

儿子想当老师，考上了南京师范大学，董明想也好，个人有个人的愿望，自己没实现的愿望，不能强加到孩子身上。儿子毕业实习，申请去四川山区支教一年，问董明同意不同意。董明对儿子说，去吃点苦也好，有支教这经历也不错，将来对入党有帮助。

董明从小对入党有着特殊情结，小时候，村里有大事小情，都是党员带头，谁家有红白喜事，也都是党员负责张罗。入党，成了董明的一份神圣追求。在派出所，和民警相比，辅警入党机会少，名额紧张，每年到了发展新党员的时候，董明都积极提交申请书。一年年失败，一年年申请，董明觉得，早晚有一天，自己会在胸前别上党徽。功夫不负有心人，2011 年，董明总算如愿以偿，正式加入了党组织。

自打入了党，董明就把党徽别在了胸前，每天上班前，对着镜子照照，检查一下党徽戴得正不正，上面有没有沾上灰尘。在董明看来，党徽虽然只是一个标志，但戴在胸前，能时刻提醒自己是一名共产党员。

董明的女儿在社区工作，女儿工作的第一天，董明就给她提了要求："好好干，将来像老爸我一样，早日入党。"女儿跟他调侃："入党的时候都四十多岁了，我入党肯定到不了你那岁数。"虽然被揭了短，董明还挺高兴，说明这孩子对自己还是有要求的。果不其然，女儿刚到三十岁，党徽就别在了胸前。女儿入了党，董明又开始盯着儿子，说："我跟你姐都是党员了，你小子也抓紧，到时候咱家就可以成立个党小组了。”儿子刚刷完牙，倒掉刷牙杯里的水，一边擦手一边回复董明：“我这大学都还没毕业呢。”董明说那也得好好表现，学校又不是不能入党。儿子不服气，说放心，肯定也到不了四十岁。董明心想，这小子，竟然跟他姐一样。

教导员李明说，因为有党员这个身份，董明付出得更多了，觉悟也更高了。每次所里组织捐款，原则上只要求民警捐，辅警收入相对少一些，不做明确要求，董明却从来没含糊过。李明说：“你意思一下就行。”董明却每次都不少捐，还跟教导员开玩笑：“前几天我又促成一对新人，已经领证了，人家送了一条感谢的香烟，我折价卖给了小张，刚好用这钱捐款，这也算是取之于民用之于民嘛。”

李明说，朋友圈里经常会有人发水滴筹捐款，董明看到了，多多少少都要捐一点，少的五十，多的一百。用董明自己的话说，看不见也就算了，知道了不帮助人家一下，心里总有种见死不救的负罪感。

虽然还有不到两年就退休了，但董明工作起来从来不拖泥带水。就拿今年扬州的疫情来说，快六十岁的人了，干起活来还像个小伙子，核酸检测点执勤，从早上八点一直站到夜里八九点，十几个小时站下来，第二天照常上岗。

说起疫情防控执勤，三星村村干部老郭觉得董明真是有一套。政府要求全员核酸检测，社区那么多人，全部出来，志愿者扯着嗓子喊，很多人不当回事。董明拿着扩音喇叭来了，谁插队谁不听话，董明一个个点名批评。大家之间相互熟悉，但也都好点面子，谁也不想被当作反面典型。董明这一喊，十分奏效。老郭佩服董明，说还是他有办法。董明说：“主要是因为我穿着制服，说起话来更有威慑力。”

人多，队伍排得长，天气又热，有的人不耐烦了，想打退堂鼓。董明一看形势不对，想到之前所里防范电信诈骗制作了一批印着防诈知识的塑料扇子。平日里向老百姓宣传反诈知识，都是挨家挨户跑，经常遇到有人不在家而白跑一趟。这时候社区的男女老少正好都在，一人发一把扇子，既能造风送凉，还能宣传防诈，保护好群众的钱袋子，正好一举两得。这一招很好用，做个核酸还能领到个小礼物，原本想溜号回家的居民，摇着扇子继续按要求排起了队。

董明不但工作上灵活，关键时候也冲得上，豁得出去。有的老人身体不便，坐着轮椅过来，董明看见了，大老远就跑过去。因为台阶多，轮椅下不去，董明就让志愿者先扶着老人，自己先把轮椅搬下台阶，再上去把老人背下来。大热的天，人不动都是一身汗，董明跑来跑去，衣服早已经湿透了贴在后背上。排队的人看在眼里，感动在心里，对董明说："老董你悠着点啊，可不是二三十岁的年轻小伙子了。"董明摸一把脸上的汗，冲着人群说："你们一个个配合好我工作，就是对我最大的支持了。"

五

董明会做饭，也爱做饭，回到家下厨房，基本上不让老婆下手。就是在派出所，不少人也吃过董明做的饭。

今年疫情，原本烧饭的阿姨有时候出不了门，所里面民警加辅警几十号人的吃饭问题成了难题。董明跟所长说："要不做饭的事交给我吧，就是手艺一般，大家别嫌弃就行。"疫情期间，封控、流调、排查，时间紧，任务重，一个人恨不得分成三个人用，董明做饭并不是专职的，都是下了执勤任务额外干的活。尤其是早上，别人还在睡觉，他就起来了，熬粥、煮鸡蛋、蒸包子，所长看见了，想要给他安排个打下手的，董明说："我年纪大了，觉本来就少，年轻人觉多，最近也辛苦，让他们多睡会儿。"

今年6月9日，董明像往常一样，一大早就起来了，骑上电动车准备先去菜市场逛一圈，然后回家给妻子做早饭。刚出了小区门，看见一个高中生模样的孩子站在路边哭，旁边站着一个老人急得手足无措。董明上去一问，孩子说今天是高考最后一天，早上怕耽误考试，本想着早点到学校，没想到奶奶的电动车轮胎半道上扎了钉子，大早上的修车店也没开门，打车也打不到。

孩子说完继续哭。董明劝他别着急，说要骑车带他去。奶奶心里不放心，看着董明，想同意又不敢同意。再不走就来不及了，可是这个人是谁呢？自己不认识，孙子给他带走了，会不会出什么意外？旁边开店的老板出来帮腔："这个老董我认识，你放心让孩子跟他走，别耽误了孩子考试。"

一路风驰电掣，董明把孩子安全送到了考场。孩子下了车，冲董明鞠了一个躬，才转身进考场。

这在董明的生活日常里，细碎得如同空气里的尘埃，随处可见。没想到一个礼拜之后，一个浙江的手机号码打了过来，电话那头第一句话就是："董师傅，我可算找到你了。"一句话，把董明给整蒙了，以为自己也遇到了电信诈骗。

打电话的是孩子的母亲吴女士，一直在浙江打工，儿子高考那几天，是她最忙的时候，原本计划回去给孩子鼓劲加油，没想到临出发又遇到了变化，最终也没能回得了家。儿子把当天的经历告诉了她，她就坐不住了。她心里觉得对不住孩子，高考都没能回家，真要是耽误了考试，她肯定要自责一辈子，没想到遇到了好心人。

紧赶慢赶，把生意上的事协调好，吴女士就专程从浙江赶回了扬州。她不知道好心人是谁，孩子说路边店的老板说认识那个叔叔，她就带着孩子找到了那个老板。老板看见孩子，想起了几天前的事，说："那人是董明，我们都喊他老董，就在城北派出所上班。"转身指指墙上的社区民警、辅警信息工作栏，上面有董明的电话号码。

吴女士找到一家做锦旗的门店，说想做一面感谢用的锦旗。老板让她把双方姓名和要写的内容写下来。吴女士写好了，老板有点意外，整整一百六十五个字，说开了这么多年店，哪有在一面锦旗上写这么多字的，一般竖着弄两句话就行，比如"感谢人民好警察　助人为乐活雷锋"，或是"热心为民　排忧解难"之类的都行。吴女士不同意，说写那几个字没法表达她内心的感激。老板说她这得重新排版，费用得高一些。吴女士一咬牙，贵就贵点，做吧。

锦旗做好了，一百六十五个字，密密麻麻地镶在红色的锦旗上，每一个字金灿灿的，诉说着吴女士的一片感激。她拿着锦旗来到派出所门口才给董明打电话。这消息被传到网上，网友们在点赞的同时，调侃说，这恐怕是史上最长的锦旗了。

后来，董明得到消息，那孩子考上了浙江的一所大学，前几天已经到学校报到了。这个消息，让董明心里乐开了花，他忽然意识到，自己的这个举手之劳，或许还真是个伟大的举动，以后再遇到这种事，更得需要他伸出援助之手了。

六

陆香玲坐在镜头前，脑海里突然一片空白，原先她想好的所有感谢的话，突然在摄像机面前一句也想不起来了。这是她人生中第一次被采访，想说的话她想了一遍又一遍，可记者一说开始，她就都忘得干干净净了。拍了好几次，才算勉强过关。电视台的记者走后，董明带着我去看陆香玲，有了被采访的经历，再见到陌生人，她反倒轻松多了。房子不大，装修特别简陋，餐桌上放着早晨没吃完的馒头和半碗榨菜。我们面对面坐着，东拉西扯。董明说："一丁点大的事情，本来不值一提，你看你这信一写，把记者和市局的人都惊动了。"

陆香玲喝了一口水，说："这对我来说可不是小事，十一年啊，不是一天两天，非亲非故的，一次又一次关心我们家，亲戚也不过如此吧。今天记者采访之前，我一直以为董明是个有正式编制的警察，现在才知道他只是一个辅警，收入也不高，逢年过节都来上门慰问。虽然那点东西对我这种病来说，根本起不到什么帮助，但我心里有了信念，老董不单自己关心我，还上报到社区、派出所，后来还领了一个又一个好心人来看我，钱是一方面，主要还是精神，是心里的那口气，他们给了我生活的信心，那么多素不相识的人帮助我，让我觉得我要是不好好活，就对不起人家。很多时候，我躺在做透析的床上就在想，隔三岔五就要受上一回罪，真想放弃了。一闭上眼睛，好多人影就在我眼前转，我也看不清他们的脸，但总感觉就是那些关心我的人，我就没脸放弃了。我一直想谢谢老董，可就我这条件，我拿什么谢呢？想了很久，我就写了那封感谢信，我得让他的领导，让这个社会上的人知道老董这个好人，知道他这么多年做的这些好事。我没啥文化，但把心里想说的话都写在信里了，也算是了了自己一桩心愿。我感谢老董和那些一起帮助过我的人，人家都说‘滴水之恩，涌泉相报’，我也没那能力，只能以这种方式报答了，将来我儿子要是出息了，我就让他回报社会。”

从陆香玲家里出来，董明一直都没说话，眼里的泪光把他想说的都说了。出了楼梯口，阳光斜射在他的脸上，一滴眼泪挂在脸颊，在阳光里绽放出晶莹的光芒。回到派出所，门前空地上的露珠已经不在，是被蒸发还是滴入泥土中，并不重要，它把自己奉献给了这个世界。仔细想想，茫茫人海，每个人都是一滴水，虽然微弱，但有阳光相伴，一样能同珍珠一样绽放光芒。千万滴水汇聚在一起，就成了河流，成了湖泊，成了汪洋大海，可以让种子发芽，让庄稼成长，让万物生命得以延续，让人们在大地之上幸福生活。因为每一滴水，都是爱的源泉，都折射着这人世间的光芒。

蒲公英花开

一

天还没亮透彻，二婆酒家就热闹成了集市。张大妈感觉不对劲，一个电话叫醒了还在睡梦中的薛晓静："薛警官，村里来了一拨骗钱的，你赶紧过来。"

墙上的钟表时针刚指向六点，距离正常上班的时间还有三个小时，薛晓静从床上爬起来，给儿子露在外面的肚皮盖上被子，趴在老公黄东辉耳朵边上轻声地说："所里有急事，我先走了，记得给儿子做早饭。"老公似乎早已习以为常，冲她摆摆手，叮嘱她路上慢点开车。

薛晓静是江苏省丹阳市公安局延陵派出所的民警，所里地盘大，警力少，辖区面积一百一十七平方公里，人口将近八万，在整个丹阳市，区域面积最大，户籍人口最多，正式民警却只有十三个人。人多了，事情自然就少不下来，所里的每个民警都身兼数职，就拿薛晓静来说，十四年警察职业生涯，一个人就兼了户籍、内勤、情报、社区民警几个身份。一根筷子一掰就断，一百根、一千根筷子捆在一起，就有了不可战胜的坚实力量。薛晓静知道，任凭自己一个人，就是再强大，也不是铁打的，只有依靠老百姓，借助人民的力量，才能形成强大的合力，把自己的辖区建设好、管理好。尤其是担任社区民警以来，只要一有空，她就一头扎进了村里，有事没事和村民聊上两句，走的时候留一张自己的名片，指指上面的电话号码，说有事了给她打电话，要是事情紧急，别管几点钟，该打就打。有时候，遇到岁数大记性不好的独居老人，薛晓静再三嘱咐要把名片放好，真要是丢了，楼梯门口有警民联系卡，上面有自己的头像和电话号码。

打电话给她的张大妈，家住在九里村。这里地处茅山老区，有着光荣的革命历史传统，著名的贺甲战斗就发生在距离九里村不远的延陵镇贺甲村。那场战争，是新四军一次威震江南的战斗，也是苏南抗战时期新四军反扫荡歼敌最多、影响最大的一场战斗。前些年，包括九里、贺甲这些村庄在内的延陵镇，因为地处丹阳、丹徒、句容、金坛四地交界，外加交通相对不便，乡镇企业较少，大量的青壮年劳动力外流严重，留守在家的大都是老人和儿童。这些年，在从中央到地方的惠农政策扶持下，像九里村这样经济落后的村庄，村容村貌发生了翻天覆地的变化，一排排青砖黛瓦，极具江南风格的乡村别墅整齐地坐落在村庄内。

交通比之前方便了，房子比之前漂亮了，乡镇企业发展虽然也一步步在提升，但相比丹阳的其他乡镇和富足的苏南地区，延陵镇的经济还相对落后，青壮年外出打工的现状并没有明显改变。年轻人走了，老年人的防骗和未成年的安全教育成了不可回避的现实问题。尤其是近几年，对老年人的诈骗五花八门，每次看到因为受骗而悲痛欲绝的老人，薛晓静心里就会一阵阵地疼。不过，让薛晓静欣慰的是，2022 年 4 月，公安部开始重拳出击，在全国开展了打击养老诈骗专项行动。她觉得自己作为一名警察，有责任保护好革命老区的这些朴实的劳动人民。

薛晓静把养老诈骗的类型进行整理分类，把村里的老人们集中起来，宣传防范诈骗老年人的知识，有的听得很认真，有的并不当回事，认为诈骗离自己太远，没必要太当回事。甚至有人故意跟她嘻嘻哈哈：“薛警官，谁要是敢骗我们的钱，你就把他抓起来，关进监狱里，好好让他吃吃苦头。”薛晓静一听，笑声里带着严肃：“人我可以帮你抓回来，你的钱被骗子们花了可不一定追得回来。”老人们一听，不少人下意识摸了摸自己装钱的口袋。

张大妈是听得最认真的一个。自打薛晓静担任了村里的社区民警，今天入户走访，明天反诈宣传，冬天再冷，夏天再热，村里人不管谁遇到困难的事，只要找到薛警官，她都从来没有推辞过。村里有的老人下不了床，需要补办身份证，照着名片上的电话号码打过去，薛晓静拎着相机就过来了，给老人梳头发、整理衣服，然后拍照，一点没有嫌弃的样子，说话做事亲和得像是自己家里的姑娘；早些年有的孩子眼看要上学了，才发现一直没报户口，薛晓静跑前跑后，指导准备所需的户籍材料，有的材料实在找不到了，她又帮着一样样跑有关部门核实信息、开具证明。十几年来，薛晓静跟辖区里的老百姓打交道，大到户口、身份证，小到帮忙寻找鸡鸭鹅，事无巨细。时间久了，接触多了，感情自然也深了，村民遇到了困难或发现了可疑人员，第一时间就会想起薛晓静。

那天一大早，阳光刚从东边的云层中冒出来，柔弱地照在九里村的房顶上，二婆酒家就开始人头攒动。张大妈喜欢热闹，凑上去一看，又是免费送鸡蛋，又是领入场券，再一打听，说是过几天厂家搞床上用品大促销，十块钱领一张入场券，活动当天可直接抵现金用，这手法跟前几天薛晓静宣传的诈骗老年人案件如出一辙。参加活动的，清一色的老头老太太，有九里村的，也有周边几个村庄的，张大妈觉得不对劲，就拨通了薛晓静的电话。

薛晓静挂了张大妈的电话，急匆匆往楼下跑。从她家到工作的延陵镇，开车要半个多小时。出发前，她先打电话给村里的联防队员："你们先把反诈宣传的宣传牌拿到酒店门口，红袖标戴好站在现场,一个也不能让他们跑了,我马上往那边赶。"

车子还没发动，薛晓静的心已经飞到了事发现场。一路飞奔，她找到酒店老板，问："怎么回事？"老板说，这两年生意不景气，一个商家花三千块钱租了酒店一个星期，而且只是每天早上五点半到七点半两个小时，又不影响自己做生意，有钱谁不想赚。薛晓静仔细看了看宣传海报，又是典型的用鸡蛋开路打感情牌，逐步骗老人钱的"七天会销"惯用伎俩。薛晓静指着老板说："他们要是得逞了，村里的老百姓能把你店砸了。"老板觉得挺委屈："我专门看了，他们有营业执照。"薛晓静说："租你七天，营业执照上地址写的是你二婆酒家，过几天他们骗了钱拍屁股走了，村民们的钱是在你这儿被骗的，找不到骗子肯定找你。"老板一听这套路，顿时明白自己上了套，气呼呼地要找商家算账。薛晓静一把拦住他："剩下的事情你别管了，我来组织人把他们带到派出所，一个也跑不了。"

呼啦啦开来好几辆警车，嫌疑人被塞进车里的时候，刚才还想着占便宜的老人们下意识又摸了摸自己的口袋，说这群人真不是东西，多亏薛警官来得及时。

二

和村民打成一片的薛晓静，其实是个地地道道的城里人。她在城里出生，在城里长大，没下过地，更没插过秧，命运阴差阳错，让她与距离城区近二十公里外的延陵结下了不解之缘。

2008 年，从部队转业的时候，大家都一门心思在市直机关选岗位，只有薛晓静义无反顾地选择了去公安局。穿了十年军装，她已经习惯了穿制服的感觉，之所以选择到公安机关，是因为她觉得警服和军装一样有精气神。母亲嘴上抱怨她一个女孩子家的非去干加班熬夜的活，心里却还是理解女儿。她心里清楚，女儿选定的事情，她改变不了。就拿十八岁那年高考来说，薛晓静铁定了心报考军校，虽然考试发挥不错，但军校里女生名额金贵，军官梦最终化为泡影。本想着复读一年再考，一看招生政策，军校只招应届高中毕业生，薛晓静心里哗地一下就凉透了。

“军校上不了，我就当兵去，部队也能考军校。”薛晓静这想法一出，母亲顿时慌了神，姑娘家家的，非得去受那份罪干吗。母亲想扳回女儿的想法，但薛晓静心里住着九头牛，怎么拽也拽不回来。家里人没办法，心里不舍，但也不敢逼得太紧，只得顺着她去。

送行那天，一共四个女兵，三个抱着父母哭得稀里哗啦，只有薛晓静没哭。反倒是母亲，鼻涕一把泪一把。薛晓静安慰母亲：“妈，我这是去当兵，又不是上刑场，说不定我去了当个将军回来，给你跟我爸争光。”母亲一听，真就不哭了，擦擦眼泪，给薛晓静拽拽军装的衣角，说：“你这孩子，心可真大。”

二十多年后的今天，薛晓静回忆起当年的场景，只说了一句话：“车轮转动的那一刻，我忽然觉得自己长大了。”告别亲人，远离故乡，岁月在她的青春里磨砺十年光阴，她在那段人生中蜕变成长，考上军校、入了党，记住了首长一句刻骨铭心的话：当了兵，入了党，哪里有困难往哪里上。

薛晓静钟爱身上的那身军装，也爱头顶的那份信仰。当兵卫国，从警保家。从部队到公安，她幻想着进入警队能当个出色的女刑警，分配的时候才知道要去当时偏远落后的延陵派出所。

薛晓静说，得知去延陵的时候，心里多少有些失落，好在老公支持她，说：“咱们都是当兵的出身，在部队听得最多的就是服从命令听指挥，革命工作不分贵贱，更没有远近，让咱去哪儿咱去哪儿。”老公是湖南人，当年两个人在一个部队当兵，后来，老公转了士官，薛晓静考了军校。薛晓静从部队转业的时候，她老公黄东为了爱情，选择了到丹阳工作。

去派出所报到前，薛晓静专门上网搜了一下延陵镇，看到著名的贺甲战斗遗址的时候，当兵人内心的豪情瞬间又被点燃，革命先烈在那里流血牺牲，付出那么惨痛的代价，军人出身的自己没有理由拒绝那片红色的土地。报到的那天，老公也鼓励她：“一千公里我都不在意，二十公里又能算个啥。”

去派出所报到的时候正值夏天，走在市区到乡镇的道路上，白色绒毛一样的花开得遍地都是，微风吹来，绒毛四散开去，像一个个小小的降落伞飘向远方。薛晓静不知道这是什么花，觉得大自然真是神奇，孕育着那么多神奇的植物。后来，她专门在网上查询，才知道那是蒲公英。

薛晓静成了延陵派出所唯一的女民警。初来乍到，公安业务什么也不懂，所长让她从户籍工作开始，薛晓静好学，不懂的就跟老民警和户籍辅警请教，没用多长时间，便熟悉掌握了户籍领域的大多数业务。所长说：“以后你就负责户籍窗口吧，所里人手少，女同志细心，顺带把内勤的事情也做了。”

对于干活，薛晓静一点不怕，这些零碎的事情虽然烦琐，但跟在部队那几年的摸爬滚打相比，简直是小巫见大巫，矮了一大截。让她没想到的是，正式坐在户籍窗口的第一天，就受到了巨大的打击。

丹阳是典型的江南水乡，境内河网纵横交错。古时候因为桥梁不多导致丹阳许多河流两岸交流不频繁，产生了隔河不同音的境况，素有四门（城门）十八腔之说。延陵镇虽然隶属于丹阳，但方言与城区人说话迥异，基本上无法交流。年轻人不在家，到所里咨询或者办理户口的全是老年人，时代和交通的原因，他们几乎没有离开过村庄，只会说延陵镇一带的方言，甚至连普通话也听不懂。

语言不通，对薛晓静开展工作造成了严重阻碍。来办事的老人说了好几遍，她听不懂，她用普通话问老人，对方听不懂，折腾了半天，群众不满意，她自己也是满肚子委屈。

为了过语言关，薛晓静真是下了苦功夫。所长给她配了一个辅警，家是当地的，既会说延陵话，也能讲普通话。再有群众来办业务的时候，薛晓静就请辅警给自己当翻译，从一个词一句话慢慢学起来。能听懂一半延陵话的时候，她开始跟着社区民警逛社区，听同事跟村里的老年人聊天，刚开始的时候，经常是他们聊着聊着突然笑得前俯后仰，薛晓静听得一头雾水，假装跟着笑，避免自己听不懂的尴尬。离开的时候，她再问同事：“你们刚才说得什么啊那么高兴？”

功夫不负有心人，办户籍，下社区，一年下来，薛晓静不但能将延陵方言听得八九不离十，而且达到了基本交流没有问题。工作不忙的时候，她喜欢到各个村里走走，看见带娃的，上去逗一逗小家伙；有村民在门前的河边洗菜，她就蹲下来闲聊两句。时间一长，语言问题就彻底解决了，群众来办事，她能操着一口纯正的延陵方言和大家交流了。不知道的，还以为她原本就是生活在这片土地上的人，她自己也觉得，自己像是一棵树，慢慢在这里扎下了根，已经有十四道年轮了。

三

到派出所的头两年，薛晓静主要是坐户籍窗口，每天都会遇到各种各样跟户籍有关的问题，但问题最多的是，不少孩子到了上学年纪，竟然都没有户口，来咨询这方面问题的全是孩子的爷爷奶奶。薛晓静曾对这一类人做过数据统计，这些孩子有一个共同的属性，都是留守儿童。2010 年，当了妈妈的薛晓静，每当遇见跟着爷爷奶奶来办户籍的留守儿童，都会下意识想到儿子铭轩。尤其是看到蓬头垢面、衣服脏得发亮的孩子，她内心总是想，要是父母在他们身边，孩子肯定不会成这个样子。

有时候，身为母亲的薛晓静总在想，有没有什么途径，来帮帮这些孩子？这个想法在她脑海里盘旋很久,一直没有落地。直到有一天，所里接到一起警情，让她下定决心去为这些孩子做些什么。

一个刚上初中的孩子，父母在外面打工，迷恋上了游戏。平日里他跟爷爷奶奶在一起生活。没有父母监护，孩子又到了叛逆期，爷爷奶奶不让他玩游戏，趁奶奶做饭的时候，他偷偷在饭菜里下了老鼠药。庆幸的是，奶奶发现及时，端起的碗又放下了，这才免于一劫。奶奶说，那一刻，她心里疼得像刀尖在心口上剜，孩子做到这种程度，作为祖辈，他们痛心、恐惧，但也无能为力，只能痛下决心报了警。

这件事对薛晓静的触动很大，她翻阅了很多有关未成年人犯罪的资料，数据显示，未成年人犯罪中，留守儿童达到了70%。如果这些孩子因为缺乏父母监管，早早辍学在家，成为危害社会的不良青年，不单是家庭的悲剧，更是社会潜在的危险因素，也会给公安机关工作本身带来更多的工作量。

薛晓静的师父张叶宏也是转业军官，早她四年来到延陵派出所，社区、治安、刑侦、情报等，派出所里所有的警种他都干过。工作中，每当遇到家里条件不好的孩子，他也是能帮就帮，但仅凭一己之力，经常是心有余而力不足。薛晓静来到派出所后，跟张叶宏学到了很多东西。有一天，两个人在派出所的食堂吃饭，聊起孙子毒害奶奶未遂的那起案件，都十分感慨。张叶宏说："我来延陵八年了，这里是革命老区，经济上相对落后，留守儿童多，已经成为一个普遍现象。"薛晓静问："有没有什么途径可以帮帮这些孩子？"张叶宏想了想说："咱们可以找个固定的地方，定期组织这些孩子开展活动。"薛晓静一听，特别赞同，提起行宫村有两间平房，位置也好，可以把那里当成一个固定的活动场所，再动员所里的民警跟这些孩子结对帮扶。张叶宏听了说："这个主意好，咱们再起个名字，就叫'留守儿童之家'。"薛晓静说这名字没错，真实反映了孩子们的身份，但又觉得不是十分对劲，留守不是他们的错，给孩子们画上标签，好像也不太合适。

那天回城区的路上，路过遍地农田，夕阳的余晖将天空染成金黄，薛晓静又想起曾经飘过的蒲公英，忽然觉得，那些留守在家的孩子和随风飘泊的蒲公英一样，失去了母爱的温暖，只能四处飘荡。她想为这些如蒲公英一样的孩子找个家，成立蒲公英之家。

四

2012年5月31日，在薛晓静的大力倡导下，蒲公英之家在延陵镇行宫村正式成立，延陵派出所开展民警与留守儿童结对帮扶计划，涛涛成为薛晓静结对的第一个孩子。

那一年，涛涛九岁，薛晓静三十二岁，是个两岁多孩子的母亲。两个人第一次见面，就在结对帮扶现场。涛涛又黑又瘦，躲在人群里，一句话也不说，薛晓静把事先准备好的书包和一个球递给他的时候，他不说要，也不说不要，低头看着脚尖，对于面前这个身穿警服阿姨的招呼，一点没有理睬。结对仪式在尴尬中结束。

薛晓静先去了学校，老师说，涛涛这孩子比较自卑，对别人说的话很敏感，性格比较闷，不爱说话。第二天，薛晓静又趁着涛涛去上学的空当，到涛涛家里走访。开门的是涛涛奶奶，因为第一次见面，对于薛晓静的到来，奶奶并没有表现出多大的热情。满怀信心而来，毫无收获而归，有点出乎薛晓静的意料。这种情绪，一直影响到薛晓静第二天上班。

倔强让她的血液一点点翻腾，薛晓静准备第二次登门，并且在心里做好了准备，两次不行就三次、四次。第二次依然不温不火，直到第三次，涛涛奶奶才显得热情起来。

涛涛三岁多的时候，父母就离婚了，妈妈杳无音信，爸爸去南京打工后又结了婚，一年才回来一趟。涛涛这孩子敏感，他总觉得妈妈之所以不要他，是因为他不够乖。他不爱跟人说话，内心特别自卑。家里除了涛涛，只有爷爷奶奶，但老两口关系也不太好，基本上也属于分居状态，涛涛跟奶奶住在一起。刚开始的时候，奶奶对薛晓静的到来并不热情，担心她是在作秀，说是帮扶，一年来个一两趟，象征性地送点米面粮油，跟孩子拍个照片，然后就没了下文。这样的帮扶，没有什么实际的意义，对孩子起不到任何促进作用，刚燃起的一点希望，瞬间又破灭了，反倒给孩子多一层伤害。

薛晓静去得很勤，涛涛和奶奶对他也越来越亲。她把帮扶的事情告诉了家里人，老公听了，以为是工作需要的正常帮扶，态度平静，说媳妇干工作，他全力支持。后来父母也知道了，母亲说："这点你真随你爸，当年咱们自己日子都过不好，你爸看见外面的可怜人还要救济一把。"

薛晓静生活在一个普通家庭，父亲搞点小规模的蔬菜批发，每天凌晨两三点就要赶到批发市场等货，虽然赚不到大钱，但能维持一家人的吃喝拉撒。二十世纪九十年代，乞讨的人多，父亲见不得人苦，每次都要多少往叫花子的搪瓷缸里放上几毛钱。母亲说："你钱还没挣到手呢，就先撒出去了，不怕财跑了啊。"父亲嘿嘿一笑，说："好人有好报，老天爷才不会让做好事的人吃亏。"

2014 年冬天，大雪覆盖原野，眼看就要过年了，薛晓静觉得，得给涛涛买一身新衣服过年。雪融化的时候，湿冷的空气如针一般往人的骨头缝里面扎，涛涛耳朵上生了冻疮。薛晓静看到了，心里一阵自责，所里年底事情多，忙得有点顾不上涛涛。她拉着他的手，说："涛涛，走，阿姨带你去买药。"小手冰凉，她把他的手整个攥在自己手掌里，想用自己的体温驱赶走那些冰冷。

药买得很顺利，售货员无意中的一句话让薛晓静五味杂陈。“孩子都冻成这样了才来买药，你这当妈的心可真大。”薛晓静无言以对，涛涛的一句话却让她温暖如春。涛涛说：“这不怪她，她是我的警察妈妈。”薛晓静下意识搂住涛涛的肩膀，嘴上没说话，眼眶却湿润了。

2015 年 12 月 12 日，对涛涛和薛晓静来说，都是个特别有意义的一天。

日暮时分，薛晓静带着儿子站在涛涛家门口，冲着屋里喊：“涛涛，涛涛，快出来。”这边话音刚落，屋里就传来了动静，随后就是一阵“噔噔噔噔”的脚步声，涛涛看见薛晓静，一路小跑迎到门口，三个人簇拥着往屋里走。

薛晓静把一个蛋糕放在桌子上，涛涛看见了，问：“今天是铭轩弟弟的生日吗？”铭轩是薛晓静的儿子，常跟涛涛一起玩。薛晓静说：“不是啊，今天是你的生日啊。”涛涛听了，有点不敢相信，桌子上那么漂亮的一个蛋糕，竟然是自己的。

十二支蜡烛在黑夜中点亮，《生日快乐》的歌声轻轻在房间内响起，薛晓静搂着涛涛的肩膀，说：“涛涛，今天是 12 月 12 日，也是你的十二岁生日，多么有意义的一天啊，赶紧许个愿吧。”屋内的灯关了，烛光映在涛涛脸上，涛涛闭上眼睛开始许愿，许着许着，两行热泪从眼角滑了出来。这是他过的第一个有蛋糕的生日。

薛晓静走的时候，涛涛把她送到门口，依依不舍。薛晓静上了车，涛涛突然把脑袋伸进车窗里，趴在她耳朵边上轻声说：“我刚才许的愿，是想有你这样一个妈妈。”

爱能驱散一切阴霾。对涛涛来说，薛晓静的关爱犹如一道春天的暖阳，在他的心中播下希望的种子，他的学习成绩开始直线上升，整个人也变得自信活泼起来。

五

在延陵这片土地上，蒲公英之家和薛晓静的故事，像是播撒在泥土里的种子，生根发芽，开花结果，那份无私的爱，如同蒲公英的花朵一样，落在哪里，就在哪里尽情绽放。薛晓静和涛涛的故事，感动着延陵，感动着丹阳，也感动着听过他们故事的每一个人。

在丹阳市公安局政委周建军看来，一个典型就是一面旗帜，能引领一支队伍向上向好发展。2017 年 7 月，在丹阳市公安局的大力支持下，蒲公英之家升级为丹阳市蒲公英关爱留守儿童志愿者协会，并陆续整合社区资源，在多个社区成立蒲公英之家活动中心，覆盖面越来越广，覆盖的留守儿童也越来越多，产生的影响也越来越大。

有一天，老公回到家里，看着电视上正在播放有关蒲公英之家的新闻，对薛晓静说:“你们局里这活动整得挺有意义啊。”薛晓静说：“那当然了，不看当初是谁参与发起的。”老公一听，话里有话，将信将疑地问：“你不是说的你吧？”薛晓静一脸自豪，没说话，无声胜有声。老公一下子来了兴趣：“电视里说还招志愿者，你看我行不行？”薛晓静故作严肃：“你嘛，得考察考察。”老公说：“我把儿子也带上，一起参加。”薛晓静说：“觉悟不错，准了。”房间里传来幸福的笑声。

老公和儿子铭轩的支持，让薛晓静更有信心。她帮扶的孩子也融入了自己的小家。老公没事的时候就跟着一起参加志愿活动,儿子经常跟蒲公英之家的哥哥姐姐弟弟妹妹们一起玩耍，尤其是跟涛涛和云俊，关系好得如同亲兄弟。

相比涛涛，云俊更加不幸。

云俊家里穷，爷爷中风，生活勉强能够自理，奶奶靠捡垃圾为生。当初，云俊爸爸在江西打工，遇见了云俊妈妈，两个年轻人恋爱了，但云俊爸爸一直拿不出像样的结婚彩礼，婚还没结，便有了云俊。

云俊属于早产儿，出生时只有三斤二两，他出生刚满三天的时候，父母为了逃避住院的费用，偷偷抱着他从江西的医院千里迢迢跑回了老家。一看家徒四壁，第二天，云俊妈妈就走了，如人间蒸发。爸爸本来就有点不上进，妻子这一走，更是烂泥扶不上墙，基本上不沾家。

云俊奶奶说，这孩子命大，出生三天折腾过来没有死，从小没喝过奶粉，全靠米汤喂着也活了。不过，活虽然活了，却活得让人心疼。爷爷行动不便，奶奶天天在外面捡废品，凌晨四五点就出去了，天黑了才回来，吃饭全靠糊弄，早上做顿饭，吃一天。云俊四岁了，愣是不会走路，只会爬。有一天，他渴得实在受不了了，爬过去拎开水瓶，水没喝到，水瓶倒了，滚烫的热水从脖领子里灌了进去，烫得云俊撕心裂肺地疼。

因为没钱去大医院，奶奶找了一个农村土医生。医生撩起衣服一看，摇摇头，开了点药，说看孩子造化吧。云俊真是命硬，人是活下来了，胸口却留了一个巴掌大铜锁一样的疤痕。

薛晓静第一次见到云俊时，是在派出所户籍窗口。那一年，云俊四岁，到了要上幼儿园的年纪，没有户口，奶奶才想起带着他来到派出所报户口。孩子又黑又小，薛晓静拿着资料一看，竟然比自己儿子还大几个月，早该是满地疯跑的时候，却连路都不会走。看到孩子两个胳膊上分别套着一只长筒袜，薛晓静好奇，云俊奶奶说孩子是疤痕体质，烫伤之后，孩子一点点长大，疤痕也随着一点点变大，又痛又痒，孩子难受，就用手抓，越抓越痒，越痒越抓，直到抓破了也停不下来，没办法，只得给孩子把手用布包起来。

后来，薛晓静根据办理户籍提供的地址，在一个午后推开了云俊家的门。人还没进院，一股恶臭扑面而来，她下意识捂住了鼻子。各种饮料的瓶瓶罐罐、旧纸箱、编织袋、泡沫塑料，只要你能想到的废品，院子里面全有。爷爷躺在床上，云俊在床上趴着玩，屋里脏乱得颠覆了薛晓静的想象。她跟云俊打招呼，孩子嘴里呜里哇啦，她什么也听不懂。后来，薛晓静才知道，因为没出过门，缺乏交流，云俊还没法和人正常说话交流。

可这是个长得很漂亮的孩子啊，虽然妈妈走了，但至少还有爸爸啊。薛晓静觉得应该找云俊的爸爸谈一谈。回到所里，她向师父张叶宏求助。张叶宏说这事就交给自己吧，干这么多年警察，牛鬼蛇神见了个遍，一个孩子的亲生父亲，肯定不在话下。

张叶宏信誓旦旦去了，回来的时候人被气炸了，眉头拧成山川沟壑久久也平缓不下来，香烟接连点了三根，冒出一句骂人的话："这狗日的！但凡跟我有一点沾亲带故，我非打得他满地找牙，天下找不到他这样当爹的！"

张叶宏好不容易找到云俊父亲，准备跟他谈心，但他往地上一坐，目光迷离，不理不睬，似乎根本没看到眼前站着一个人。张叶宏蹲下来，语重心长地说："你年纪轻轻的，孩子还那么小，不能再混下去了，要不我帮你在镇上找个工作，怎么着也能养家糊口。"云俊父亲嘿嘿一笑："那不得干活嘛，干活多累。"一句话，把张叶宏噎得半死，气得他指着云俊父亲的鼻子骂："你说这话就不像个男人，儿子生了不管不问，都伤成那样了都不问问。"云俊父亲还是嘿嘿一笑："你们不是有那蒲公英之家啥的嘛，电视上都播好几回了，要不你们帮我养着。”张叶宏气得一脚把地上的饮料瓶踢出去二里地，咣当一声关了门离开了。

生在这样的家庭，云俊是不幸的，但也是无辜的。

云俊成了蒲公英之家的帮扶对象，也成了薛晓静的孩子。这个跟她自己的儿子年龄一样的留守儿童，开始真正接触社会，慢慢尝试走路，一点点学会与人交流。和涛涛一样，云俊走进了薛晓静的生活，也走进了她的家庭。薛晓静每次去看云俊，都带着儿子铭轩，时间长了，两个孩子就黏在一起了。周末或是放假的时候，铭轩总是问薛晓静：“妈妈，咱们什么时候再去看云俊啊？”尤其是到了云俊生日那天，儿子一大早就叮嘱她：“妈，今天云俊生日，别忘记订蛋糕。”

不知道什么时候，云俊在薛晓静心中的地位越来越重，在自己家庭中的角色也越来越重要。每次看到云俊胸前的那一大块疤痕，薛晓静心里就有一种强烈的疼痛感。她利用蒲公英之家的影响力，发动民警内部捐款和社会公益募捐的同时，还把云俊的遭遇发到了网上，尝试找医学专家能把脉会诊。

几天后，薛晓静接到师父张叶宏打来的电话：“镇江一位专治烧伤疤痕的老中医把电话打到了派出所，说愿意为云俊免费治疗，你赶紧跟人家联系一下。”

2014年秋天，云俊如愿在镇江做了手术，算是比较成功，虽然疤痕无法修复，但有效遏制了烧伤面积的同步生长。随后的很长一段时间里，薛晓静带着云俊，一趟趟往返于延陵与镇江，复查、换药。云俊的双手从长筒袜里解放了出来，他的心也一步步自信地向社会迈进。

除了涛涛、云俊，薛晓静身边还有灿辰、小朱、娟娟、康康、湘湘，每一个都是她结对帮扶的孩子，因为蒲公英之家，他们之间都有着让人感动的故事。

六

一群孩子把涛涛围在一起，聚精会神地看着他手里的铁锤。“砸呀，快砸呀。”人群里孩子有点急不可耐。涛涛把锤子高高举起，重重落在桌子上的头盔上。头盔被砸了一个白色的印子，薛晓静拿起头盔，头盔保护下的西瓜完好无损。

“没破，没破。”孩子们又是一阵欢笑声。

薛晓静把头盔放到旁边，对涛涛说，这次用锤直接往西瓜上砸。锤起锤落，西瓜被砸成了好几瓣，红色的西瓜瓤溅得四周都是。围观的孩子一个个目瞪口呆，吓得大气也不敢出。之所以害怕，是因为在演示之前，工作人员说：“这个西瓜好比我们的脑袋，头盔盖在西瓜上，就好比我们头上戴着头盔。”西瓜被砸破的那一刻，孩子们下意识捂住了自己的脑袋。薛晓静趁热打铁，问孩子们：“以后家里人骑电动车，要不要带头盔？”沉默片刻后，一声稚嫩的“要”响彻大厅。

这是 2022 年的暑假，蒲公英之家组织孩子们开展的一次夏令营活动，目的是想通过“小手拉大手”增强市民交通安全意识。薛晓静负责组织，作为蒲公英之家帮扶的第一批孩子，涛涛是孩子中的大哥哥，自告奋勇当起了领队。他说：“薛妈妈，弟弟妹妹们交给我，你放心，我保证把他们安安全全地带过去，再安安全全地带回来，一个都不会少。”

涛涛长大了，即将迈进大学的校门。高考之前，他对薛晓静说：“薛妈妈，我也想当警察，成为像你一样的人。”薛晓静说：“好呀，那你得好好学，警校可不好考。”涛涛把这句话记在了心里，每一天都发愤图强，几次摸底考试，都过了往年省警校的录取分数线。每一次成绩出来，他都把分数告诉薛晓静，他想让自己的警察妈妈知道，自己距离成为像她一样的人又近了一步。

遗憾的是，涛涛高考发挥失常，与警校失之交臂，考上了一所大学的临床医学专业。薛晓静很替他高兴，看到涛涛因为上不了警校有点失落，就安慰他："其实做哪一行并不重要，重要的是不放弃努力奋斗，做一个心中有爱、能给他人带来快乐的人，就好比你做领队的那次夏令营，在你的引导下，他们一个个安安全全地回来了，还都特别开心，这本身就是一件十分有意义的事情。"涛涛点点头："那我将来一定做个好医生，像帮助云俊弟弟的那个医生一样。"

那一刻，薛晓静十分欣慰，涛涛长大了。正所谓"十年树木，百年育人"，2012 年到 2022 年，转眼十年过去了，蒲公英之家在薛晓静的呵护下，从一颗种子到播种、生根、发芽、开花、结果，一批又一批孩子在蒲公英之家快乐成长，如今有的考上了大学，有的已经工作，而蒲公英之家这个活动阵地，像蒲公英飘飞一样，从革命老区延陵镇飞向丹阳市十二个镇区，越来越多的留守、困境、流动儿童感受到"蒲公英"的爱，感受到了社会大家庭的涓涓暖流。

也有不少人质疑，作为一名警察，应该以打击犯罪和服务群众为主，整天没事做留守儿童帮扶，走错了方向。薛晓静不这么认为，中小学时期的孩子，价值观还没有真正形成，留守儿童一旦走上弯路，很可能在他今后的人生中埋下犯罪的隐患，也会为社会和谐和百姓幸福带来威胁。曾经那起投毒杀害爷爷奶奶未遂的案例就是最好的说明，预防犯罪一定程度上比打击犯罪更重要。

在薛晓静的带动和影响下，丹阳市公安局越来越多的民警加入蒲公英之家，十年来，大家齐心协力结对帮扶留守、流动、困境儿童六百多人。一个个原本自卑、内向的孩子，在警察爸爸妈妈们的帮助下，变得自信、阳光，发自内心地热爱这个世界。

薛晓静特别喜欢一个场景，是在中秋节前后的日子，夕阳下，带领一群孩子穿梭在田野之间，白鹭在绿色的稻田里觅食、飞翔，孩子们在田埂上奔跑，她站在田间冲着稻田喊：“孩子们，回家了，回家了。”孩子们手里抓着蒲公英，玩得意犹未尽，咯咯的笑声伴随着炊烟笼罩在革命老区的上空，“薛妈妈，不嘛，再玩一会儿，再玩一会儿”。

夕阳将落未落，晚霞照在薛晓静身上，幸福的笑容，如同绽放的蒲公英一样美丽。

仰望年多巴

太阳从草原升起的时候，牧民泽郎华尔青点亮了家里的酥油灯，他在为自己心中的“年多巴”祈福。“年多巴”不是一个人名，在藏语里是“最美的警察”的意思。作为一个没有去过藏区的人，我第一次看到这个词语，源自一篇关于阿坝藏族羌族自治州红原县森林公安局刷经寺派出所所长阿真能周的报道。

在地图上寻找红原，理论上估算，从阿坝州首府马尔康出发，途经几个小时的长途跋涉，才能到达下辖的红原县。红原是座英雄的城市，与中国革命有着不解之缘，当年红军长征曾在这里爬雪山过草地。新中国成立后，周恩来总理把这里命名为红原县，意为红军长征走过的草原。

英雄的土地孕育着新时代的英雄人物，阿真能周就是其中一位。

在这块八千多平方公里的土地上，雪山壮丽，草原辽阔，帐篷和牛羊星罗棋布。不到五万人口的居民中，藏族同胞占了绝大多数，他们依靠着辽阔的草原和丰茂的水草，以喂养牛羊的畜牧业世代生存。

一望无际的大草原，马成了最得力的交通工具。从最初的一代公安人开始，马就是他们巡山护林的忠实伙伴，红原公安人因此也被称为“马背上的警察”。马背上的警察，最根本的技能是要会骑马，对于土生土长的藏族青年来说，骑马就像是走路、吃饭一样简单，但对于外来红原从警的汉族姑娘邓小华来说，骑马成了一个不小的挑战。

邓小华刚到红原的时候，阿真能周跟她说话像是和自己家里的妹妹聊天：“你这么小就来红原工作，以后有啥子事情要帮忙就给我说。”邓小华说，阿真能周既是战友，也是亲人，自己遇见大事小情解决不了，不等自己说，阿真能周就会主动帮忙。作为森林公安，经常要骑马巡山，邓小华虽然下功夫吃苦头学会了骑马，但水平并不高，马慢慢走还行，巡山时一旦跑起来，她心里就开始没底，总感觉自己随时都可能从马背上掉下来。阿真能周看出了她的紧张，一把拉过她的马缰绳，往自己马鞍上一拴。马没法由着性子乱跑，邓小华悬着的心才算又回到肚子里。在邓小华眼里，他这个所长不像是个领导，倒像是个家里的大哥哥，有时候深入林区勘察现场，爬山没办法骑马，装备只能靠肩扛背驮，原本两个人的行李，阿真能周全摞在了自己肩膀上。

说起热心，除了邓小华，从内地来到红原森林公安局工作的杜敬也深有感触。红原平均海拔三千五百多米，年平均气温不到三摄氏度，冬天最冷的时候零下二十多摄氏度。对于在内地长大的杜敬来说，这里条件恶劣，又举目无亲，是阿真能周让她感受到了来自家人般的温暖。刚到派出所报道的那天，身为所长的阿真能周特意提前打扫好宿舍的卫生，并亲手帮忙安装好了床和衣柜。阿真能周对杜敬说：“到了所里就是到了家里，有啥子困难就说话，我来帮你解决。”

除了对同事热心，阿真能周还是个勤劳的人，不管冬天还是夏天，所里每天起得最早的永远是他，刚洗漱完就一头扎进食堂，烧火煮茶，为战友们准备早餐。等大家起来的时候，酥油茶已经热气腾腾等着大家享用了。

阿真能周是暖男，也是硬汉，群众遇到危险，他敢豁出命去营救。调来红原之前，他曾在阿坝壤塘县工作过一段时间。地处雪域高原的壤塘，冬天滴水成冰，没有太阳的时候，冻得人都不敢往外跑。2010年1月的一天，是难得一遇的冬日暖阳，村民泽继上带着三岁的儿子谢让扎西在村子里晒太阳。小家伙顽皮，踮着小脚乱跑，泽继上坐在边上看着儿子开心地跑，浑身上下都充满着幸福感。儿子三岁了，也该练练手脚了，小家伙在周围跑，他坐在不远处看着，儿子走到一个“木盖子”面前，好奇地一掀，“咕咚”一声，泽继上一下子傻了，木盖子下面是口井。他想跑过去救儿子，腿上却像是被灌了铅，怎么也迈不动步。阿真能周刚好走访路过，看到孩子掉进井里，疯了一样跑到井口。

井口不大，水面到井口有五六米的落差，往下一瞅，黑黢黢的，微微能看见井水泛起的光。阿真能周没有丝毫犹豫，顺着井壁上的扶手就下了井。井水冰冷刺骨，手抓在钢筋扶手上像是抓在冰块上，寒冷瞬间穿透了骨头。

泽继上缓过神来的时候，阿真能周已经抱着孩子上来了，浑身冻得直打哆嗦，上下牙齿不停地打架：“娃娃……娃娃还活着……有气儿。”泽继上抱着儿子，眼里全是热泪，对着阿真能周千恩万谢。阿真能周说，先给娃娃找件衣服穿。他们在附近的一家饭馆借了一身干衣服给孩子换上，又抱着孩子在炉火旁取暖，看着孩子脸色一点点恢复正常，泽继上说：“阿真兄弟，你救了我儿子的命，就是我家的恩人。”泽继上要给他送锦旗，阿真能周婉拒了，半开玩笑说：“这事不能张扬，一张扬你家里人知道了肯定责怪你，到时候你后悔可都来不及。”

和辜继上一样，泽郎华尔青认识阿真能周也纯属偶然。

那天，阿真能周和同事去林区巡山护林，路途遥远而且不通公路，路上看到一户居民家中有马，就想过去借马巡山。那是泽郎华尔青第一次见到阿真能周，得知警察是来借马巡山，他答应得很爽快，平日里要不是这些森林警察日夜守护着这片家园，山上的林木、山里的野生动物早成了不法分子发财的筹码。

阿真能周还马的时候，特意打量了一下泽郎华尔青家里，里面除了基本的生活用品，很难看到现代化的东西。当时，森林公安局正在招聘护林员,阿真能周问泽郎华尔青愿不愿意干，一个月有八百块钱收入。泽郎华尔青一听，马上来了精神，能干上护林员，不但家里多了一份收入，自己也能为生养自己的这块土地做点贡献，这该是一件多么自豪的事啊！

泽郎华尔青干上护林员后，工作的劲头十足，每次陪阿真能周巡山护林，人都像是打了兴奋剂。他打内心里珍惜这份工作，感激阿真能周。每次执行完任务，阿真能周都会到泽郎华尔青家里坐坐，看到他家住的地方偏远，买东西不方便，每次巡山的时候都会带上些新鲜蔬菜和一些生活用品给他。泽郎华尔青每次都很感动，阿真能周轻描淡写，说是顺道，不用放在心上。有一年冬天，阿真能周正常巡山，路过泽郎华尔青家的时候，一个人影也看不到，圈里的牦牛饿得哞哞叫。电话一联系，泽郎华尔青一家正在红原县城看病，一时半会儿回不来。阿真能周说：“你们在那里好好看病，家里的牦牛我来喂。”那几天，阿真能周就住在泽郎华尔青家里，每天早上把牦牛赶到草场，然后开始巡山，下午再把吃饱肚子的牦牛赶回圈里。

不管是邓小华、杜敬，还是辜继上、泽郎华尔青，在他们心中，阿真能周永远都是个热心肠的人，是坚守在这块红色草原的年多巴。他们谁也不敢相信，那么勇敢、善良、热情、阳光的阿真能周，连一句招呼都不打，说走就走了。

2020 年 3 月 16 日，新冠疫情防控阻击战正处在攻坚阶段，阿真能周值完一个通宵夜班，感觉头有点疼，跟同事说：“我有点不舒服，先回去躺一会儿，有事记得喊我……”再普通不过的一句话，谁也没当回事，却不承想，竟成了他的遗言。

回顾刚刚过去的二十四小时，参加镇里的视频调度会议、前往鹧鸪山开展林区巡逻、去三家寨村看望结对帮扶的贫困户吴永胜、处置火警、召开派出所民警例会、赶赴疫情防控卡点执行通宵执勤任务，这期间，他始终一眼未合。而在这之前，他已经连续工作了四十三天。

得知阿真能周牺牲的消息，辜继上带着儿子又回到那口水井旁，他久久地盯着井口，多么希望看着看着，阿真能周能像上次一样，从井里再爬上来，他生起一堆火帮他烤被水浸湿的衣服。可惜他再也等不到了，唯一能让他感到欣慰的是，儿子说他长大了也要当警察，成为像阿真叔叔一样的年多巴。

泽郎华尔青每天都会点亮家里的酥油灯，闪亮的灯光把阿真能周的照片照得忽明忽暗，他看着照片里面带着微笑的阿真能周，眼泪掉了一把又一把。他说：“直到七月转夏牧场之前，我们一家人会一直为阿真兄弟点灯诵经，为他那离去的英灵祈福。”

邓小华和杜敬泣不成声，那个让她们在异乡感受到家的温暖的人，再也见不到了。

阿真能周下葬那天，按照疫情防控工作“白事一律从简”的要求，不宜太多人送别。三家寨村选出三名村民，代表全村一百五十八名百姓，凌晨四点从村里出发赶到龙日乡，送亲人阿真能周最后一程。

三月的川西高原大雪纷飞，厚厚的积雪把草原覆盖得异常宁静，那是一场肃穆的送别礼，逝去的英雄如那漫天的雪花一样圣洁。春雪像是要将这世界的一切都凝固，等明年的春暖花开，一切又活回原本的样子，又能看到阿真能周那张真诚的笑脸。

我没去过红原，但此刻，站在长三角洲的里下河平原，眺望着川西的方向，定神凝望，因为同样身穿警服的信仰，我仿佛来到了雪域高原的山脚，站在那块浸满红军鲜血的圣地，仰望着自己心中的年多巴，敬出了内心最虔诚的警礼！

未曾送达的黑枸杞

得知领导安排自己去重庆出差，吴浪回到住处的第一件事，就是把那包黑枸杞先放进行李箱。枸杞是上次去大西北出差的时候特意给父母买的，本打算这两天快递过去，没想到刚好有机会去重庆出差，索性当面带给父母。父母操劳了大半辈子，虽然没有大病，但腰酸背痛的小毛病时常发作，听说吃黑枸杞对腰膝酸软有滋补功效，特意买了一大包。

吴浪是江苏省扬州市公安局邗江分局蒋王派出所的民警，他喜欢这座城市的文化底蕴和慢生活节奏，警校毕业后，没有回家乡工作，选择扬州作为人生的第二故乡。

“这里什么都好，就是工作太忙，回趟老家不容易。”今年是吴浪工作的第十二个年头，每年在单位的时间没有在外出差的时间多，天南海北地和各类犯罪嫌疑人玩“猫鼠游戏”，用他们自己调侃自己的话说，不是在抓捕，就是在抓捕的路上。

警察出差不是游山玩水，用吴浪的话说，就一个字——累。每天忙得马不停蹄，休息时间少得可怜，尤其是近几年，执法办案规范化程度越来越高。询问、传唤都有严格的时间要求，抓到嫌疑人后，要立马突击审讯。很多时候，他们在带嫌疑人回来的途中，根本买不到坐票，能在车厢连接处有个席地而坐的位置算是幸福的。有时候一出去就是十天半个月，甚至一天要跑两三座城市，连轴转是常态化，身体有点吃不消。

吴浪说，这职业是自己选的，也是自己喜欢的，再累也得扛着，不过话说回来，累归累，也很有成就感，一起起重大案件成功告破，犯罪嫌疑人被抓捕归案，那种感觉，也是一个字——爽。

所里的一起网络贩卖气枪案件，主要犯罪嫌疑人藏身重庆，所领导分析案情后，决定让吴浪带队抓捕。领导这么安排，有自己的考虑，一个地方有一个地方的风土人情，吴浪是重庆人，方言无障碍交流，这是抓捕得天独厚的便利条件。当然，所领导这么安排，也出于关爱，十二年里，吴浪只回过三次家，这次要是时间允许，想让他回家看一眼，哪怕只是跟父母吃上一顿饭。

开往重庆的火车还没启动，吴浪的心已经飞到了千里之外的山城。列车风驰电掣，江南的房屋、河流飞速后退，他的心翻山越岭。母亲跟他一样激动，一夜醒了好几次，天刚蒙蒙亮，就直奔菜市场，她想挑到最新鲜的蔬菜，好让儿子回家解解馋。

从火车上下来，吴浪就开始向同事介绍，这里原来是那个样子的，那里原来没有这座楼，每次回来，家乡都发生着很大的变化。当年考大学的时候，一心想着离开家乡、离开父母，看看外面的世界，将来凭借自己的努力闯出一片天地。不承想，在外工作时间越长，内心反倒是越来越想家了，要不是舍不得这一身警服，说不定早就回来了。

抓捕出奇的顺利，他们这边刚下火车，当地派出所的同行电话就打来了："兄弟，嫌疑人我们已经抓到了，你们直接过来带走就行。"天下公安是一家，重庆当地派出所接到扬州这边信息后，立马就采取了侦查布控，因为信息准确，抓捕嫌疑人并没有费多大力气。

嫌疑人年纪不大，是个二十出头的小姑娘，被抓捕后，不吃不喝，蜷缩在留置室的角落，眼神空洞无物，任凭民警怎么问话，从头到尾始终面无表情一言不发。

当警察这么多年，吴浪见过的嫌疑人不计其数，什么样的嫌疑人有着什么样的心理，不敢说能精准把握，大概也能揣摩个八九不离十。面前的嫌疑人，涉世不深，网络贩卖仿真枪支时，并没意识到自己触犯了法律，如今警察跨省找上门，才意识到自己闯大祸了。

几个民警轮番询问，愣是一个字没问出来。吴浪知道，小姑娘不是拒不交代，主要原因是害怕。他蹲在女孩面前，用地道的重庆话说："我比你大几岁，就喊你小妹吧，吃一堑长一智，你不要太紧张，好好说，我们能争取的肯定帮你争取。"小姑娘抬头看看吴浪，没说话，眼泪流了一长串。吴浪见小姑娘有了回应，趁热打铁，说："你年纪还小，刚才你妈让我给你带个话，说不管多大的事情，迈过这个坎儿，你还是她的宝贝女儿。"小姑娘泣不成声，吴浪让女同事端来刚买来的一碗小面，递到她面前："小妹，吃吧，身体垮了，就什么都没得了。"

一声长长的痛哭声响彻留置室，吴浪悬着的心落了地。一碗小面下肚，小姑娘开始竹筒倒豆子。连夜突击审讯，嫌疑人供认不讳，证据链也完整，吴浪向所领导报告，电话那头除了叮嘱返程注意安全，还特意交代："来得及的话抽空回家看一眼。"吴浪把脑袋点得像捣蒜，心早就飞到了位于江津区的家里。

第二天一大早，吴浪跟同事交代好工作，带上给母亲买的黑枸杞，拦上一辆出租车，直奔家的方向。重庆山多弯多，从办案的派出所到吴浪的家，将近一个小时的车程。为了早点见到爸妈，吴浪一点不心疼钱，直接包了一辆出租车。车轮飞驰，山谷清幽，故乡的风吹在脸上，熬夜的疲惫瞬间随风而去。他给母亲打去电话：“妈，我一会儿就到家了。”母亲难掩兴奋，说鸡汤已经炖上了，到家的时候刚好可以喝。

车子开了一半，兜里的电话响了，重庆当地派出所的同行打来电话：“兄弟，有点对不住，今天一个案件的嫌疑人多，你们的人得马上带走。”嫌疑人没有地方暂时关押，意味着必须当天带回扬州。吴浪挂了电话，心情瞬间变得低落，但现实无法改变，对司机说：“回头。”

吴浪把电话打到家里，电话通了，母亲“喂”了半天，他不知道该怎么解释，一直没说话。他听母亲在那头先是自言自语：“囊个回事儿，咋个听不到声音了？”吴浪听到妈妈的声音，千万种滋味涌上心头。母亲正准备挂电话，吴浪这边有了声音：“妈，这边有点急事，回不去喽。”这次，轮到母亲沉默，先是“哦”了一声，又问：“没出啥子事情吧？”吴浪说没有，单位临时有急事，今天必须赶回去。母亲装作若无其事，安慰他：“人没得事就行，交通这么方便，回头我跟你爸去看你。”

这话，母亲经常说，十来年里却只去过扬州一次，因为语言不通，饮食也不大习惯，住了没多久，就吵着要回去了。

山风依然清凉，却不再是舒适的感觉，装黑枸杞的背包，被吴浪紧紧抱在怀里，眼泪出卖了他的坚强。

用爱守护回归的路

祖跃华发信息给孟雪（化名）：丫头，周末有一场禁毒宣传活动，能来吗？她这边刚显示发送成功，那边信息就过来了，内容很简单，“华妈妈”三个字，外加一个双手赞成的表情包。

祖跃华与孟雪非亲非故，一个是江苏省扬州市强制隔离戒毒所的管教民警，一个是曾经的吸毒人员，因为一次强制戒毒，关系好成了母女。

刚进戒毒所时，孟雪还不到十八岁，性格孤僻，没事就一个人安静地待着，同监室的人也很少跟她交流。有一次，祖跃华正在巡逻，孟雪突然胸闷气短，喘气十分困难。同监室的人吓坏了，纷纷聚拢过来。

做管教民警之前，祖跃华是部队医院的护士，面对过很多突发情况。她立即疏散围观人员，让孟雪平躺在地上，观察了一会儿后，心里泛起了嘀咕……过了两分钟，看孟雪平静了下来，祖跃华把她扶起来，带回到自己办公室。

“你为啥要装病？”祖跃华语气平和。孟雪没想到自己的行为被识破，脸一下子红到了脖子根，脑袋耷拉着，手指尖捏着衣服角，一声不敢吭。

孟雪不说话，祖跃华没有生气，语言变得更加亲切：“我看过你的病例，你确实有哮喘病，但这次你是装的，能告诉我为什么吗？”

一阵沉默后，孟雪哭着说出了原因：“我很小的时候爸妈就离婚了，他们分开后各顾各的，很少管我，只有我犯病的时候，才会抽点时间照顾我。后来，为了能让他们多陪陪我，我就装病。进了这里后，我很害怕，也很想有人关心，我就想着，要是我病了，会不会有人在乎我？”

看着眼前比自己女儿大不了几岁的孟雪，祖跃华心里很不是滋味。“你还是个孩子，要不是因为毒品，你这会儿应该坐在教室里学习，但是犯了错，咱就得改，改好了还是个好孩子，以后你心里有啥想法，多跟阿姨聊聊。”说完，祖跃华把孟雪抱在了怀里，小姑娘哭得泣不成声。

祖跃华知道，在这里被强制戒毒的女孩，不少来自单亲家庭，缺少母爱、缺少亲情。面对那些和孟雪一样的吸毒人员，祖跃华都会以母亲或是姐妹的角色，去温暖她们的心灵：过生日了，送上一张贺卡；生病了，端水送药；表现好了，送上一个肯定的微笑。遇到没有家人管的在押人员，她经常会自掏腰包帮她们置办衣物。很多人把她当作自己的妈妈或是姐姐，即便从戒毒所走出去后，也一直跟她保持联系。

就拿孟雪来说，戒毒期满离开的时候，祖跃华送她到门口，孟雪却突然不走了。“走吧，孩子，以后这地方再也别来了。”祖跃华催促。孟雪突然转过身抱住祖跃华，就像当初祖跃华抱着她那样，紧紧的、暖暖的。孟雪在她耳边轻声说：“华妈妈，谢谢你。”

从戒毒所离开后，虽然距离远了不少，但两个人的关系反倒更加亲密了。结婚的时候，孟雪专门给祖跃华寄来了喜糖，上面特意留了言：“华妈妈，没有您，就没有我现在的幸福生活，谢谢您！”逢年过节，尤其是每年的母亲节，孟雪都会给祖跃华发信息。几句问候，温暖得如一池春水，流淌在祖跃华心里。

从事戒毒管教二十多年来，祖跃华接触过许多像孟雪一样的孩子，她们从戒毒所出去，有的是真的戒了，也有的因为复吸重新回到这里。面对这些孩子，祖跃华还是不想放弃，她意识到如果单凭戒毒所强制戒毒，出去后得不到家人和社会的关爱，很有可能重走老路。尤其是她们刚出去的时候，工作不好找，旧的朋友圈断不掉，重新吸毒的可能性极大。外加近几年来，“跳跳糖”“奶茶”“邮票”以及“笑气”等伪装性超强的新型毒品出现，很容易让人在无法识别的情况下误入歧途，不管是给个人、家庭还是社会，都带来了巨大危害。

很长一段时间，祖跃华都在思考，如何让戒毒成功的人快速回归社会，如何让还没有走进泥潭的人远离毒品？后来，她决定建立“青藤工作室”，让禁毒宣传走进校园和社区，定期开展禁毒宣传教育工作。为了让禁毒宣传更有力度，祖跃华动员成功戒毒的原在押人员，走上讲台现身说法。孟雪是最积极的一个，不但自己答应得很爽快，还鼓励自己同监室戒毒成功的姐妹一起参与。

“吸毒容易戒毒难，很多人不以为然，觉得自己稍微尝试一下没有关系，我当时就是抱有这种侥幸心理，导致自己越陷越深，要不是遇到华妈妈，不知道我还要在错误的道路上走多远……”孟雪想用自己的故事引起大家的警醒，对毒品有更加直观、深刻的认识。

看着讲台上那个自信、阳光的孟雪，祖跃华感到特别欣慰。她给孟雪竖起大拇指，说：“你是真正走出来了。”孟雪嘿嘿一笑，说：“那是，我要是都无法面对现实，别人更不会接受我。”

看着孟雪的样子，祖跃华内心更加坚定了自己的选择。那天活动结束，两个人走在湖边，夕阳将落未落，霞光洒满湖面，祖跃华问孟雪：“你最大的愿望是什么？”

“做个好妈妈，像您这样的。”孟雪回答完，又问，“您呢，华妈妈？”

“天下无毒。”满天霞光里，祖跃华的声音柔韧而坚定。

一轮明月两地情

刚处理完一起警情回到警务站，屁股在凳子上还没有焐热，口袋里的电话就急不可耐地响了起来，朱俊标抓起桌子上的水杯，“咕咚咕咚”喝下去一大半，有种久旱逢甘霖的幸福。

“秋老虎”的威力在中秋前夕才算耗尽，清凉的风刚吹到长江中下游地区，在家里憋了一个漫长夏日的人们纷纷走出家门，街面上又重新开始了车水马龙。

中秋节眼看就要到了，各大商家的促销宣传在商场楼外的大屏上轮番上演，居民小区的大门口也提前挂出了“欢度中秋”的条幅。看见那些跟月饼有关的广告，朱俊标下意识地想起了两千公里外的故乡。那座南临北部湾的沿海小镇，是广西北海有名的“月饼小镇”。每年这个时候，月饼生意就开始红火起来，整座小镇的空气里都弥漫着月饼的香味。

朱俊标最喜欢的，是那种五仁大月饼，又圆又大，是他对故乡独特的记忆。没离开家之前，中秋节的晚上，父亲会把桌子摆在院子里，一家人围坐在一起，共同分食一块大月饼，清凉的山风穿越峡谷来到农家小院，明月高悬在夜空，齐齐整整的一大家子人享受着团圆之乐。

“好几年没吃过大月饼了。”朱俊标看着路边一个大广告牌，下意识和自己的同事聊起了老家的月饼，“我们那儿的月饼都这么大，跟江苏的月饼完全不一样。”朱俊标比画出一个盘子那么大的口径。同事却没有一点兴趣，说：“月饼这东西，又贵又不好吃，看着一点食欲都没有。”

同事的一句话，把天聊进了死胡同。朱俊标并不觉得奇怪，同事生在扬州，长在扬州，工作也在扬州，理解不了一个外乡人对月饼的情怀。对朱俊标来说，月饼不仅仅是一种食品，更多的是在这个特殊节日产生的思乡情愫。

六年前，朱俊标从部队退役后，因为军事技能突出，被特招进入江苏省扬州市公安局邗江分局。他所在的明月湖警务站位于扬州繁华的经济商圈，辖区面积大，商业综合体多，人口密度高，每天警情少则二十起，多则四十起，虽然都是些群众求助和矛盾纠纷，但这些看似鸡毛蒜皮的小事情处理起来并不容易。生硬的广西普通话在绵软的扬州方言面前丝毫没有优势，刚开始的时候，朱俊标常常说得嗓子冒烟也不能熄灭纠纷当事人双方的战火，好在同事是土生土长的扬州人，关键时刻能助他一臂之力。

相比之下，朱俊标更喜欢外出抓捕嫌疑人。每当接到配合兄弟单位抓捕嫌疑人的任务时，他都像是打了鸡血，别看他外表不够高大威猛，想当年在部队也不是吃素的，负重越野、攀岩、索降、武装泅渡，样样都不在话下，否则也不会特招入警。用他调侃自己的话说：“别看我瘦，浑身上下是精肉。”调侃归调侃，一旦进入抓捕状态，侦察老兵的素养就出来了，抓捕对象只要进入他的视线，想再逃走几乎没有可能。

在很多人眼中，干练的朱俊标是个硬汉，其实那只是没有戳到他内心柔软的地方。训练再苦，工作再累，对于农村出身且部队锤炼过的朱俊标来说根本算不上事情，他最害怕的就是在他乡过中秋节。刚到扬州的头几年，家里人都会问：“今年中秋节回来吗？”朱俊标总是回答：“到时候看情况。”第一年看情况，第二年还是这么说，结果一次也没回去过，三年四年之后，家里人知道问了也是白问，索性也就不问了。

说不想回，那是假的。朱俊标是双警家庭，妻子朱允在扬州下辖的宝应县公安局城北派出所工作。派出所活多，人手少，除了担任内勤，朱允还承担着所里的社区民警和财务工作，整天忙得团团转。宝应虽然隶属扬州，但距离市区有一百公里还多。平日里，一个在市里，一个在县里，两个人都是四天值一次班，但休息时间并不在一个频率上，别说回广西，能在周末团圆一下的概率都微乎其微，大多数时间，两个人都过着双城生活。

对朱俊标来说，无论是对远在两千公里外的父母，还是对看似并不遥远却不能每日相聚的妻女，他的内心总是隐藏着一丝愧疚。也正是因为这样，在工作中遇到老人走失或是孩子走丢的警情，他都是百分之百的用心，视频一帧一帧看，大街小巷一条一条找，任何细枝末节都不放过。那些走丢的老人或孩子，使他总会下意识想到自己的父母和女儿，要是他们找不到了，自己得有多着急啊！

朱俊标在家排行老幺，父母对他的关爱程度最高，如今父母老了，他不在身边，就连回家过次中秋节，都成了件奢望的事情。还好，现在通讯发达，人回不去，至少还能视频通话。就在昨天晚上，朱俊标和家里人聊天，姐姐说：“每次中秋节你都不回家，我们在家里分大月饼，爸妈总是把你那份单独留下来，说留给你回来吃，结果月饼长毛了也不见你回来。”姐姐当作笑话在讲，朱俊标却听得鼻子一阵阵发酸，要不是舍不得这身警服，谁又愿意背井离乡？

今年的中秋节，相比往年，巡逻、执勤、安保任务更重，回家自然又成了泡影。今晚，巡逻结束，已是夜深人静，明月升到了正当空，又大又圆，像极了故乡的大月饼。朱俊标掏出手机，拉近焦距，月亮定格在手机屏幕。他把照片发在了家里的微信群。天气预报显示，中秋节期间北海有雨，他相信，长江中下游的这轮明月，带着他的乡愁和思念，一定也可以照亮广西北海的夜空。

开山是条狗

顾海龙做梦也没想过，他这辈子会跟警犬打上交道。

听说要接受采访，顾海龙把“开山”关进笼舍，临关门的时候，下意识摸了摸开山的脑袋。

开山是条狗，顾海龙是它的训导员。

顾海龙坐在我对面，话还没说，先嘿嘿笑两声，憨厚劲满脸都是。顾海龙今年二十八岁，乍一看，远比实际年龄要成熟得多。整天风吹日晒，想白净是不可能的事。人一黑，就显得成熟，外加部队里标准的板寸发型，更是遮盖了他的青春气息。

顾海龙不是兵，确切地说，现在已不再是一个兵。做警犬训导员之前，他刚从内蒙古某野战部队退伍。肩章领花摘下来的那一刻，五大三粗的东北汉子，硬是没把控住两行泪。那是他在部队的第二次流泪，第一次是送老兵，第二次是送自己。

人一旦穿过军装，一辈子都有制服情结。这不，刚退伍在家，正发愁怎么安置自己今后的生活，吉林省和龙市公安局巡特警大队招辅警，他风风火火地就去了。憨厚、壮实，又有野战部队的从军经历，这样的好苗子哪里找？领导当场就点了他的将。

顾海龙重新穿上了“作战服”，腰杆挺得直直的，走到哪儿都是一道风景。这种美好的感觉刚享受一年，局里成立警犬训练基地，大队长让他换岗去做警犬训导员。

开山是顾海龙的第一条警犬。

得知是条德国牧羊犬，顾海龙内心充满了期待。可第一次跟狗打照面的时候，他心里一下子凉到了底。小狗不大，眼神迷迷瞪瞪，走路直打晃。

顾海龙问师父薛亮："这确定是能撕能咬的德国牧羊犬？"

薛亮是和龙警犬基地第一位警犬训导员，顾海龙是他带的第一批徒弟。

顾海龙看着弱不禁风的狗发愁。

薛亮说："你接手的时候，狗越小，将来跟你的感情越深。"

顾海龙疑惑："这病恹恹的样，能训出来吗？"

薛亮说："狗是好狗，就看你有没有那个本事！"

徒弟脾气犟，师父就用激将法。顾海龙不服气：野战军我都干得杠杠的，还对付不了一条狗！

顾海龙给自己的第一条警犬取名"开山"，意思是它是他的开山之作。

开山一母同胞四个兄弟姐妹，它的身体最差，刚生下来时抢不到奶，再大点抢不到食，病恹恹的，肠胃还不好，一顿只能吃一点。兽医说，开山的肠胃要调理，食物不能硬、不能凉，隔两个小时喂一顿。

和龙地处中朝边境交界处，冬天夜里温度最低零下二十摄氏度，风刮起来鬼哭狼嚎，还带着吓人的风哨。警犬基地刚建成，没水没电，吃水要去挑，晚上出门只能打手电。

顾海龙白天生炉子烧水，把热水备得足足的，晚上给开山和食，倒好狗粮，加上水，用手调试好温度。开山不吃，他就掰开它的嘴，一点点喂。两个小时去一趟犬舍，一进一出人快冻成了冰。顾海龙干脆在犬舍里支了一张床，开山看着他，他看着开山，四只眼睛在黑夜里渐渐有了感情。顾海龙说：“开山，你可得好好吃，快快长，好好训练，给我长脸。”开山不会说话，呜呜两声，身子朝海龙这边挪挪。

一个月下去，开山能正常进食了，食量也增大了不少。顾海龙见了薛亮，一脸得意：“师父你看，我说能养好就能养好。”薛亮说：“看你嘚瑟的，比自己长膘都高兴。”顾海龙嘿嘿一笑：“那是。”

薛亮说：“先别得意，有人来看你。”顾海龙一扭脸，看见个再熟悉不过的面孔。

“爸，你咋来了。”

“你个兔崽子，一个月都不回家，你妈担心你吃不好，让我给你送点吃的。”看见父亲胡子眉毛上全是冰碴子，顾海龙眼里有点湿，想去抱抱父亲，又觉得两个老爷们儿抱一起太矫情，拿拳头咚咚咚敲了几下胸口：“爸，你看我，壮实着呢。”

那天大雪下了半尺厚，薛亮带着警犬在公安卡口执勤，城区方向驶来一辆出租车，后座上坐着个四五十岁的中年人，怀里抱着个圆咕隆咚的东西。薛亮让车上的人下车接受检查。人下来了，怀里的东西包得严严实实，薛亮里三层外三层地把包装打开，里面是个饭盒，饭盒里装得满满的都是饺子。薛亮问：“你这是去哪儿？”中年人说：“到前面的警犬基地，我儿子在那儿养狗。”

薛亮问：“你儿子叫啥？”

“顾海龙。”

薛亮顿时就明白了，帮他把饺子包好：“叔你跟我走，我带你找海龙。”

爷俩见了面，寒暄了几句，反倒没话了。

儿子大口吃着饺子，父亲坐在旁边看。他吃得急，他看得心疼。

饺子吃完，父亲要走，顾海龙要送。父亲说：“快回去，外面冷，在这好好干。”

父亲踩着雪深一脚浅一脚往城里的方向走。黑黑的棉袄在皑皑的雪里越走越小，直到快消失的时候，顾海龙冲着父亲的背影敬了个礼。

他记住了父亲的话，好好干！

四年时间过去，开山成了警犬基地体格最大、扑咬能力最强的警犬，山地搜捕、追踪样样技能都出类拔萃，一次又一次立下汗马功劳。

就拿那次来说，一个深秋的傍晚，朝鲜族居民老金火急火燎地报警，说跟自己一同上山采蘑菇的老朴不见了，自己找了半座山也不见人影。和龙群山环绕，山上树木郁郁葱葱，人要是在里面迷了路，很难出来，眼看着天就要黑下来，要是再遇见野猪或者熊瞎子，后果不堪设想。

确定了嗅源，顾海龙带着开山一头扎进了山林。山林茂密，各种植被长得密密麻麻，开山在前面闻，海龙牵着绳子在后面跟，草丛一碰，蚊虫嗡嗡地就飞咬过来。夜晚的树林很黑，一人一狗在里面找到天亮，终于在一个水沟里找到了失联的老朴。原来老人发现自己迷路后，心里开始发慌，越慌越着急，一着急脚下一滑，跌进了沟里，想走走不了，喊破嗓子也没人听到。要不是开山，他可能就跟这世界彻底拜拜了。

顾海龙打开手机，让我看当时战友拍的一张照片。照片里，开山卧在地上，他头枕在开山的身上，人跟狗都睡得很香。

顾海龙说，那天他太累了，睡着后还做了一个梦。我追问是什么梦，海龙又是嘿嘿一笑，没说话，脸先红了。

他梦到自己明天就要结婚了，还在基地照顾开山，大队长看见了就骂他："明天就当新郎了，咋还搁这儿待着？"顾海龙说："我再看看开山。"大队长笑着骂："滚回家看媳妇去，把明天的喜酒备好，开山我替你看。"顾海龙边走边回头，一不小心左脚绊了右脚。人摔得四仰八叉，也把自己摔醒了。一睁眼，看见漫山遍野的树，看见脑袋下枕着的开山，他才知道自己做了个梦。

顾海龙还是个单身汉。因为基地里都是老爷们儿，接触不到女孩子，谈对象成了问题。不过，顾海龙说，幸好有开山跟自己做伴。

采访结束的时候，我问顾海龙："你觉得我这文章叫什么名字好？"他先一摸脑袋，又嘿嘿一笑："我会给狗起名字，哪会给文章起名字，总不能叫《我的'兄弟'是条狗吧》！"

巡特警队里的年轻人

一

梅雨天气还没过去，整个扬州城仍处于闷热之中，扬州市公安局江都分局巡特警大队的室内靶场，没有空调，闷得透不过气来。戴文祥把最后一颗子弹压入弹夹，拉动枪栓，“砰砰砰……”十声枪响后，25米外的人形靶纸上，十个弹孔密集地分布在眉心位置。

这是戴文祥日常训练中最普通的一天，手枪、步枪、狙击枪，对他来说，像是吃饭用的筷子一样熟悉。瞄准，射击，命中目标，和用筷子准确夹住盘子中自己想吃的菜一样精准。1993年出生的戴文祥，18岁那年，和很多立志投身军营报效祖国的年轻人一样，带着满腔热血应征入伍，成为武警特战队的一名士兵。负重20公斤，武装奔袭、极限冲刺、林地搜索、定向越野，日行军50公里，一年12个月里有10个月都在跟枪打交道。也正是在特战队的铁血苦旅，为戴文祥退伍后成为公安特警埋下了种子。

退伍回到扬州，母亲听说城区一个派出所招辅警，招聘条件里特别注释，退伍军人优先。他不想当辅警，但理解母亲的用心，勉强答应去应聘，结果当然是毫无悬念地成功了。

辅警没有执法权，只能辅助警察开展工作。半年多的时间里，除了帮助看管抓到的犯罪嫌疑人，别的业务一点也没接触到。戴文祥瞒着母亲辞掉了辅警的工作，凭借在部队练就的一身腱子肉，应聘到一家健身房做教练，而内心真正的目的，是一边挣钱，一边强化自己的体能。他曾经的班长一年前考入了市公安局巡特警支队，钢盔、特战服、冲锋枪，走在城市街头，威风凛凛，他觉得那才是爷们儿该干的事。

大半年的时间里，除了当教练外加自己健身，剩下的时间他全部用来备考。第一年考试，笔试、面试，综合成绩出来后，0.5 分的差距，特警梦想被击碎，现实又把他打回到健身房。

母亲劝他现实一点，公考可是千军万马过独木桥，戴文祥坚持自己的选择，因为人一旦有了理想，就有一种不到长城非好汉的毅力。第二次公考，戴文祥如愿以偿，穿上特警服的那天，他做的第一件事，就是和当年穿上军装的那一刻一样，对着镜子里的自己敬了个标准的军礼，敬头顶的国徽，也敬自己胸膛里那颗火热的心。

二

“砰”的一声，巡特警大队的李祥康从桥上摔到地面上的时候，围观的群众下意识发出了唏嘘声：“完了，完了，人肯定爬不起来了。”桥面距离地面 2 米多高，人硬生生落在石头地面上，人肉撞石头，结果可想而知。就在所有人觉得落水者被救无望的时候，李祥康从地上挣扎着站了起来，活动了一下手脚，感觉没有大碍，一个猛子扎进河里向河中间游去。

那天晚上，李祥康快巡逻到龙川桥上时，大老远听见有人冲着他们喊："有人跳河了，有人跳河了……"

早施救一秒，就可能挽回一条生命，拯救一个家庭。为了争分夺秒，李祥康发了疯一样往桥上跑。

"在那儿，在那儿。"热心群众手指的方向，隐约看到远处水面上"趴着"一个人，一动不动。

桥面距离水面比较高，直接跳下去危险系数太大，找到码头再下水会耽误时间。桥边缘的栏杆距离河岸的地面2米多高，李祥康一手抱着救生衣，一手扶着栏杆，直接翻了过去，砸在地面上的姿态虽然不太好看，但好在没有耽误救人。

他从水面探出脑袋的时候，刚好出现在落水者身边。河水很深，落水者已经失去意识，水流的速度很快，冲着他们一直往下游走，他拖着人往岸边游得很吃力。好不容易把人拖到岸边，李祥康有点体力不支，缓了口气，又赶紧给落水者做心肺复苏和人工呼吸。落水者口里吐出水的时候，他觉得自己的战争打赢了，一屁股坐在地上气喘吁吁。

事后，他在网上看到自己救人的视频，发现自己在水流湍急的大河中是那么渺小，像是一片浮在水面的叶子，命运有些不受自己控制。回到家中，看见父母妻儿，他内心突然一阵恐惧，要是自己的体力坚持不到最后，他们的余生该依靠谁呢？

三

1992年出生的颜凯，在巡特警大队负责路面巡逻。他的老家在城区下面的一个乡镇，每次轮休回家，他都会想起几年前的一次抓捕。

三年前的夏天，丁沟镇频繁发生盗窃案件，今天张家鸡圈里的鸡丢了，明天王家厨房的牛肉不见了，后天李家卤好的老鹅被人偷了。案值虽然都不大，但隔三岔五发生这样的事，弄得整个村子人心惶惶。

颜凯被大队安排配合派出所抓捕嫌疑人，没想到对方竟然是个未成年的孩子。他进入嫌疑人家里的时候，更是吃了一惊，里面家徒四壁，除了客厅地面上铺了一些砖头，别的地方全是原始的泥土地面。偷东西的年轻人叫王小海，正上高二，从小没有父母，跟着爷爷相依为命。爷爷年纪大了，没有经济来源，吃饭很少见荤腥。小伙子正长身体，家里买不起肉，就动了歪心思。

该处理处理，该教育教育，王小海回家后，颜凯脑海里却依然忘不了他那张脸。高中是人生最关键的十字路口，扶一把可能就前途光明，继续走歪路将来不堪设想。那时候，颜凯工作的时间不长，工资也不高，除了还住房贷款和贴补在乡下生活的父母，基本攒不下什么钱，但他还是决定帮一下王小海，因为自己不那么做，就过不去心里的那道坎。打那以后，每个月发了工资，颜凯都要攒上一点，逢到大的节假日，有时候给王小海包个红包，有时候买些学习的必需品。每次看到王小海学习上有了提高，颜凯都发自内心地替他高兴。后来，王小海考上大学，颜凯感觉比自己立功受奖都开心，觉得自己做了一件十分有意义的事。在颜凯看来，作为一名警察，能影响一个人走正道，别有一番价值和意义。

无声的耕耘

刚到刑警大队没多久，有人叮嘱我一定要找时间写写他们大队的“窦爷”。

“窦爷”本名窦怀全，今年不到50岁，压根儿算不上老，被称为“爷”，只是因为在单位资历老。自打进了警队，除了头一年在派出所，剩下的22年，一直扎根在刑警大队技术室，新警来了一批又一批，徒弟换了一茬又一茬，窦怀全始终没挪过地方。一转眼，20多年过去了，窦怀全从小窦熬成老窦，又从老窦熬成了窦爷。

在刑警大队会议室，我第一次见到窦怀全，他话还没说，脸上先堆满了笑。那种笑，简单、纯粹，是发自肺腑的。

他说：“我在警校学的就是痕迹检验，后来工作也算是专业对口。辖区只要发生了刑事案件，必须立即赶到现场，案发可不分白天黑夜和是不是节假日，就像去年，除夕晚上接了警，拎上装备箱就得往现场赶。我们要在现场寻找犯罪证据，大到现场遗留的物证，小到指纹、毛发，一点点蛛丝马迹都不能放过。”

别看窦怀全在单位资历最老，对工作的热情还跟小伙子一样，每次听到楼道里“噔噔噔”一路小跑的声音，大家就知道，窦爷这是要出现场了。

谈起多年来的工作经历，窦怀全说自己刚工作那会儿，经常一天要出十几个现场，很多都是流窜作案，现在这种情况少多了，平均一天出三四个现场。说到这儿，他还回忆起一桩乌龙案件。

那天，一对老夫妻报警，称家里的手机被人偷了。窦怀全赶到现场，所有门窗都呈关闭状态，入户门完好，家里一直也没离开过人，也没有任何被翻动的迹象。他分析，八成是老人家年纪大了，记忆力不好，放错了地方。虽然明显不是案件，但对老人来说，找到手机是根本。窦怀全一边让老人回忆，一边帮着老人在家里寻找，果不其然，最后在床下的缝隙里找到了。

手机失而复得，老人高兴得像小孩一样，紧紧抱住了窦怀全。这还不算完，老人非要送一本自己写的书给窦怀全，不要都不行。窦怀全一看作者简介，不得了，老人今年80多岁了，是一位参加过抗美援朝的老革命，内心顿时肃然起敬。老人说，手机不值钱，但里面存满了女儿的照片，孩子不在身边，那是他们老两口所有的念想。而这样的乌龙事件，窦怀全并非第一次遇见，虽然不是案件，但归根到底都是为老百姓服务，不管多少次，他都干得乐此不疲。

我问窦怀全，工作这么多年，有没有让他感到特别骄傲的事情。他说起了2022年夏天发生的一起工地电缆线被盗案件。由于工地位置比较偏，现场没有监控，嫌疑人反侦察意识又很强，作案时戴了手套，现场没有找到任何有价值的证据。当时正值盛夏，人站在原地不动就浑身淌汗，窦怀全勘查完现场出来，衣服从内到外都湿了。看着脸上滴下的汗珠，他突然来了灵感，自己一点体力活没干都出这么多汗，嫌疑人搬运上千公斤的电缆线，出的汗肯定要多得多。于是，他又对现场所有的地面和沟槽盖板一一打光勘查，两个小时后终于在一处沟槽板上找到一块清晰的汗斑。后来，凭借这块汗斑，窦怀全成功比对出一名有抢劫前科的嫌疑人，并且从这名嫌疑人入手，打掉一个 11 人的盗销团伙。“案件成功告破，我当时心里很兴奋，那种感觉说不上来，特别带劲。”

窦怀全这边正跟我聊得起劲，妻子的电话打来了，问他能不能早点回家陪孩子。他脸上兴奋的神情瞬间没了。窦怀全是双警家庭，夫妻俩加班、值班、备勤是家常便饭，工作太忙，再过几个月孩子就要中考了，当父母的愁得天天挠头。“这事咋说呢？你爱这份工作，总是一心想着把它干到最好，唯一遗憾的就是孩子学习没抓好，一想到这事，我就觉得我这父亲当得不够格。”

窦怀全参加工作 22 年，先后参与勘查各类案件现场 1 万多起，利用痕迹物证破案 2100 起，比中一起 34 年命案积案的嫌疑人，帮助一对失散 62 年的亲兄弟得以团聚，被评为全市十佳刑事技术民警，所带领的技术中队绩效考核一直位居全市第一……

我问窦怀全，平时都是怎么排解压力。他说，累的时候喜欢跑步，快坚持 20 年了，没断过，其实人生就是一次长跑，只要坚持总会有收获，工作也是一样。

我在 10 多年的公安宣传职业生涯中看到，如窦怀全一样身在幕后默默耕耘的战友还有很多，我深深地佩服他们。

守　门

太阳刚爬到麦穗的高度，老张就要起床了。常年起早贪黑，50 岁刚出头的人，白头发已经不依不饶地占据了大半个脑袋。老张人虽住在乡下，但并不是农民，就跟他在公安局上班不是警察一样。

在很多人眼里，老张就是个公安局看大门的。每当有人这么寒酸他，他也不反驳。默认归默认，老张在内心里并不这么看轻自己，也不这么定位自己的职业。

老张的岗位原本在公安局的东门，后来因为周边道路整修，东门暂时封了，他的岗位临时调到指挥大楼的大厅。以前的岗位只是看着一辆辆车进进出出，换了新岗位，他开始和每一个进出办公大楼的人打交道。其实也算不上打交道，无非是他看见进来的人主动打个招呼，要么问声好，要么冲人家笑着点个头。

对这份工作，老张始终保持着热情。每天一大早来到单位，换上保安服，端端正正地站在那儿，看到有人进来，要是大楼里面上班的，他打完招呼还帮着摁电梯；要是陌生人，主动问问去哪个部门要找谁，一个个认真登记完再帮着联系。老张喜欢这份工作，珍惜这个岗位。用他自己的话说，我这辈子当不了警察，能为警察服务，也是件光荣的事。

老张每次跟我打招呼，我也显得很热情，有时候冲他笑一下，有时候大老远冲他挥挥手。一来二去，时间久了，我和老张逐渐熟络起来，除了寒暄一下工作，也会聊聊家常。老张的家在苏北一个县城，距离扬州200多公里，因为来回成本高，一年最多回去一趟。有一次我问老张："怎么早上来的时候是你，下午是你，晚上还是你？"老张说，同事家里有事，他顶个班，方便别人也是方便自己。老张媳妇有病，家里开销大，他帮别人顶班，自己也可以多挣一点钱，家里也就宽松一点。他生活极其节俭，除了吃饭、租房，基本上不花钱。为了省点房租，他特意跑到20公里外的乡下找了一处民房，简单收拾了一下，一住就是10多年。

江南的冬天湿冷得很，风一吹，骨头缝里都打寒战。那天，我自认为来得很早，刚进门，大老远就看见有人向我挥手。因为那人裹得太严实，我走到跟前也没认出来是谁。等他解下围巾、摘下头盔，我才认出是老张。他头上冒着热气，眉毛上结满了霜，脸上依然带着春天般的微笑。晚上我加班的时候，老张突然出现在办公室门口，我说他咋还不下班，老张说替同事顶班，按要求每个楼层都要察看一遍。他额头上汗津津的，脸上依然带着笑。

我忙完从办公室下来的时候已将近凌晨，老张的巡查任务已经结束，回到了大厅的岗位上。冷风从门缝里钻进来，老张下意识地裹了一下棉衣，看见我从电梯里出来，又下意识从凳子上站了起来，挂在他脸上的，依然是不知疲倦的笑。看着老张，我突然想起之前闲聊时他说过的一句话："我从来不觉得自己只是个看大门的，警察守的是城市的门、老百姓的门，我在这儿当保安，是在帮警察守门。"

人在他乡逢小满

节气每至小满，夏熟作物籽粒开始饱满灌浆，距离收获也就不远了。对农民来说，小满是期待，是丰收的喜悦。对城里人来说，小满意味着天气开始炎热，短膀子露脐装即将上阵。对我这样从农村走进城市的年轻人来说，小满是一种梦想，辛辛苦苦打拼，希望有一天，自己能在城市里饱满灌浆，结出一串串果实。

在扬州生活了五年，搬了四次家。第一次搬家的时候，女儿尚在襁褓，没事就喜欢把手指伸进嘴里吃，口水顺着嘴角淌在围嘴上，看见新奇的东西，欢腾地蹬着两只小脚，嘴里咿咿呀呀。第四次搬家，女儿成了我们的帮手，我扛大件，她抱小件，一步步小心翼翼爬着台阶，白皙的额头上零零星星冒着汗。

我们在扬州的第一个家，在一幢老式的居民楼里，楼层高，光线却不好，房间加上客厅只有一台空调，唯一的好处就是距离妻子单位近，方便回家给孩子喂奶。平日里我们上班，照顾孩子就落在了母亲身上。太阳好的时候，母亲想让孙女到小区里晒晒太阳，下楼却成了件难事。母亲在农村走惯了平地，很少有爬楼的机会，下楼梯的时候老忍不住往下看，一看心里就发怯。外加上有腰腿疼痛的老毛病，到小区里晒晒太阳，对母亲来说，竟成了奢侈的事情。

房子不大，客厅也小得可怜，一张老式的八仙桌加上几张椅凳，再也放不下任何东西。二十多年的老房子，线路和电器时不时就出毛病。房东是个做生意的精明女人，一副财大气粗的样子，相处起来却极为小气。每次东西坏了要修，总是推三阻四，催房租倒是积极得很。

母亲上下楼不方便，房东又不好相处，一年后，我卷起铺盖卷，和房东说我不租了。她在房子里走了一圈，说这里坏了，那里打扫得不干净，无非是想扣钱，扣来扣去，一个月押金被她扣得见了底。我初来乍到，不想惹事，也不想跟一个女人计较，随她扣吧。

第二个住处是在一个拆迁安置小区，为了不让母亲爬楼，特意租的一楼。房东在房子拆迁之前，是郊区的农民，人老实，也爽快，这让我心里欣慰不少。小区里住的大都是老年人，年轻人拿了父母的拆迁款都出去买商品房了。小区的位置原来很偏，几年发展下来，逐渐被城市化了。位置城市化了，老年人的思想还停留在原来的状态，婚丧嫁娶还都是农村的风俗，只要是家里办事，就在小区里搭上大棚办流水席，吹吹打打很热闹。我倒不排斥这些，觉得有几分亲切，跟我老家的农村颇有几分相似。朋友劝我早点搬出来，说那里土里土气的，别影响了孩子。我不这么认为，多感受一下不同的生活氛围，了解一下当地的风土人情，对孩子不见得是坏事，毕竟她很可能一辈子生活在这座城市。

时间一长，女儿跟楼上楼下的邻居都熟识起来，尤其是几位年长的老人，见了面就逗小家伙，女儿嘴甜，爷爷奶奶叫得亲得很。

两年后，女儿到了上幼儿园的年龄。小区里刚好有一家幼儿园，公办的，去报名，被告知不符合条件，原因是在这小区里没房子，一句话把我噎得没一点脾气。

学总是要上的，四处打听，跑断了腿，最终在一家幼儿园报上了名。我在排队报名的时候，墙上的电视里一位专家在讲楼市，说老百姓租房比买房划算。说实话，我真想冲进电视里扇他两巴掌，没房子你上学试试！

幼儿园距离租住的地方很远，母亲不识字，在城市里方向感不好，别说去接孩子，自己都可能走丢。

于是，第三次搬家！

找一处合适的房子并没那么容易，中午、晚上、周末，但凡不上班的时间，我都跟着中介到处看房子，最后中介不耐烦了，嫌我太挑剔。我只能赔笑脸，不挑剔不行，既要就着老的，又要就着小的，确实不好找。后来，找到一处算是比较合适，虽然租金比以前高了不少，但还是咬咬牙租了。房子距离幼儿园很近，接送不用坐公交车，走路就可以，菜场也就在旁边。

房子找好，一颗悬着的心才算放下来。那天，我坐在简陋的沙发椅上看电视，新闻说市里几个大项目近期将同时开工，我仔细一看，通往我乡下房子的那条路也在其中。当时，我兴奋得不敢相信，看完新闻又在网上搜，后来又转到规划局、公路局的朋友那儿打听，得到证实后我抱着媳妇转了好几圈。一年半后，路如期完工，也是小满前后，我兴冲冲地来到竣工现场，兴奋地把上衣一脱，光着膀子一边跑，一边甩着手里的衣服。

路一通，从单位到家里，开车最多二十分钟。一时间，在同事和朋友眼里，我又成了有胆略、有眼光的人。

回家的路上，我骑车路过一售楼处，被一个发宣传单的小姑娘拦下来，问我买房吗。我摇摇头。她说不买看看也行，里面有空调、有冷饮，就当是歇歇脚。我说没钱买，就不看了，骑车要走，她竟然一把拉住我的自行车，眼神里充满委屈，说："大哥，你不买进去看看就行，老板一天给我定了好几个拉客户的任务，我一个都还没完成。"我这才仔细看她，十八九岁的样子，像是做兼职的大学生，皮肤被太阳晒得黢黑。我忽然想起自己当初给人打工的时候，心一下子就软了，二话没说跟她进了售楼处。

我买房子之前，跑遍了扬州城的绝大多数小区，少部分没跑的，是因为小区高档，价格太贵，压根没在我的承受范围之内，这个小区就是其中之一。那一年楼市不景气，老百姓买涨不买跌，售楼处门可罗雀。难得来个顾客，售楼小姐热情得很，滔滔不绝地罗列了小区的一大堆好处，要改善有改善，要刚需有刚需。我半开玩笑问了一句："有首付吗？"她也半开玩笑回了我一句："这个可以有。"我说："只要能帮我搞定首付，我就买一套。"当时觉得，牛谁不会吹，反正我就是来凑热闹的。

售楼小姐给旁边的银行工作人员打了个手势，另一个小姑娘颠颠地跑过来，介绍了一大堆贷款的优惠政策，不但购房可以贷款，首付也可以变相贷。

我回到家，给妻子说："我要买房。"她一惊，问我钱哪儿来，我说贷款。她问首付呢，我还说贷款。

我这正商量着，房东突然打来电话，说家里急用钱把房子卖了，新房东也着急入住。我说啥意思，不是说好的租三年吗。他说儿子在外地工作，要买房子，家里急用钱，没有办法。

我挂了电话，还没来得及发牢骚，妻子斩钉截铁地说了一个字："买！"

结婚七年，因为没有房子，居无定所，折腾来折腾去，折腾怕了！

第二天，我们把银行卡里仅有的一万块钱刷去五千交定金。从售楼处出来的时候，妻子说："你胆子真大。"我说："你胆子也不小。"

抱怨归抱怨，但最终还是要接受现实。

于是，第四次搬家。

这一天，正值今年的小满，我蹬着三轮车一趟趟将被褥、铺盖和各种电器家什运往另一个住处。擦汗的工夫，母校的老师打来电话，说学校遴选了三十七个优秀毕业生代表，我是其中之一，让我整理一下自己的事迹材料。我说别人要么是全国优秀人民警察，要么是省劳模，最低的也都立过二等功，我连个嘉奖都没有，没啥事迹可写啊。老师说我能从农民工考上警校、当上特警，又写小说又出书，这本身就很励志嘛。

老师的话让我想起一件事。

有一次，母校喊我过去给师弟师妹们做报告，就讲我这些年的经历。报告结束，有个互动环节，一个师弟问我："师兄，我很羡慕能有你那样的经历，很锻炼人，有机会体会到不一样的人生，我的路子都是父母给铺好的，没有自己的选择。"我苦笑一声，还是第一次有人羡慕我。说实话，我也想父母能给我把路铺得好好的，我压根儿也不想过着搬砖和泥，连逛超市都要先摸摸口袋的日子。

没有别人的台阶高，改变的路径只有一个，就是搏，跟命运搏！否则，只有死路一条。拿我来说，当年不搏，无非是今年在这个工地一天挣二百元，明年去那个工地挣三百元；现在不博，在异乡人生地不熟，只能眼巴巴看着别人春风得意；抉择时不搏，等你攒够了房子的首付，房价早把你甩到二里地之外了。

人在他乡，只能比别人更努力。所幸的是，第五次搬家，我总算可以住进自己的房子。虽然背了一身的债，但看着近来疯长的房价，想想父母不再为爬楼梯发愁，孩子可以理直气壮地入学，不也是人生的小满时节？

心中的麦香

时间进了六月，天就开始热起来，风的温度自然也跟着上来了，热风吹过麦浪，绿油油的麦穗渐渐黄了起来。麦子黄了，庄稼人的心就提起来了。

麦收了，一望无际的金黄，一望无际的希望。打工的壮劳力从千里之外、百里之外，乘火车、坐汽车，甚至再倒上两趟拖拉机、牛车，一窝蜂地往家赶。家里的老人找出藏了一年的镰刀，一把把磨掉刀刃上的锈迹。条件好的，给家里的拖拉机加满油，冲着手心吐口唾沫，转起摇把把拖拉机“突突突”打着火。条件不好的，将牛、马、驴或是骡子套在架子车上，当家的甩开皮鞭“嘚嘚嘚”使唤着牲畜。赶车的老把式往往会牵着缰绳直接站在车板上，把皮鞭在半空中甩得啪啪响，牲口懂得这声音的意思，要是不用足了劲，下一鞭会毫无悬念地抽在自己的身上。牲口拼了命，跑出一道风，风把赶车人的衣服吹得哗啦哗啦响，那气势，一点不输给拖拉机手，像是一个在战车上指挥着千军万马的将军。

不错，麦田就是战场，麦收就是一场战斗，而且是一场硬仗。

这是我对二十年前麦收的记忆。

那时我上小学，没有收割机，麦收全靠镰刀，一手薅住麦子，一手握着镰刀，薅一把，割一把，再薅一把，再割一把。夏季的雨说来就来，庄稼人必须向老天爷低头，低头就得弯腰，弯腰不怕，怕就怕一弯就要弯上半天。到了下晌的时候，要了命了，腰硬得像石板、钢筋，像你能想象出的一切硬的东西，硬挺挺的，弯不下去，也直不起来。

那时候，我们没有暑假，只有麦假，顾名思义就是帮家里收麦子。农村的孩子不娇贵，十岁的孩子，大人便会扔给你一把镰刀，人比镰刀把高不了多少。这由不得你，这是命，生在这种环境就得认，认命你就得割麦。换句话讲，不认命你更得割，你的学费、你的生活费全都指望着这一地的麦穗。

在城里人看来，啥是苦？苦就是面朝黄土背朝天。面朝黄土叫苦？背朝天叫苦？割麦才叫苦！不但要面朝黄土背朝天，还得顶得住天上的太阳，毒辣辣的太阳！割麦的时候，我总觉得麦子不是长熟的，也不是被风吹熟的，而是被太阳烤熟的。太阳不但把麦子烤熟了，还把整个大地都烤熟了。麦田里没有风，有风也是热风。衣服被汗水浸透了，大人们解开扣子，光着膀子干。我热得受不了，也光着膀子。膀子跟膀子能一样？大人的膀子啥日头没见过，天天晒、年年晒，晒了半辈子，怎你一个毛孩子能比的？太不自量力了！太阳眼里可没有老幼之分，毒着呢，它征服不了大人，还降不住你一个小毛孩？看吧，它先是把你的皮肤晒得透红透红，像红辣椒，然后是黑里透红，像桑葚，疼痛感紧接着就来了，像是有人拿刀尖在你背上一刀一刀地划，不深入你的肉，不伤你的骨头，刚好划破你的皮肤，让你的血一点点往外渗。汗水出了一拨又一拨，从你的毛孔里冒出来，一滴一滴流向你的伤口，汗里面有盐，每出一次汗，就是向你渗血的伤口撒一次盐。

我不想割麦，我害怕割麦，我憎恨割麦，我永远都不想割麦。父亲说：“不读书，你就得割，今年割，明年割，一辈子都得割。”

这之前，我上学是为了长大了当军人、当警察、当科学家……总之，是当一个很牛的角色。这之后，我上学的动力变了，军人可以不当，警察可以不当，科学家也可以不当，前提是不能让我割麦。不割麦成了我上学最大的动力。“你不是调皮捣蛋,不好好上学吗？老师管不了你？父母拿你没办法？中，不打你、不骂你，有种你下地给我割麦，今年割，明年割，割一辈子麦！”这动力直接、强劲，一针见血。割麦成了我身后的老虎、狮子、猎豹，我不敢停下脚步，甚至不敢回头看。父亲的巴掌算啥？老师的批评算啥？同学的欺负算啥？那都不叫事，叫事也只能算幸福的事，风吹不到，雨淋不着，太阳找你找不着，难道这还不够幸福？

毕飞宇在《平原》中说：“都说庄稼人勤快，谁他妈的想勤快？谁他妈的愿意勤快？都是让老天爷逼的。”的确是，麦子收不到家，你下一年吃什么？喝什么？媳妇的花布衫、孩子的学费，全都在这一地的麦穗里。更关键的是，你不抢着收，误了农时，下一茬的黄豆、玉米、棉花就长不好。庄稼很容易被感动，也很容易记仇，你按时播种，啥都好说，它拼了命回报你。你要是耽误了下种时间，对不起，猫冬的时候，你别指望拿粮食换烟卷，换烧酒，换搓上一圈麻将的零花钱。

麦子只有收到家，入了粮仓才算自己的，也才有资格去奢侈，去挥霍。庄稼人的挥霍很简单，就是拿麦子换西瓜、换桃子、换苹果、换杏、换梨……一句话，只要钱能买的东西，在农村都能拿麦子换。这时候，大家也就豪气起来，就西瓜来说吧，城里人都一个个买，庄稼人可不这样，他们用编织袋，甚至用麻包装，把袋子装得满满的，放在肩膀上扛回家，再从家里打出对应斤两的麦子，交易就算成功了。

麦子除了能换钱、换水果，还能变成各种各样的美食。比如说，能变成河南烩面、兰州拉面、山西刀削面、陕西油泼面、高邮阳春面……也能变成扬州包子、哈尔滨饺子、山东煎饼、河北驴肉火烧……

美食再好，吃不到嘴里都是白搭，对我来说，最现实的，就是将麦子变成母亲手里的饺子、手擀面。母亲每次都是把面和好，放在盆里醒上半天，再在案板上揉上半天。面醒的时间越长，揉的时间越久才越有筋道，越有嚼头。每次我去外地上学、工作，母亲都会给我端上一碗饺子；每次我从外面回来，母亲又会给我盛上一碗面条。上车饺子下车面，这是老辈人嘴里传下的话，母亲不知道啥意思，就知道寓意好。对子女寓意好的事母亲都会去做，比如说给观音菩萨上香、给逝去的先辈磕头，乞求他们保护我们在外平安。父亲说母亲迷信，母亲不听，她说：“说到底，不就是烧几根香、磕几个头吗！几根香、几个头值几个钱？只要孩子们好好的，别说几根，几把、几捆香算什么！磕几个、几十个、几百个头，就是把头磕破又算什么！”

而今，又是一年麦收季，我站在江南的麦田旁，问母亲：“你怕割麦吗？”母亲说：“怕，谁不怕？是人都怕！怕也得割，不把麦收到家里，拿什么送你们出去！”我忽然明白，麦子曾经是我的命，是我成长需要的营养，是我追求诗和远方所需求的能量。

多想闻闻久违的麦香！

父亲的一亩三分地

父亲在农村生活了大半辈子，整日土里刨食地在田里劳作，枯风烈日把庄稼人摧残得不成个样子。父亲的皮肤黝黑里透着亮，粗糙的手纹缝隙里常年渗染着青绿色的杂草液渍，早已与肌肤的纹理融为一体。随我们在城里生活的这几年，他避免了风吹日晒，人看起来才和实际年龄出入不大。

力气是庄稼人吃饭的本钱。父亲年轻时很瘦，七尺高的人重不过一袋麦子，干起农活自然也快不到哪儿去。种庄稼讲究农时，为了不错过时节，除了吃饭、睡觉，父亲大部分时间都是在田里度过，播种、锄草、喷洒农药，没有机械化的年代，什么都要靠人去劳作。父亲往往是日不出便下了地，直到日落看不清庄稼苗才扛起锄头回家。即便这样，家里的光景依然是捉襟见肘。

庄稼人最盼望的莫过于冬天。秋收的粮食囤满了仓，心里自然也就踏实起来，外加又没什么农活，妇女们坐在床上纳着鞋底东家长西家短地闲扯，男人也开始三五个人小聚在一起，围着炉火热上二两烧酒，单凭几把花生就能从中午一直喝到晚上。喝酒是次要的，主要是坐在一起聊聊今年的收成，盘算明年种些什么农作物好。是啊，辛苦了大半年，五谷丰登、瑞雪封田，窝在家里是件多么幸福的事，谁还想出去受累找活干！

按理说，父亲也可以和别人一样，背靠着粮仓，面朝一池炉火，滋滋润润地喝上两口，享受几日安逸的生活。他却偏偏要批发上一些蔬菜，蹬着自行车进城下乡吆喝着卖。有人说父亲不知足，好好的福不享，偏偏要自找苦吃。也有人说父亲财迷了心窍，一头钻进了钱眼儿里。别人怎么说，父亲并不去理会，他心里有自己的愿景，别人看不懂。

村里和我同龄的孩子，大都上到初中甚至小学毕业，便卷铺盖回家，要么到田里充当一个劳力，要么随大人一起外出打工，干上三五年，回家盖上三间大瓦房，讨个媳妇生儿育女，重复着父辈们的生活。父亲却偏偏夸下海口，说非要把儿女们送进大学，那是他的愿景，却一度在村里成了笑料。

父亲当过几年小学老师，虽然收入微薄，却始终兢兢业业地呵护着三尺讲台，那是他虔诚追求的事业，教书育人，虽清贫，却总能让他乐此不疲。可惜好景不长，父亲民办教师的资格被一场教育改革的洪流冲击得瓦砾不存。这件事对于父亲的打击，像是责任田里即将成熟的庄稼被连根铲除了。庄稼，是农村人的命，而三尺讲台，是父亲的命。

父亲吃了没文化的亏，自然不想子女再重蹈覆辙。我偏又是个不让父亲省心的人。第一次高考不尽如人意，那年暑假，我谎称找同学有事，打上铺盖卷去了省城打工。我做下这个决定，是不忍心每次开学前夕，父亲都可怜巴巴地东家来西家去地借钱给我们交学费。往往是去年的老账还没还完，今年又添了新债，年复一年越积越多，钱也越来越难借。

我的不辞而别击碎了父亲的梦，他夸下的海口再次被人提及，成为大家茶余饭后有意无意调侃的谈资。

从小到大，每当做错了事，父亲的巴掌就会无情地落在我们身上。在农村，暴揍是大家公认的最直接也最有效的教育方式。半年后我回来，父亲并没有像我想象中的暴跳如雷，他一反常态的平静更是让我胆战心惊。父亲靠在院中央的老椿树上，默默地抽着廉价香烟，说：“我知道你是不想增加家里的负担，不过这是我的责任，家是我的一亩三分地，你们是我种下的庄稼，你们长势好，颗粒饱满地成熟了，我也就丰收了。我现在还年轻，年轻不怕吃苦，就怕没心气，心气有了，苦自然也就不觉得苦了。”抽完最后一口烟，父亲转身从里屋的柜橱里翻出一个纸包，递给我说：“这是复读的钱，回学校吧，外面的钱没那么好挣。”

岁月如一把锋利的刀，在父亲黝黑的脸上刻出一条又一条沟壑，而他的那番话也始终刻在我的心里。在异乡工作的这几年里，举步维艰是常有的事，每到这时，我总会拿父亲的话鼓励自己，即便别人背后矗立着巍峨的山，我身后只是一块低洼的农田，依然要保留着那股心气，在属于自己的一亩三分地里播种、耕耘，一样能收获一个金灿灿的秋天。

我做警察的第二年，哥哥以博士后的身份签约上海一家外企，妹妹也成家立业，父亲的一亩三分地丰收了！他终于可以背靠着粮仓，去享用付出大半辈子收获的累累果实，可以围着炉火滋滋润润地喝上二两烧酒，在大上海的繁华和扬州小城的悠闲里，驻足展望自己色彩斑斓的世界。

成长最好的土壤

六月火辣辣的日头下，父亲梗着脖子和他的父亲争辩：“麦穗是捡的，队长同意的。”爷爷不听自己儿子的说辞：“公家的就是公家的，一粒麦子都不能带回家，这是规矩。”父亲不服，爷爷便举起了蒲扇大的巴掌。

那时，爷爷是村里的治保主任，父亲是个12岁的孩子，国家的农业经济组织形式是生产队，集体上工，集体吃大食堂，一切劳动所得归队里，个人家里的灶房不允许冒烟。爷爷是党员，凡事都是集体利益为重，怎能允许自己的儿子做不守规矩的事！公家的就是公家的，这是爷爷的规矩。如今，近半个世纪过去了，爷爷去世已有20年之久，但他的规矩像一块赤红的烙铁，在父亲的心田里留下了无法抹去的印记，成了教育我们的规矩。

父亲年轻时做过村里的民办教师，工资微薄，阮囊羞涩，远远不够贴补家用。那时候农村穷得厉害，大部分家庭都顾得了肚皮顾不上子女教育。不少交不起学费的家长带着红薯、高粱、麦子、玉米甚至几个窝窝头找到父亲，想让孩子跟着父亲识字。乡里乡亲的，父亲知道各家各户的难处，每次都摆摆手：“东西拿回去，明天让孩子去学校报到吧。”父亲说：“一只羊也是放，一群羊也是赶，大不了我嗓门高点，不就费点唾沫星子吗！喝几口水啥都有了。”父亲的豁达，让不少穷苦的孩子捧上了书本，改变了一生的命运。

教书育人是光荣的事，父亲喜欢这个职业。可惜好景不长，20世纪80年代，省里对民办教师进行整顿，父亲被迫离开了自己心存梦想的岗位。不做教师的父亲除了侍弄庄稼，还在自家自留地种了半亩韭菜，用以贴补家用。韭菜一茬一茬地割，父亲一趟趟骑着自行车进城、下乡。行情不好的时候，往往上茬的韭菜还没卖完，新一茬的又长成了，不割吧，长老了没法吃，割吧，卖不掉只能烂掉。父亲发愁，母亲叹气。我自告奋勇说：“放学了我去卖。”

那一年，我也12岁。父亲去乡里、县里卖，我放学挽个篮子在村里卖。村里不像城里，隔壁住着都不认识，村里的孩子整日满村地跑，谁是谁家的大家心里清楚得很。有很多父亲当初不收学费的学生，不但自己买，还发动左邻右舍买，给的钱多出个一毛两毛的也总是说不用找。我每天拿出多少斤菜，该卖多少钱，父亲心里有数。我喜滋滋地看着多出来的钱，指望父亲能慷慨一下，豪气地来一句：“留着零花吧。”意料之外的是，父亲拿上钱，拉着我一家一户退给人家。他的学生一脸不解：“王老师，这是弄啥？这么热的天，不够孩子买个冰棍的……”父亲说：“该多少是多少，不能让孩子打小就没有规矩。”

规矩，在我们家中的地位不容撼动。爷爷的规矩传承给父亲，父亲的规矩影响着我们。后来，我做了警察，父亲开始随我们到城里生活。刚到扬州那会儿，我在高速公路上做交警，南来北往的货车司机，为了逃避处罚，手段花样百出。一天凌晨，一辆涉嫌超载的货车驶进收费站，我敬礼，驾驶员摇下车窗，在我要求出示证件后，驾驶员递出一本行驶证，收费栏杆抬起后他却一脚油门逃之夭夭。行驶证除了封皮，里面夹了一百元现金。

寂静沉闷的夜里，高速公路上寻不到一个人的影子，如果把钱装进口袋或许真的神不知鬼不觉，但我知道，心里的口子一开，底线也就破了。我把钱附上“情况说明”，一并交到了大队。父亲知道后很是欣慰，称赞我做得对，说：“这就好比咱种庄稼浇地，水把垄沟冲出个小口子，你不管它，它会越冲越大，到最后想堵都堵不住。你们做警察更是这样，一旦有了第一次，肯定有第二次、第三次，无论啥时候，只有把规矩守好了，执法才能硬气。”

寻味年雪

大年初六的鞭炮声，一阵紧似一阵地在清晨炸响。这一天，是大小商家开市的日子,家中的主妇把节日积存的垃圾扔出去，谓之送穷鬼；当家的男人从屋里取出早就准备好的鞭炮，在大门口噼里啪啦放一通，祈求今年开市大吉、万事亨通。

这是生意人最为兴奋的日子，而对常年在外工作的人来说，最不愿意听到的就是初六的鞭炮声。鞭炮一响，假期也就结束了，又要开始一年的奔波与奋斗。回乡心切离乡愁，每次离开，心里总觉得在故乡意犹未尽。

不单是我，但凡离乡的人大抵如此。返程的客车上，阳光透过玻璃窗，斑斑点点地投射在身上，把一车人照得慵懒乏力。这慵懒里，疲惫倒是次要的，更多的是依恋和不舍。

离开的这天恰逢立春，而就在昨晚，豫北的上空还零零碎碎飘着雪，原本开始松软的泥土又变得坚硬起来。雪花落在地上，一片片积累起来；落在脸上、手上，还没看清它的晶莹，便在一阵冰凉中融化掉了。

这让我想起故乡往年的雪。

每年的冬天，故乡都会下雪，年节前后下的概率更大，而且要比今年大上许多。一觉醒来，雪覆盖了房屋，覆盖了枝丫，覆盖了农田，整个中原大地，白皑皑的一片。雪亮闪闪的，透过窗帘的缝隙晃醒了沉睡中的孩子。窗外的雪，让小家伙们能兴奋地从床上蹦起来。这对于生长在江南的孩子，更是难得的景象，拿扬州来说，虽然每年也都多多少少飘些雪花，但因地表温度太高，雪落在地上，瞬间便成了一汪积水。

故乡的年雪下得实在，地上积得厚厚的，踩上一脚，咯吱咯吱响。女儿对雪的憧憬得以实现，自然是少不了一阵疯狂，先是拉着我在院子里打雪仗，风吹在脸上，把孩子脸冻成了红彤彤的小苹果。这丝毫影响不了她玩的兴致，用不了多久，身上就会冒出汗，玩儿累了，把帽子一摘，脑袋上热气腾腾的，像极了刚出锅的馒头。

年节时分，村里人会挨家挨户拜年，外村的亲戚开始相互走动，人来、车往，用不了多久，院子里、村子里的积雪便被破坏得不像样子了，要么化成了水，要么被汽车轮胎轧成了饼。

下雪的时候，田野是最好的玩处。目光所及，到处都是白的，所有的肮脏都被覆盖掉，所有的崎岖与不平也被雪填得平展展的。你可以在里面打滚、高歌，你踏出的每一脚，都是新开创的一条路，你会觉得，路没那么难走，你随便往哪个方向，都能蹚出一条属于自己的路。

父辈们常说，今冬麦盖三层被，来年枕着馒头睡。一场大雪，让麦田有了养精蓄锐的资本，一开春，麦苗便拼了命地噌噌往上蹿，黑油油的发着亮光，让农民提前半年看到了丰收的希望。

相对于农民的希望，野生的禽兽遭遇了生存的危机。大雪盖住了地表的一切，自然也盖住了它们的食物。在中原，陆地上最常见的走兽莫过于野兔。小时候，对猎枪的管制远没有现在这么严格，土方法自制的兔枪便派上了用场。我邻居家有个哥哥，平日里就喜欢打食野味，自然也不会放过冬日逮兔子的机会。雪一下，他把雷锋帽往头上一戴，兔枪斜挎在肩上，大黄狗见主人出门，一步不落地跟在后面。野兔皮毛多为灰黄色，在皑皑白雪中显得特别扎眼，他的枪一端起来，狗也就警惕起来，枪响的同时，狗像离弦的箭一样瞬间蹿出去，一会儿便叼着猎物向主人邀功了。

与邻居家哥哥同行的，除了那条大黄狗，还有我们这些馋肉吃的毛孩子，争抢着给他打下手做些杂事。猎物打的多了，回去在院子里架上一口大铁锅，劈柴备得足足的，把肉往锅里一炖，即便把锅盖盖严实，香味还是拼了命地往鼻孔里钻。每个过去帮忙的孩子都会分上一碗带荤腥的肉汤，一个个心满意足地端着碗，靠着墙根蹲下，就着馒头胡吃海塞，八九岁的孩子，就着一碗汤，能啃下去五个大馒头。

在肉食贫乏的年代，这是我们解馋的方式。现在，每次带孩子回老家，遇到下雪的时候，总想让她感受一下我当年娱乐的方式，却每每都不能如愿，一是没有了打兔子的猎枪，如今的狗也没有了原本的野性，兔子的数量也开始急剧减少，寻找半天也难发现一点蛛丝马迹。

每一次，女儿都是兴冲冲地去，噘着小嘴失落地回。为了挽回点自己的颜面，我教她在雪地里捉麻雀。

堂屋门前有棵柿子树，树上残存的果皮成了麻雀果腹的美食。但果皮毕竟有限，满足不了成群结队的麻雀的争抢。我在门前的院子里扫出一块空地，从老屋里翻腾出我小时候喂牲口饲料的筛子。按年龄来算，筛子要比我大上许多，之前父亲用它让我找到了捕鸟的乐趣，现在，我又用它给女儿的童年增加一丝色彩。

我支好筛子，女儿从粮仓里抓来两把高粱，撒在筛子下面，我们躲在堂屋门后面，透过门缝观察外面的情况。这有点神秘的举动让原本失落的小家伙又开始兴奋起来。

大多看过冯小刚《一九四二》的人，都有这样一种感觉：尊严从肚皮开始。

人是这样，鸟也一样，一旦饿到一定程度，便饥不择食了。麻雀像是知道筛子底下是陷阱，一个个伸长脑袋张望，但大多是有贼心没贼胆，只是站在枝头叽叽喳喳叫唤，谁都不肯做可能送命的先行官。不过，还是有两只麻雀下来了，从筛子外面蹦进来立马又蹦出去，像是在试探敌情，见筛子纹丝没动，一前一后站在筛子边沿警惕地啄食起来。它们吃得意犹未尽时，筛子如一张大网猝不及防盖了下来，一只麻雀反应快，扑棱着翅膀飞了出去，另一只被牢牢地盖在了里面。

见有收获，女儿一把拉开门跑出去要看个究竟，一边跑一边乐，咯咯咯笑得合不拢嘴。我取出麻雀，拿在手上，它的嘴角还泛着黄，明显是一只雏。小麻雀似乎没见过什么世面，在我手里惊恐地尖叫，逃走的那只先是站在枝头张望，后又在我头顶打着圈盘旋，叫声撕心裂肺。

老麻雀的疯狂吓到了女儿。她问我怎么回事，我说我们捉到的是它的宝宝，小麻雀以后再也见不到它的妈妈了。她似乎听懂了我的意思，起初收获的兴奋荡然无存，伸出手轻轻地摸摸小麻雀头顶的羽毛，乞求我说："咱们把它放了吧！"

小麻雀飞回了母亲的怀抱，我把筛子撤了，女儿撒了半院子的高粱和麦粒，鸟儿们在吃，她托着下巴远远地看。

鸟如此，人也一样。对于客居他乡的人来说，故乡就是深藏在心中的母亲，离开了，能不念吗？

来到扬州

扬州，南邻长江，京杭大运河穿城而过，又得高邮湖、宝应湖、邵伯湖等大小湖泊浸润，自古就是一座与水结缘的城市。城市有了水，便有了灵性，尤其是到了春天，嫩柳吐芽，万花竞放，岸边的柔枝倒映在水中，风一吹，水面荡起涟漪，那光景正与扬州的精致典雅相得益彰。

我生长在中原地区的一个小村庄，平原地带一马平川，除了村西口外有一条约 10 米宽的河，很难再找到一条像样的水系。正是基于对水的强烈渴望，我长大后不管是上大学，还是找工作，都一心想着能到水系发达的南方城市。2011 年，妻子考上了扬州的公务员。当时我在镇江工作，为了方便妻子，我们把家安在了扬州。后来，得益于组织上“团圆计划”的政策，我也调到了扬州。

我到扬州的第一个工作岗位是交警，每天都要跟各种各样的市民打交道，语言是我遇到的第一个障碍。扬州话属江淮官话，与普通话区别不小。在路上执勤，经常是人家听得懂我说话，我听不懂对方说话。尤其是遇到上了年纪的老人，浓重的方言更是让我一头雾水。为了突破语言关，下班的时候，我喜欢在老城区转，那里老年人多，方言说得也最地道。半年下来，从最初的一点听不懂，到后来的一知半解，再到现在零障碍交流，我这个客居扬州的警察，开始一步步融入这座城市。

扬州的朋友带我去吃早茶，特别讲究仪式感，每次都要选自己喜欢的那家茶楼，挑一个临窗的雅座，专程带上自己的好茶，点上几种馅料不同的包子，一口包子一口茶，望着窗外来来往往的游船，慢慢悠悠地享受着生活的乐趣。不过，他这种享受生活的方式，并不适合我们这些交警。每天一大早，我们就要到达执勤岗点，迎接城市交通早高峰的到来，抽不出时间慢慢悠悠地吃早茶，经常是过了早高峰，才饥肠辘辘地跑到路边的小馆子里点上一碗阳春面。

和美食一样同为扬州城市名片的，还有扬州的美景。但凡有空闲时间，我就骑上一辆单车，在城市的大街小巷里穿梭，穿过古色古香的东关街，坐在夜幕下的东关古渡口，看古运河两岸星光点点。它们如同这座城市的地标文昌阁一样，陪伴着这座城市坚守在历史的长河中，也正是有了它们，扬州这座城才更加厚重。这种厚重，吸引着成千上万的人，从全国各地来到这里，寻找着诗人笔下“烟花三月”的扬州。

交警除了早晚高峰站岗，也经常需要开车在路面巡逻，横跨京杭运河的那座大桥是我每天的必经之地。如今的扬州，高速公路路网发达，动车、高铁南北纵贯，交通十分便利，但已有两千多年历史的京杭大运河的航运作用并没有被取代，依然年复一年履行着使命，造福着当地的百姓。

运河之水养育了扬州，兴旺了城市，扬州人也对这条河流心存感念。每年金秋到来之时，一年一度的世界运河城市论坛都会在扬州如期召开，来自世界各国和国内各地的运河城市代表齐聚扬州。作为警察，我为他们在道路上保驾护航，参与守护着这座城市的安全；而妻子作为外事部门的翻译，用流利的英语向八方来客们讲述着属于扬州、属于大运河、属于中国的故事。

如今，踏上扬州的土地整整10年了，我对这座城市的了解越来越多。每一条城市干道，每一条古街小巷，都曾留下我的足迹，我在这里寻找历史，也憧憬着美好的生活。我逐渐发现，除了运河、美食、文化、宜居这些标签外，扬州还是一座英模辈出的城市。2017年冬天，我专门去扬州下辖的宝应县氾水镇氾光湖警务区挖掘民警李树干的故事。两个多月的时间，我跟着李树干走家串户，上渔船，下田间，不论走到哪里，群众都是笑脸相迎，拉起手像是跟自己家里人聊天。63平方公里的区域，一个人的警务室，李树干一干就是30年，当选了江苏时代楷模、全国公安楷模。像李树干这样的人，这座城市里还有很多，他们平凡、普通，走在人群里没有任何显眼的地方，但他们踏实、务实、为民的作风形成了一道光，照亮着这座城市。

现在，我在外地结交新朋友，每每说到我来自扬州，他们都会感叹：扬州是个好地方。的确，无论是历史人文、城市风貌，还是自然风光，扬州都是个让人心生向往和无比流连的地方。无论我走到哪里，不管到繁华的大都市，还是偏远的边塞小城，都会向身边的人宣传扬州，让瘦西湖的清秀婉丽、个园的池馆清幽、东关街的古朴繁闹，为更多人所知。如今，2021年扬州世界园艺博览会正如火如荼地举办，我和被抽调到现场执勤的战友们一起，用一个个标准的手势，一句句热情的引导，让每一个初到扬州的人感觉到：遇见扬州，就遇见了厚重的城、美丽的景、热情的人，遇见了人们对美好生活的热切向往。

西山鹅声

一

太阳一点点落入西山，晚霞将湖水映得通红。每天这个时候，沐华忙完鹅场里的活，都要在太湖边上走走，湖水湛蓝，晚风清凉，望着不见边际的湖面，有种站在海边的感觉。

“太湖三万六千顷，七十二峰天际浮。烟波浩荡渺无极，一望可以消百忧。”这是古时候人们对太湖的赞美。沐华小的时候，常听到大人们唱：“太湖美，美就美在太湖水。水上有白帆，水下有红菱；水边芦苇清，水底鱼虾肥。”作为在太湖岸边土生土长的姑娘，沐华对这里的一草一木都很熟悉，也都很有感情，远处的山、眼前的水，相映成趣，共同把自己的家乡绘成一幅稳重兼具灵动的山水画卷。

俗话说，靠山吃山，靠水吃水。太湖属于我国第三大淡水湖，气候温和，雨水丰沛，河流纵横，水草丰盛，除了发展农业、渔业，这里的劳动人民还有着养鹅的悠久历史。

沐华清楚地记得，那些体态并不高大、羽毛洁白的鹅精灵，一直是她们家中重要的组成部分。从最初的三两只，到后来逐渐发展壮大，形成规模性养殖，给家庭带来可观收入的同时，养殖产生的污水也越来越多。

最初，没有人把这当回事，包括她们家在内的太湖居民都天真地以为，对于2400多平方公里的太湖，养殖以及生活产生的这点污水简直微不足道，不会对湖水造成本质上的影响。直到太湖蓝藻事件，生活在这里的人们开始意识到人为造成的污染对太湖水造成的严重伤害。

二

太湖地区生态环境整治，让沐华陷入了两难境地。她生活在这片土地，太湖养育了一代又一代西山岛人民。如今，太湖水受到污染，犹如自己的亲人生了一场大病。生病就需要医治，最直接的影响就是，养殖太湖鹅产生的污水不能再直接流入太湖。在西山岛，沐华家里养殖的规模较大，受到的影响自然也很大。

那些刚孵化出的小鹅，浑身金黄金黄的，“嘎嘎嘎”的声音如婴儿一般稚嫩。她抓起一只放在手中，这个小小的生命，一个月前还是一颗鹅蛋，是她把它放进孵化器，加温、晾蛋、喷水软化蛋壳，在做这些的时候，她觉得自己也变成了一只鹅，贴心呵护着每一个即将出生的鹅宝宝。

鹅宝宝出生后，不能急于喂食，一个小时后喂上一点水，打通食道清理肠胃后，才能喂一些雏鹅专用的食物。她最喜欢的还是二十天后，金黄的羽毛褪去，雪一样洁白的羽毛出现，鹅的个头远没有长成，小小的，干干净净的，是她最喜欢的样子。

她喜欢看它们在一起奔跑，伴随着“嘎嘎嘎”的鹅叫声，尤其是雨后，远处山顶上云雾缭绕，头顶白云飘过，场院内的水草沐浴清新，眼前一片白鹅成群，她站在鹅群中，微风声、呼吸声、鹅叫声，人与自然界融为一体，和谐如画。

现在，她害怕看到这样的场景了。污水无处排放，她的鹅场又该何去何从？她深爱着太湖，她吃着它的水长大，她希望湖水能像小时候听到的歌谣里的样子。她也深爱着那些洁白的太湖鹅，它们一直陪伴着自己的生活，从看着奶奶养，到学着妈妈养，到如今自己独立养，太湖鹅养殖，已经成了她生命里的一部分。

左手是骨，右手是肉，哪一个残缺，都是致命的疼痛。

三

驻村第一书记把李小河引荐给沐华的时候，她并没有一丝高兴。鹅场说不定要黄了，现在来人又有什么用？书记说："我就知道你为养殖场的事发愁，我跟小李来，就是来解你的燃眉之急。"沐华不信，就凭你俩，能解决我这几千只鹅的污水排放问题？

书记说："咱们这西山岛，养殖场污水排放是共性问题，不是你一家存在，政府有这方面的考虑，我跟小李这次来，一是带来了政府的扶持政策，二是带来了专业技术。"

李小河刚刚走出校门，书记这么一说，他反倒有点不好意思，只顾红着脸摸脑袋。李小河嘴上不善于表达，但肚子里的学问可装着不少，他大学学的畜牧业专业，毕业前阴差阳错去生态环境部门实习了一年。他毕业后本来考进了西北老家的一家家禽研究所，刚好是苏州对口支援城市，这次人才交流，歪打正着到了西山岛。

李小河的老家干旱缺水，也正是这个原因，母亲给他起名小河，祈祷儿子长大了不再吃缺水的苦。没来西山之前，他只听说过太湖，知道面积上的具体数字，真正到了太湖岸边，他兴奋得手扶着栏杆，冲着浩瀚的湖水扯着嗓子喊。他对沐华说：“你们真幸福，守着这么一个湖，从来不用担心没水吃。”沐华没离开过江南，外面的世界她只是从书上或是电视上看到过，李小河的话，让她第一次审视水的珍贵。

四

沐华承认，自己最初低估了李小河的水平。这个看起来有点呆头呆脑的家伙，谈起鹅的养殖头头是道。李小河站在晨光中大谈养殖场改造的那种自信，让沐华有点心驰神往。他计划在东边的位置挖一个鱼塘，南边的一块空地种一片果树，中间的地方种上黑麦草和水稗草。李小河挥斥方遒的样子，肚子里装满了文韬武略。

说完鹅的养殖，李小河开始转到污水处理上：“咱们得依托政府的扶持政策，上一套污水处理设备，实现养殖场内水的内循环，污水经过处理形成中水，用来灌溉果树花草或者鹅塘游泳用水，实现水的良性循环。”

沐华家里养了几十年太湖鹅，每天除了鹅，就是跟水打交道，“中水”这个词她还是第一次听说。李小河说，中水也叫再生水，虽然不能饮用，但可以用于绿化、洗车、清洗道路等对水质要求不是很高的地方，既高效利用了水资源，又解决了污水流入太湖、进入地下造成环境污染的问题，一举两得。

五

黑麦草长势旺盛，鹅群在沐华的驱赶下，浩浩荡荡冲进草丛，开始一顿饱餐的征战。鹅粪从圈中被清出来，一部分喂食池塘中的鱼，一部分用来滋养被鹅吃过的草地和果树。在中水与鹅粪的滋养下，要不了几天，黑麦草又长成了当初的模样。

到了秋天，收获则变得更加实在，鹅到了出栏的时间，池塘里的鱼也长得肥美，养殖场里的瓜果树木满枝头炫耀着自己的功劳。对沐华来说，这是一个收获的季节。

也是在这样一个季节，李小河工作交流两年期满，要回到地处西北的老家。官方为他们这一批过来交流的人举行了隆重的欢送仪式。李小河戴着大红花，和她第一次见到他的时候一样，害羞得满脸通红。她躲在台下的某个角落，看着台上他尴尬的样子就想笑。

笑着笑着，沐华哭了。这是欢送仪式，仪式结束，意味着他们就要告别了。

他坐在大巴上，她站在大巴下，她向他挥手，他跟她告别。一别是多久，他和她都不知道。

沐华回到鹅场，有种从未有过的孤独。她走进他住过的宿舍，墙上写着一句话：我会永远记得，太湖岸，西山岛，鹅声一片。

如水流过英雄城

一

太阳越过武夷山脉，清晨的第一缕阳光洒向赣鄱大地，位于江西省南昌市的八一广场，人们陆续从四面八方涌来，见证一次庄严的升国旗仪式。

1927 年 8 月 1 日凌晨，南昌起义在这里爆发，打响了武装反抗国民党反动派的第一枪。这枪声，如平地一声春雷，使千百万革命人民在经历了一连串的严重挫折后，又在黑暗中看到了光明的火炬，燃起了新的希望。

南昌，是人民军队的诞生地，是军旗升起的地方，也是抗日战争爆发后，新四军组建时的军部所在地。一个又一个历史的印记雕刻在这片红色的土地上，“英雄城”的美誉随之应运而生。

吃水不忘挖井人。南昌人民从未忘记革命先烈在这里洒下的热血、抛下的头颅，每年的元旦、“五一”国际劳动节、“六一”国际儿童节、“七一”建党节、“八一”建军节、“十一”国庆节等重要时间节点，都会在八一广场举行升国旗仪式。

在祖国 960 万平方公里的土地上，不管是在哪里，华夏儿女都对升国旗仪式高度认同，这是致敬革命先烈们最好的方式。2023 年 7 月 1 日，中国共产党成立 102 周年。在这个特殊的日子，人们从四面八方聚集在八一广场，共同见证了一次无比神圣的时刻。

升旗仪式在清晨六点开始。陈国梁来到广场的时候，魏和友正举着扩音喇叭维持秩序。魏和友是江西省南昌市公安局东湖分局大院派出所所长。凌晨四点半，城市还没有醒来，他便早早来到八一广场，提前做好广场的安保工作。陈国梁是魏和友的老领导，原来在东湖公安分局当局长，后来提拔到南昌市公安局任党委委员、政治部主任。陈国梁走过去跟魏和友打招呼："和友啊，安保工作做得怎么样了？"魏和友看到老领导过来，感到十分亲切，拍着胸脯保证："主任，这个您放心，我们四点多就过来了，该布置的警力都布置好了。"陈国梁看看魏和友，笑着点点头，临走还不忘再叮嘱一句："八一广场不同寻常，可不敢大意。"

八一广场是大院派出所的辖区，这个面积 7.8 万平方米的地方，单纯从大小上来说，在我国博大的版图上不显眼，但它在中国革命历史上的影响力不可小觑。这里发生的一举一动，都是国内外媒体关注的焦点。一年六次的升旗仪式，安全问题至关重要。每一次，魏和友都是第一个来，最后一个走。这是他每次守护升旗仪式的姿态。

国旗在护旗手的挥舞中舒展开来，国歌在东升的旭日中响起，人们的目光注视着五星红旗，魏和友抬起右手，郑重地向国旗敬出一个标准的警礼。谁也不曾想到，这是他最后一次护卫八一广场的升旗仪式，在成为中国共产党党员的第二十三个盛夏，生命终结在他心爱的公安工作岗位上。

魏和友所在的大院派出所，之所以叫"大院"，是因为这里曾经是省政府大院所在地，虽然如今省政府已经搬至红谷滩新区，但还有 32 个省直机关驻守在此。

这是一个组成结构十分复杂的辖区。除了密集的政府机关，江西省首个定位重奢、面积最大、功能最优的商业综合体武商 Mall、万达广场、财富广场，以及素有“酒吧一条街”的福州路，全都齐聚于此，红色元素与现代气息共同交织在城市的核心区域。

2023 年 4 月 28 日，武商 Mall 开业，吸引了全市甚至外地群众的关注，随后的一周时间里，最多的一天，顾客量达 12 万人之多，可谓是人山人海。即便是这样超大规模的人流，没有一起刑事案件，没有一起治安案件，甚至连一起纠纷都没有，这在武商 Mall 全国多地开业的历史上还是第一次。平安背后，是魏和友带领派出所民警连续多个日夜的安检和守护。

而这些安保活动，只是派出所日常工作的额外任务。案件办理、纠纷调处、窗口服务、日常管理，繁杂的业务工作，注定了派出所工作的高强度、快节奏，三天值一个班，是雷打不动的轮回，遇到所里出差人员多，工作连轴转是再正常不过的事。

2023 年 6 月 25 日，夏季治安打击整治行动的号角在全国吹响，从白山黑水到中原腹地，从雪域高原到南海之滨，从繁华都市到乡镇村落，二百万人民警察奔波在日月星辰之中，用坚守和奉献，让人民群众感受到安全触手可及。

2023 年 7 月 24 日，全国公安机关夏季治安打击整治行动第一次推进会召开，各类突出违法犯罪被严厉打击，一批矛盾纠纷被排查化解，生活在祖国大地上的人们，生活之中，时刻能感觉到警察就在身边。

也是在这一天，地处长江中游的南昌如同往常一样晴朗，蓝天白云俯视着山川湖泊。魏和友在周末连续加班两天之后，周一上午 9 点，他按照惯例组织派出所民警召开晨会。会后，他又与派出所副所长毛理辉商量三大专项行动以及夏季治安打击整治专项行动的相关工作；上午 10 时 32 分，他和毛理辉商量完工作后，突然晕倒在办公室，经送南昌大学第一附属医院抢救，诊断为突发脑溢血，后经全力抢救无效，于 7 月 25 日 20 时 23 分不幸牺牲，生命永远定格在 51 岁。

没有一个人愿意相信这样一个事实。昨天还好好的一个人，今天怎么说走就走了呢？整座城市都沉浸在悲戚之中。这个看起来无比平凡的派出所所长，和他接触过的每一个人，回忆起和他共事的过往，都有一段动人的故事。这些故事很小，微弱得如同一个水滴，一个个聚集在一起，却形成一股强大的水流，在过去 51 个春秋之中，一点一滴浸润着这片带有红色基因的沃土，流淌在南昌这座英雄的城市。他和那些倒下的革命先烈一样，用生命铸就一个时代的精神丰碑。

二

魏和友不是警校科班出身，却一直做着当警察的梦。

二十世纪九十年代，改革开放进入新的阶段，经济案件逐渐增多。相比其他刑事犯罪，打击经济犯罪对金融知识的需求更加专业。为了让侦查破案适应社会发展进程，1994 年，南昌市公安局专门招聘了一批财经专业的大学生。

这一年，22 岁的魏和友从江西财务会计学校毕业，得知公安局招聘人民警察的消息，他毅然决然地选择成为公安队伍中的一员。这个从南昌市南昌县麻丘乡走出来的“崽崽”，个头不高，穿上警服的那一刻，望着镜子里的自己，内心瞬间觉得自己高大起来，这是信仰的高度。

刚进入公安局的魏和友，并没有如愿被分到自己想去的刑警岗位，而是到分局办公室做会计。在很多人看来，工作与专业极为对口，而且没有任何风险，是个十分不错的选择。魏和友并不这么认为，他觉得当警察，就是要去办案子的部门，把一个个犯罪嫌疑人绳之以法，这才是自己选择当一名人民警察的初衷。

虽然岗位不如意，但在实际工作中，魏和友对待工作的态度却极为认真，自己经手的每一笔账，他都记得清清楚楚。现任南昌市公安局东湖分局经侦大队大队长的吴城市，跟魏和友同一年入警，两个人既是工作上的战友，也是生活中的朋友，家庭之间相互来往。

吴城市说："魏和友是个特别细心的人，工作上一丝不苟，生活中对人也体贴入微，我们难得一起出去玩的时候，他都是甘愿当起旅行团的团长，凡事从来不让我们操心。和友和他的名字一样，和气友善，看见谁都是乐呵呵的，从没见他跟任何人发生过争执。"

现任南昌市公安局东湖分局局长洪龙介绍说："魏和友在会计岗位上干了四年，购置的装备数量繁多，入账、支出的钱款很多，当时还没有电子支付，都是现金结算，他把每一笔账都记得清清楚楚，没有出过一分钱的差错。我跟他谈工作的时候，他对我说，对于财务工作，他给自己定下一个原则——绝不多花公家一分钱。"

魏和友工作成绩出色，态度也十分端正。到了 1998 年，经济案件开始高发，全国公安机关自上而下开始增设经侦部门。财务专业科班出身的魏和友，因为深受领导和同事们的认可，成为东湖分局经侦大队第一批"元老级"民警。

魏和友心细，有头脑，在经侦大队期间，先后破获了一系列涉及经济犯罪的大案要案。即便是以后当了大队长，他依然坚持冲锋在案件办理第一线。在担任经侦大队长期间，魏和友带领全队民警创新战法、攻坚克难，针对辖区银行网点信用卡诈骗警情高发，探索创立了全省第一个"警银共建联系点"，从源头上有效降低了银行网点诈骗风险；带领经侦大队共计侦办案件 150 余起，抓获犯罪嫌疑人 200 多人，累计为群众追赃挽损 1 亿余元，特别是侦破了南昌市瑞鑫金属材料有限公司和江西星才人力资源有限公司特大虚开发票案，涉案总金额超 16 亿元。

吴城市回忆说："魏和友这个人太有责任心，工作太细致了，人也太累了。我们私下里交流的时候，他说他当初想当警察就是想去办案子，他先是在经侦，后来又到刑侦，真正找到了充分发挥自己能力的舞台。"

2013 年 9 月，南昌市东湖区胜利路卓尔珠宝店发生一起保险柜被盗案，价值百万的珠宝不翼而飞，在当时的南昌城引起巨大轰动。

时任刑侦大队副大队长的魏和友是这起案件的分管大队领导，专案会议结束之后，他第一时间组织警力进行大规模的摸排。当时还没有天网工程，除了公安机关传统的侦查手段，只能尝试从沿街店铺和企事业单位零星安装的摄像头碰碰运气。

现任刑侦大队六中队中队长的刘勇当年参与了这起案件，他说当时魏大分了几个摸排小组，有的排查外来人口，有的调取监控，对于可疑的人员照片，一张一张甄别，那时候对大家来说，吃饭、睡觉都是次要的，一门心思锁定犯罪嫌疑人。

功夫不负有心人，在魏和友的带领下，经过几个日夜的艰苦鏖战，专案组通过对断断续续视频的研判，跟着嫌疑人的足迹一路来到浙江嘉兴。魏和友顾不上休息，安顿好大队的其他工作，带着民警漆晓明马不停蹄先是赶到嘉兴，最终锁定两名犯罪嫌疑人中的其中一人已逃亡贵州省铜仁市。

漆晓明回忆说："那段时间，连续一个多月，我们都在跟这个案子较劲。"铜仁市是我国著名的山区城市，也是距省会贵阳最为偏远的城市，全国最陡峭的山峰梵净山金顶就位于这里。

魏和友和漆晓明到达铜仁后，在当地公安机关的配合下，研判出嫌疑人不在铜仁市区，而在下辖的沿河土家族自治县。沿河县地处铜仁市北部，距离铜仁市有近200公里，而且没有直达的火车，只能靠坐大巴车，他们在环山公路上摇摇晃晃了4个小时，才到目的地。两个人从车上下来，站都站不稳，扶着车门把胆汁都快吐出来了。

漆晓明说："到了沿河县城，天都要黑了，大巴车坐得我半条命都快没了，嫌疑人在沿河县下面一个偏远的乡镇，我跟魏队说，咱们住一晚上，稍微缓一缓，明天再出发吧。魏队说，这种案件，晚一天抓到嫌疑人，受害人财物追回的难度就增大很多。他看我实在吃不消，说让我在县城住下，他和沿河公安的兄弟去把人带回来。他是领导，自己都坚持去，我哪还好意思不去呢，只好让当地警方的同仁连夜开几个小时的山路，把犯罪嫌疑人带回沿河县城审问、羁押。"

刘勇补充说："魏队和晓明从贵州回来那天，我看他们两个眼圈都是黑的，鼻子也都是塞着的，像是患有很严重的感冒。我特意问他，'魏队你没事吧？'魏队带着浓重的鼻音说，'小事。'"

漆晓明说："我原以为回来至少能在家休息半天，没想到当天下午魏队就打电话给我，说另一名嫌疑人的藏匿地点找到了，咱们得立马动身。我们俩好不容易抢到南昌到西安的车票，下车的时候都后半夜了，当时也顾不上休息，直接奔事先掌握的嫌疑人住处，结果却扑了个空。人没抓到，只能继续找，又连续蹲守了好几天。当时天又热，晚上蚊子也多，我们躲在角落里，被咬了一身包，痒得很，胳膊上的皮都挠破了，但没办法，只好咬牙硬撑。苦等了几天之后，嫌疑人终于出现了，魏队看准时机，上去就把嫌疑人摁倒了。”

在魏和友的警察职业生涯中，除了成功侦破2013年百万盗窃保险箱案，还有2014年步行街抢劫杀人案、2015年非法融资案、2019年“猎狐行动”带队抓获境外逃犯等各类犯罪案件数百起。

在魏和友办公室的墙上，挂着一幅中国地图，近30年的警察职业生涯中，他的脚步几乎走遍了祖国的每一个角落。每一起案件的成功侦破，每一个犯罪嫌疑人的成功抓捕，都有着日夜兼程的艰辛，对魏和友来说，这种情况正常得如同一日三餐。作为一名警察，很多时候，不是在抓捕，就是在抓捕的路上。只要还有一名犯罪嫌疑人没有落网，他们就不会停下追捕的脚步。

三

朱小华是一起非法吸收公众存款案的受害人。魏和友牺牲后，媒体想联系几位案件受害人作为采访对象，经侦大队的民警问朱小华：“之前帮你们追回被骗资金的魏和友警官牺牲了，我们想邀请你来谈谈对魏警官的评价，你愿意来吗？”朱小华一听，不敢相信，反复确认：“你们说的真的是魏和友警官吗？”在反复得到确认后，她毫不犹豫地回复了两个字“愿意”。

2015年，朱小华受到一个关系十分铁的朋友蛊惑，进入一个线上投资平台。对方说这是理财，还承诺给予高额利息作为回报。刚开始的时候，朱小华每月都能拿到承诺的利息，看到平台可靠，又是最好的朋友推荐的，肯定不会有假，自己前前后后投入60多万。除了自己投，她的亲戚朋友知道后，也想跟着轻松赚钱，一群人累计投入800多万。

没想到的是，好景不长，到了第二年，利息不但没有如期到账，而且平台也突然不能正常登录了，一群人顿时傻了眼。

“那是我们一辈子的积蓄啊，要是打了水漂，以后的日子都没法活了。还有的人是背着家里人投的，要是追不回来，肯定妻离子散。”朱小华说，“我们当时想死的心都有了，多亏当时魏警官不断安慰我们，鼓励我们，让我们一点点有了信心。”

一群人哭着闹着到经侦大队报案，你一言我一语，场面十分混乱。魏和友当时是东湖分局经侦大队大队长，他先安抚住大家的情绪，再一一问清楚情况，表态说：“请大家放心，我们公安机关绝不放过任何一个犯罪嫌疑人，保证会给大家一个说法。”

天黑了，一群人也哭累了，魏和友跑到食堂，交代做饭的大姐说：“今天晚上饭菜多做点，外面一群人都没吃饭呢，别让大家饿着。”

朱小华说：“魏警官对我们的态度，不严肃，不刻板，就像是家里人，那一刻，我们绝望的心才算是得到了一丝安慰。”

案件侦破并不顺利。为了找到充分的证据，朱小华等一批受害人前前后后到经侦大队做了好几次笔录，人多的时候，经常要晚上熬夜开展工作。她说：“每次过来，遇到饭点或是晚上，魏警官从来没有让我们饿着肚子回去过。”

案情复杂，涉及的嫌疑人和被害人很多，案件侦破的周期自然也长。朱小华他们在家坐不住，一趟趟往经侦大队跑，跑一趟，没有追到钱，跑两趟，还是没有实质性结果。虽然每次魏和友都很热情，朱小华他们的信心却一点点消失。生活中，他们特别关注新闻中报道的这类案件，十个有八个都是案件破了，但损失追不回来。

作为经侦民警，魏和友比谁都清楚，对于受害人来说，犯罪嫌疑人怎么处理他们并不关心，最重要的是钱能不能追回来。

那是全家人的血汗和命。

案件的追赃挽损周期很长，从 2015 年一直到 2019 年，4 年光景，受害人一度绝望，对于投资的钱，不再抱有幻想。直到魏和友通知他们钱全部追回来了,他们听了仿佛在梦中一般。

朱小华跟几位案件受害人专门做了锦旗送到经侦大队，看到魏和友一脸憔悴的样子，他们感动得直掉眼泪。“我们自己都已经放弃了，没想到你还替我们坚持。”魏和友说：“我是警察啊，当时你们报案的时候我就跟你们承诺过，绝对不会放过一个坏人，尽最大努力帮你们追回损失。”

这起非法吸收公众存款案件，涉及南昌地区的受害人共计损失 800 多万元，在魏和友长达 4 年的坚持下，一分不少全部追了回来，这在经济案件追赃挽损中，几乎是个奇迹。

朱小华接受采访结束时，向我们提出个要求，她说：“我把魏警官牺牲的消息发到我们受害人群里，大家听了都特别难受，争着抢着要过来，除了我，还派了两名姐妹当代表，她们已经在外面等了一上午，能不能让她们也进来说说？”

我们感到很吃惊，赶紧让派出所的人出去请她们进来。一个叫余凤英，一个叫唐春丽，两人进来的时候都戴着口罩。余凤英说：“其实我们不想露面，但又特别想替魏警官说几句话，当初我们一趟趟去打扰他问案件进展情况，他从来没有一点不耐烦，每次都鼓励我们要有信心，我是背着家里人投的钱，要不是他帮我们追回损失，整个家肯定就毁了。”

唐春丽说：“这个案件虽然已经过去 4 年了，但现在我们私下里聊天，每次说起这件事，都对魏警官感激不尽，这次原本没邀请我们来，是我们自发要过来的，其实我们不想让人知道这件事，觉得有点丢人，但要是不来，总感觉有点对不起魏警官。我们就是想让你们把他的事迹报道出去，让更多的人知道他是个好人，是个好警察。”

四

魏和友喜欢读书，他的知识来源于书本，读书改变了他的命运。

1972年2月7日，冬天的风在村庄上空呼啸，南方的小年即将到来，江西省南昌市南昌县麻丘乡的一户农家小院里，迎来了一个新的生命。那是一个贫困的村庄，也是一个贫困的家庭。

父亲在魏和友10多岁的时候病逝，母亲带着一群孩子艰难度日。生活的困难并没有将这位伟大的母亲驯服，反倒更加坚定了她让孩子们走出乡村的勇气。对于乡村的孩子来说，读书是唯一的出路。

无数个清晨与落日之间，不上学的空当，魏和友会将家里的牛赶到河滩，禾苗安静地生长，牛安静地吃草，他背靠着大树安静地读书。他的哥哥姐姐们通过读书走出农村，走进城市，他们是他的榜样。“只要你肯读，妈就永远供着你。”尽管日子无比艰难，但母亲的鼓励总让他充满动力。

书中有大千世界，有理想抱负，也是情绪排解的渠道。从江西财校毕业之后，魏和友的读书习惯一直没有改变，家里的书橱里，堆着厚厚的一摞《读者》，从二十世纪九十年代到现在，一期不落，整整齐齐摆放在一起。不管是他在经侦、刑侦大队，还是在派出所当领导的时候，他都鼓励大家学习，甚至主动创造学习的空间和时间。经侦大队民警戴丽通过自学获得了在职硕士、博士学位，大院派出所内勤廖成茂顺利通过了司法考试。每次有民警拿着自己的证书跟魏和友报告，他看了比自己立功都高兴。

在魏和友的认知世界里，不会就学，不懂就问，只要能提升自身的知识储备和业务能力，主动求教并没有什么不好意思。现任东湖分局百花洲派出所教导员的杨明宇，2008年跟魏和友认识。那时候，魏和友是经侦大队副大队长，负责大案要案的办理。杨明宇说："魏和友当年办理经济案件有几把刷子，他办事心细，能发现别人发现不了的线索。他学财务出身，又当过几年会计，对于经济案件的侦破，咱不服不行。但是有一点，在后期对嫌疑人的抓捕上，他经验不足。没事的时候，他经常到我办公室来，虽然他是经侦大队大队长，级别比我高，但每次都主动找我学习后期抓捕的经验。我们也是那时候认识的，大家关系一直都很不错，生活里像铁哥们儿。"

杨明宇又说："也是在2008年，我一个亲戚被经侦大队抓了，想让我去打个招呼。我问是谁办的案子，亲戚家里人说是魏和友办的。作为警察，我明白不能干预案件办理，只是想侧面了解一下情况，毕竟是亲戚，好歹给人家有个回话，面子上也说得过去。当时，我觉得凭我俩的关系，这应该不算事，结果我刚张开嘴，他就把我给堵回去了，没留一点余地。这让我特别接受不了，我想这人怎么这样啊，太不近人情了。过了几天，案子办完之后，他专门来到我办公室跟我解释，说，我知道我这样做看似有点不近人情，也知道你生气，但这个案件比较敏感，嫌疑人跟你又是亲戚，你应该回避，咱们是警察，我把你当好兄弟，不想让你做违反原则的事情。"

说到这里的时候，东湖分局局长洪龙打断了杨明宇："不好意思，我来插两句，我认识和友这么多年，他的经历我都清楚，他的为人我十分了解，他在工作中给自己定下了三条铁律'绝不多花公家一分钱、绝不为金钱动私心、绝不用原则做交易'。他拒绝自己战友的说情，我一点也不奇怪，也正是这个原因，我才放心把他从偏远的乡镇派出所调到城区最核心的派出所当所长，他来了，我放心。”

洪局长说完，杨明宇接着刚才的话题继续说：

“等你真正了解了这个人，你会越来越佩服他。我们之间虽然很熟悉，但平日里交流的机会并不多，大家都在派出所，工作都特别忙，只有在开会的时候能遇见，趁着会前或会后的空当聊上一会儿。上一次见面，我跟他开玩笑，你知道社会上别人怎么评价你吗？说你不是一毛不拔，你是油盐不进。他说，我是穷苦出身，哪些事能做，哪些事不能做，我心里清楚，否则我没有勇气面对自己，面对这份职业，面对生活中遇到的每一个人民群众。”

五

在南昌市东湖区，除了 7 个街道和 2 个管理处，扬子洲是唯一的乡镇，辖 15 个行政村，常住居民 34000 多人，与城区相比，这里的警情算不上多，但一旦发生矛盾，如果调解不好，很容易引发姓氏族群之间的冲突。2019 年 10 月，魏和友调任扬子洲派出所当所长。那是他从警职业生涯里第一次当派出所所长，刚开始大家对他并不接受。

综合内勤谢峰说：“魏所刚来的时候我对他印象并不好，在派出所当内勤，需要做各种报表，天天加班，很烦躁，有时候遇到不了解政策的群众，因为材料不全事情办不了，以为我们是故意刁难他，站在大厅指着你的鼻子骂，心里憋着一肚子火无处发泄。魏所第一次把我叫到办公室，说，你最近情绪不对啊，以后有什么不高兴的事，可以随时到我办公室来。我以为这是领导的套路，临走的时候他还送我一本书，扉页上写着三个字‘别抱怨’，更加觉得这是他的套路。”

后来，大家朝夕相处久了，谢峰对魏和友的印象彻底发生了变化。有一天，谢峰在二楼整理材料，听到楼下很吵，探出脑袋一看，好家伙，魏和友正拿着剪刀在剪枯草，另一个副所长正爬在树上剪树枝。谢峰问："你们两个所领导一大早这是干啥呢？"魏和友说："你们老是说树上有鸟，鸟粪老是滴在车上，洗都洗不掉，我们俩这会儿没事，把树枝跟荒草修理一下。"这一刻，谢峰才发现，这个自己并不看好的所长心思竟然这么细。

说起心细，谢峰又想起另外一件事。有一次，在食堂吃饭，几个人在吐槽，说休息室里的床破旧得快散架了，女同志可能还好，男同志要是胖一点估计都能压塌了。大家当个笑话，说完就说完了。没承想，没过几天，魏所就让负责后勤的副所长把床给换了。

每次开会的时候，魏和友常说，大家能在一起工作，本来就是莫大的缘分，基层公安工作已经很辛苦了，要尽量给大家营造轻松愉快的氛围。不管是之前在经侦大队、刑侦大队，还是后来到派出所当所长，他都会把单位看成是一个家，把单位的同事看成是家里人。

值班的时候，要是没有警情，魏和友喜欢跟大家在一起闲聊，聊工作，也聊家庭。

谌贻鹤是扬子洲派出所的一名辅警，有一次值班的时候，魏和友问他："小谌，你来所里多久了？"谌贻鹤说："魏所，你是 2019 年 10 月份来的，我是 9 月份来的。"魏和友开玩笑说："那你到这儿的资格比我老啊。"魏和友说完这句话，俩人都笑了。一个所长，一个辅警，像是在家里说笑的兄弟。

谌贻鹤说："魏所跟我们聊天一点架子都没有，问我家里几个孩子，老婆做什么工作，工作上有没有想法，家里有没有困难。我当时并没有当回事，聊完就聊完了。没想到过了几天，魏所说，帮我老婆找了一份工作，去一家家具厂上班，问我行不行。我当时特别意外，当时只是随口聊天的时候说老婆还没工作，想出去找点事情做，没想到魏所全记在心上。”

谌贻鹤的妻子熊狮狮十分感谢魏和友的帮助。她说：“魏所帮我联系的家具厂，我过去看了，那边工作时间要求比较严，我家里孩子还小，想找个时间上相对灵活一点的工作，就没有去。”谌贻鹤说：“后来魏所调到了大院派出所工作，没想到他还惦记着帮我老婆找工作的事情。武商 Mall 开业前夕，他主动找到商场负责的经理，帮我老婆找到了一份朝九晚六做文员的工作，既能挣钱贴补家用，还不耽误晚上回家带孩子，每次我和老婆说起魏所，内心都感激不已。”

在大院派出所帮厨的王福英，是一位退休职工，义务在所里的食堂帮忙，算是发挥余热。王阿姨说：“魏所的餐具都是自己洗，从来不麻烦我们。他刚来没多久，看到食堂环境老旧，里里外外给改造了一遍。当初装修的时候，每到吃饭的时候，他都叮嘱我们多做些饭菜，给干活的民工兄弟都捎带上。因为食堂改造，能坐着吃饭的地方少，魏所都是让民工坐在餐桌边吃，自己端着盘子站着吃。民工师傅过意不去，魏所就说：‘我也是农村出来的，知道干体力活的苦，你们累了一天了，只有吃饭的时候能坐着歇一会儿，就别跟我客气了。’我看到有个民工眼里含着眼泪，事后他送餐盘的时候跟我说，还是头一次见这样的派出所所长。”

做事细心，是所有人对魏和友共同的评价。他带给别人的这种无微不至的体验感，时常在工作和生活中感染和感动着身边的每一个人。

“除了细心，”谢峰说，“魏所还是个很有情怀和仪式感的人。2021 年 1 月 10 日，我们人民警察终于有了属于自己的节日。有人跟魏所调侃，咱过节放假不？魏所说：‘警察全都放假了，那社会还不乱套了，老百姓过来办事找谁去呢？虽然不放假，不过待会儿有惊喜。’再问什么惊喜，魏所秘而不宣，玩起了神秘。”

那一天，快到吃午饭的时候，派出所的微信群里突然发来消息，让大家到食堂集合。大家到那儿一看，不得了，原本的三菜一汤，破天荒成了六个菜，不但加了菜，桌子上还摆上了蛋糕，上面写着“1·10中国警察节”。一个小小的仪式，顿时让食堂里充满了节日的氛围。魏所说：“大家聚过来，咱们一起合个影。”随着相机“咔嚓”一声，首个警察节在赣江边上的那个派出所里扎下了根。

后来，警察有了自己的警礼服，魏和友特意跑到镇上的照相馆，邀请专业的摄影师。除了拍合影，还给每个人拍了一张单人照。大家穿上警礼服，一个比一个精神，那笑容里写满了自信。

魏和友跟大家说，警服穿在身上，这是警察的责任；警礼服穿在身上，这是警察的荣誉。谢峰说：“在派出所的那个大家无比熟悉的小院里，在那份干得无比疲惫的工作里，大家突然对这份职业有了高度的认同感，即便我们在祖国偏僻的一隅，国家并没有忘记我们，我们和远在大城市的同行们一样，穿着同样的警礼服，肩上扛着同样神圣的职责。”

六

在魏和友工作过的几个部门，大家说起与他共事的经历，有一句高频出现的话：“你们只管大胆往前冲，只要我在现场，肯定冲在你们前面。”

喻建勇是扬子洲派出所的案件队长，回忆起2019年的一次抓捕，至今还心有余悸。

“那一天，魏所从外面开完会，刚进到派出所，看到我带人风风火火地往外走，就问我：‘建勇，你们这是干吗去？’我说，去抓个嫌疑人。魏所说：‘今天我值班，我跟你们一块去，人多了安全。’

“我们要抓的嫌疑人，住在村庄的一栋三层楼房里，几个人到达门口的时候，确定嫌疑人就在里面，魏所踹开门第一个就冲了进去。嫌疑人身高1.85米还多，体重200多斤，魏所身高只有1.65米，两个人面对面，体型悬殊。后来，几个人合力，最终才把嫌疑人控制住。事后，我问魏所，你真的不害怕吗？魏所说，‘我是所长，就得冲在最前面，要是遇到危险都让你们上，你们该怎么看我这个所长。’”

2020年7月中旬，赣江流域中下游普降暴雨，受持续强降雨及鄱阳湖水倒灌的共同影响，扬子洲镇赣江堤坝水位持续上涨，水位高达24.58米，是赣江水位有史以来第二高水位，超出警戒水位1米多，老百姓的生命财产安全受到严重威胁。

如今，时间过去3年多了，扬子洲镇圩堤管理站站长郭君荣介绍当时的情况，还难掩激动。他说当时水位太深，镇、村干部还有派出所的同志们全都上了，水位还在持续上升，受困的群众必须连夜转移。魏所带着派出所的全部民警、辅警连续干了一个通宵，协助疏散受灾群众600多人。第二天一大早，魏所顾不上休息，又开始巡查安置点的设置和水电安全问题。

在南昌地区的乡村，人们对房子有着无比深情的执着，修上一套像样的房子，是一个人一生中十分重要的事情。一定程度上说，房子就是他们的脸面，甚至比命还要重要。居住在赣江边上的村民熊某，自信地认为，自己当初建房子的时候，地基打得牢固，之前也经历过几次洪水，都没有受到多大影响，这次肯定也不会有多大事。在接到政府紧急撤离疏散通知后，熊某横竖不肯走，任凭社区民警和村干部如何苦口婆心，熊某只有两个字——不走。

水位还在上涨，熊某家的一楼已经被洪水淹没，社区民警不敢怠慢，赶紧把情况汇报给正在大堤上巡视的魏和友。

魏和友说，生命可不是儿戏，不管他们同不同意，抬也要把他们抬到安全区域。他冒着大雨，连夜乘坐皮划艇来到熊某家做工作。刚开始，熊某还是不肯走，说舍不得房子。魏和友说："你待在房子里，房子要是塌了，你命就没了；要是冲不塌，洪水也能要了你的命，你先撤到安全的地方，等洪水过了，你再回来，房子还是你的。"熊某一听，思想上有了波动，但还是有些担心，说要是都走了，家里的东西怎么办？魏和友说："我们派出所是干吗的？就是保护大家生命财产安全的，你们放心撤离，家里东西的安全我们来保护。"听了魏和友的这番话，熊某才彻底放下心来，同意带着一家五口人全部转移。

魏和友的这次成功劝离，让熊某一家免于灾难。洪水过后，因为表现突出，魏和友被南昌市公安局荣记个人三等功一次。

七

扬子洲镇三联村村民岳跃友，回忆起魏和友，对他有说不完的感谢。

1981年，岳跃友不慎将自己的户口迁移证弄丢了，在当时，我国还没有实行居民身份证制度，不管是生活在农村，还是在城市，人们对个人户籍的重视程度并没有那么高。对于证件损毁这事，岳跃友并没当回事，户口也一直没有落下来。后来，他娶了媳妇，生了两个儿子，因为自己没有户口，老婆孩子自然也就没法落户，一家人全都成了黑户。以前，孩子读小学的时候，虽然没有户口，跟村里协调一下也就上了，入学并没有受到实质性的影响。到了小升初，学位对户籍的要求十分严格，岳跃友这才意识到户籍的重要性，天天为了孩子上学的事情急得团团转。

社区民警忻军了解到这个情况，在晨会上向所长魏和友汇报了这一情况。从农村走出来的魏和友，深知读书对农村孩子来说意味着什么，那可能是他们出人头地的唯一出路。眼看孩子因为没有户口不能参加小升初考试，魏和友和岳跃友都急得如同热锅上的蚂蚁。

按照户籍政策，想要解决孩子落户的问题，首先要解决大人的户口。岳跃友本就是三联村村民，大家对他都熟悉，通过实地走访、证人做证和村里一些能证明他是本村村民的原始资料，户口问题迎刃而解。到了孩子这里，难度就大了，孩子没有出生证明，按照政策要求，没法落户。魏和友出面协调卫健委、卫计办等职能部门，联系分局和市局户政部门，多方沟通，协调落实解决途径。每增加一份有价值的材料，魏和友就赶紧要求所里的户籍民警周兰抓紧时间代办相关事宜。

周兰说："我那段时间对魏所是有情绪的，现在户籍管理要求十分严格，初次办理户口必须要有出生证明，没有出生证明，就必须要做亲子鉴定，证明孩子和大人有血缘关系，因为缺少这个硬性条件，我三次申报都被退了回来，魏所天天盯着这个事情，他这不是为难我吗？"

在当时，魏和友感受出了周兰的愤怒，等到户籍窗口不忙的时候，就找她聊天。原来，岳跃友一家在村里日子过得十分紧张，做亲子鉴定一个人要花费 1000 多元，而且父母小孩都要做，四个人加一起总共要 4000 多块钱，这对岳家人来说是一笔巨大的开支，魏和友知道他们承受不了，便想着能不能通过别的方法帮他们省去这笔费用。

在办公室，看着一脸情绪的周兰，魏和友十分温和地说："周兰，老岳家的条件你也看到了，你是城里长大的孩子，农村里孩子的苦你不知道，我不是不懂程序，也不是让你为难，只是想着尽量帮他们争取一下，尽量减轻一下他们的负担。"

周兰说："魏所语重心长跟我讲这些话的时候，我才知道他的良苦用心，再想想自己之前的情绪，心里十分愧疚，自己单纯是站在工作的角度，觉得自己做了该做的就行了，从来没有站在群众的立场考虑问题。"

魏和友想尽了办法，但没有出生证明，亲子鉴定是道无法逾越的鸿沟。最终，岳跃友一家四口都做了亲子鉴定，是魏和友为他们争取到了最大限度的贫困补助,解了岳家的燃眉之急。

魏和友一点一滴的付出，岳跃友都看在眼里，记在心里，这个和自己非亲非故的派出所所长，一趟趟往村里跑，一个部门一个部门打电话协调，为自己家的事情操碎了心，他想谢谢魏所，又听说魏所从来不在村民家里吃饭，也不收任何东西，他知道魏所长是个凡事都为老百姓着想的好人，但自己一家人作为那么大的受益者，不表示一下感谢，心里实在是过意不去。

你不去我家吃饭，我就给你送到门上。岳跃友下定决心要感谢一下魏所。扬子洲镇是南昌市的菜篮子，有着庞大的蔬菜种植基地，家家户户也都种菜，除了自己吃，多出来的就拿到集市上卖。一天上午，岳跃友背着一编织袋蔬菜来到扬子洲派出所，点名要找魏和友。

魏和友一看岳跃友和菜，心里就明白了是咋回事，说："老岳，你这是干吗？"

岳跃友说："魏所，你是我们家孩子的救星，我想感谢你，又不知道怎么谢。这些菜都是我自己种的，鱼是我自己养的，都不值钱，但新鲜得很，我不是给你一个人吃的，我是想给大家加个餐，用派出所的锅，炒给大家吃。"

魏和友看着岳跃友，一脸沧桑，心里知道，如果自己生硬拒绝了，肯定会伤了老岳的心，就对食堂烧饭的徐大姐说："今天我就破例收一回礼，让大伙都尝尝老岳的心意。"

岳跃友把编织袋里的东西一一掏出来，小青菜、萝卜菜、茼蒿、西红柿、黄瓜、茄子，应季的蔬菜应有尽有，几条鱼在地板上活蹦乱跳，像是在为一首动听的警民和谐曲卖力伴舞。

张伟是扬子洲派出所的社区队长，说起魏所，他打心眼里佩服，对于办事群众提出的诉求，魏所从不推诿，能办的立即办，一时难以办理的，想方设法办，辖区里的人提起他，个个都称赞魏所"恰噶"（南昌话"真棒"）。

有一次，一个村民来到派出所，刚开始说要报案，后来又说不报了。接待老人的民警喻建勇问咋回事。老人说家里的鹅少了两只，不知道是被偷了，还是鹅自己走丢了，自己也弄不准，本来想麻烦民警帮忙找找，一看他们这边这么忙，想想算了，说不定明天鹅自己就回来了。老人自己放弃了，喻建勇也就没再跟进。

第二天，喻建勇在晨会上提起这件事，魏和友听了，说："这个事情不管是鹅被偷了，还是自己走丢了，咱们都要进一步问一问，尽量帮老百姓找回来，人家就大老远跑过来找咱们，说明对咱们是信任的、抱有期待的。"开完会之后，喻建勇专门找到当事老人，帮他在村庄和稻田里找了半天，最终总算是找到了两只鹅。

魏和友常在开会的时候说：“像这样琐碎的事情，老百姓在意的其实不是案子破没破，而是我们有没有付出行动，有没有站在他们的角度去思考问题，帮着解决问题，有些事情即便因为各种原因没有达到老百姓的预期，看到我们确实尽力了，他们心里也是能理解的。”

八

“我的前半生交给工作，后半生交给你，等我退休之后，陪你春天去看花，夏天去钓鱼，秋天去采摘，冬天去看雪。”对涂燕政来说，丈夫魏和友的这份承诺里，充满着无尽的浪漫。她一直在憧憬老去的一天，女儿自食其力了，她和丈夫都退休了，一起去看看外面的世界。

2023 年 7 月 21 日中午，魏和友难得抽出时间，陪妻子在外面吃了一顿午饭。对涂燕政来说，这样的场景并不多。让她无论如何也想不到的是，那顿午饭，竟是她和丈夫一起吃的最后一顿饭。她还清晰地记得，分别的时候，丈夫对自己说：“老婆，我去单位啦！”谁承想，这是丈夫留给自己的最后一句话。

在魏和友的家中，涂燕政和女儿魏佳琪坐在沙发上，很长时间没说话，眼泪流了一串又一串。这个面积并不大的三室一厅，装修虽然已经有些年头，但干净整洁，最显眼的是，随处可见的书籍和柜子上摆满的荣誉证书、奖章。他先后荣立个人三等功 5 次，获嘉奖 9 次，1 次被评为优秀共产党员，两次被评为全市优秀人民警察，曾获全市优秀政法干警、全省经侦工作先进个人……一个个荣誉，见证着魏和友为公安事业做出的贡献。

在妻子和女儿印象当中，魏和友总是有忙不完的工作，在家待的时间很短，即便是坐在沙发上，也总是有接不完的电话。魏佳琪说：“看到别人家小孩都是爸爸妈妈经常陪在身边，而我身边只有妈妈，看到爸爸在家反而有点意外。”

因为陪伴得少，魏和友对女儿十分宠爱，周末难得休息的时候，就会做上一桌丰盛的饭菜，菜刚端到桌子上，他就冲着女儿房间喊：“崽啊，快来吃饭呀。”

“在我读幼儿园的时候，别的小朋友家长都是早早站在学校门口，而我每次都是站在幼儿园门口望眼欲穿，等着最后一个被接走。我常常抱怨你不关心我，你总是笑着跟我说，爸爸是警察，要去抓坏人。”这是魏佳琪在爸爸遗体告别仪式上的真情告白。她无论如何都不会想到，自己的爸爸干了近30年警察，当了12年所长、队长，自己第一次坐上警车，竟是去医院探望正在抢救的父亲。

魏和友曾对同事说，妻子在家里对他工作的支持，是他努力工作的不竭动力。当所长期间的四个除夕夜，魏和友都是在派出所度过的。大年三十的晚上，他带队上路执勤，看着城市的万家灯火，听着百姓的阖家团聚，他安慰妻子说：“老婆你看，我在外面保护大家，其实也是在保护我们的小家。”

虽然嘴上这么说，其实在内心深处，魏和友知道，对于妻子和女儿，他亏欠的太多了。

1999年，魏和友和涂燕政刚结婚，正准备外出度蜜月，车票都买好了，因为单位突然有紧急任务，只能被迫临时取消。魏和友向涂燕政保证：“老婆你放心，这个蜜月我早晚给你补回来。”没想到一拖就是20多年，如今女儿都快硕士研究生毕业了，计划还没实现。但涂燕政并不抱怨，当了这么多年警嫂，自己早已习惯了丈夫的工作模式。更何况丈夫已经承诺她，将来退休了，好好带她看看祖国，看看世界，把之前缺失的全都补回来。没想到，丈夫这次又食言了，而且是永久性食言。

涂燕政说："其实我能感觉到他对这个家的用心，只不过是他工作太忙了。尤其是今年夏天以来，他变得格外忙，休息的时间越来越少，在家也是一个电话接着一个电话。有一段时间，他的精神高度紧张，跟我说：'老婆，女儿不在家，这段时间我就先睡女儿房间吧。'我还跟他开玩笑，说他是从现在就跟我分居了吗？他说，最近在搞夏季治安整治，事情特别多，夜里电话也多，有时候突然想起一件事情，要赶紧记在本子上，要不第二天容易忘记，晚上他起床、开灯，担心影响我休息。"

因为这份愧疚，在家的时候，魏和友总是尽可能把家务活揽在自己身上："老婆，我今天不值班，碗筷等我回去洗啊。""老婆，地你就不要拖了，等我晚上回去再拖。"

涂燕政喜欢吃鱼。有一次，派出所食堂中午烧了鱼，魏和友觉得很好吃，就问帮厨的徐大姐："这鱼真好吃，你是在哪里买的啊？"徐大姐说："这是白鱼，我专门跑到镇上集市上买的，今天多买了几条，魏所你带回去吃吧。"魏和友说："那好啊，你卖给我三条，多少钱，我转给你。"徐大姐说："就几条鱼，又不值钱，魏所你直接拿走就是，还给什么钱啊。"

徐大姐说："魏所当时坚决不同意，下班后，坚持给我转了 45 块钱，才把鱼提回了家。"徐大姐说着说着就哭了："魏所多好的人啊，见到我们都是乐呵呵的，左一声大姐右一声大姐叫着，把我当自己家里人一样尊敬。他在这待了 3 年多，差 10 天不到 4 年，那些日子我都记得，我多么希望，他有一天还能回来，大口大口吃我做的饭啊。"

九

2022年10月，魏和友从扬子洲派出所调任大院派出所后，曹洪杰接任他来当所长。曹洪杰说：“扬子洲派出所原来不属于东湖分局，前些年是从另外一个分局划过来的，有种被边缘化的感觉，大家在单位的存在感不强，工作积极性自然也就不高，没想到魏所来了4年不到，硬是将扬子洲派出所从原来倒数第一梯队升格为分局前三名。他能取得这样的成绩，付出的辛苦可想而知。我们俩本来就很熟悉，到这之后，我经常跟他打电话，一聊就是20多分钟，我有时候跟他开玩笑说，你在这3年多，脸晒黑了，腿跑细了，心练红了，树种好了，把能吃的苦全吃了，能受的累全受了，我是来摘果子的。如今，他牺牲了，躺下的人为我们站着的人做了榜样。”

说起如何给魏和友定位，曹洪杰觉得用“三个员”比较合适：“首先是‘巡逻员’，魏所的皮鞋最脏，照片里的鞋子都是变了形的，他用脚步丈量过这里的每一寸土地；其次是‘安全员’，经侦、刑侦他都待过，遇到问题不害怕，扬子洲是菜篮子基地，有一次外地人来偷菜，被本地人发现了，双方剑拔弩张的时候，他敢第一个冲在前面，别看他个子小，气场可一点不小；最后是‘辅导员’，他十分爱学习，把谁都当家里人，会做思想工作，通过家访、过生日、解决家庭现实困难等一系列方式，民警、辅警工作上有情绪的、受委屈的，他能润物无声地做好心理辅导。他不但能辅导好所里的同事，还特别会化解群众之间的矛盾，我们这通往外界的唯一一座桥叫‘英雄桥’，他之前就敢喊出口号——矛盾不过英雄桥，所有的矛盾全在村里镇上层面就解决了，不给上级添麻烦，现在扬子洲已经连续几年都是群众上访零记录，我们推崇的‘枫桥经验’实实在在在这里生了根，发了芽，开了花，结了果。”

曹洪杰说：“我现在用的碗是和友留下的，我睡的床是和友睡过的，我坐的办公室是他坐过的，我正在带的队伍是他用心打造的，我必须把他的这种精神传承下来。我还记得我们之前聊天的时候，他描述我们两个人特点的一句话，他说：‘你比我差一本书，我比你差一张嘴。’他爱读书，不管是家里，还是办公室的柜子里，满满当当装的全是书。我之前做过主持人，口才比他好。他去世之后，我主动跟领导申请，组建一个魏和友同志的先进事迹宣讲小分队，走遍他工作过的地方，把他总结出的工作方法推广，把那些他做过的实实在在的事情宣传出去，让更多的人记住这个看似平凡但十分伟大的人民警察。”

魏和友牺牲后，连日的晴天突然下了一场阵雨，雨点不大，轻柔地打在城市的肩头，像是跟这片土地做最后的告别。雨水落在高山，形成溪流，浸入大地，汇入赣江，流过这座英雄的城市。身为200万人民警察队伍中的一员，魏和友的名字虽然已被黑框标记，但他的精神永远都屹立不倒，人民不会忘记，山河永远记得！

沿湖渔光

时间将近惊蛰，江淮大地开始复苏，江河日渐丰盈，兰花、迎春花、三色堇，外加陆续绽放的樱花、桃花、玉兰、美人梅，让“烟花三月下扬州”的意境重新回归到现实里的春天。地处江苏扬州城区20公里外的沿湖村，鱼塘密布，油菜花海，特色渔家宴，田园式民宿，让每一个到过这里的游客流连忘返，他们怎么也不敢相信，这个享有“国家级最美渔村”荣誉的网红小村庄，十几年前，还是周围人眼中的“渔花子村”。

一

沿湖村坐落在碧波浩瀚的邵伯湖西岸，靠山吃山，靠海吃海，靠着淮河入江水道的邵伯湖，这里的人们世代以打鱼为生，是扬州唯一的渔业自然村。刘德宝是村里的党委书记，忙完一天的工作，他都要在村子里走走看看。他是渔民的孩子，沿湖村乡村振兴的发展规划，是他的孩子。

1992年，18岁的刘德宝中专毕业，考进了当时热门的江苏油田，成了同龄人羡慕的对象。老书记金广来划着小船来到刘德宝家，说：“孩子，你是我看着长大的，也是咱们村为数不多的中专生，有文化，人品正，你能不能留在村里？”

刘德宝没说话。老书记又说：“我们这一代渔民，基本上都没文化，斗大的字不认识几个，解决问题的方式只会靠拳头，这样下去，越熬越穷。我知道这个要求对你来说太不公平，但咱们村太需要你这样的年轻人了。”刘德宝看看老书记，一脸真诚，说：“老书记，您让我想想。”

老书记走后，刘德宝一晚上没睡着，渔民的生活百态像电影画面一样一帧帧在脑海里上演：自己在渔船上出生，在渔船上长大，船上不通电，只能靠点蜡烛照亮；没有自来水，吃水就从湖里舀水，放点明矾净化一下直接就下了锅；没有娱乐方式，喝酒、打麻将成为大人们的常态，遇见矛盾，拿起鱼叉就干仗；孩子没地方上学，只能到处借读，除了学费，还要额外付借读费，有的家里拿不出这笔钱，有的父母觉得教育不重要，直接把孩子领回了家里；更让人心疼的是两三岁的孩子在船上玩，大人一个疏忽没注意到，一头栽进湖里淹死了……

第二天，刘德宝找到金广来：“老书记，我听您的，不走了！”这一留，他再也没离开过。2004 年，30 岁的刘德宝担任村党支部书记，当时的沿湖村，人穷心散，还欠了 20 多万的外债。他上任后的第一件事，就提出了一个颠覆很多渔民的观点——填塘整地，上岸定居。消息一出，村里就炸了锅：“你个毛头孩子，口气不小，谁愿意损失自己的塘，就是愿意，也得有补偿。村里穷得叮当响，上哪儿弄补偿款，上哪儿找那么多填塘的土？”

一连串的疑问，句句刚硬，直接顶在刘德宝喉咙里。人家说的没错，这些东西，村里一样也没有。关键时刻，老书记金广来站了出来，说：“先填我家的，50 亩塘，一分不留！”人群里顿时安静下来，老书记从凳子上站起来，接着说：“我退休后，咱们村六年里换了三任书记，让谁干谁不干，为啥？还不是因为穷，想想咱们的生活，想想咱们的娃，上个学都被人叫‘小渔花子’，我们对得起他们吗？只有上岸定居，才能像农民一样有自尊！”在老书记的号召下，村里的党员率先表了态，带头把自家的鱼塘退了出来。

鱼塘的问题解决了，没有资金，刘德宝一趟趟从村里出去，找人大代表建议，向镇里、区里打报告申请，早上陪星星，晚上伴月亮，第一笔资金到位，填塘工程正式启动。填塘需要大量土石方，沿湖村水多地少，没处取土，刘德宝骑上摩托车跑建筑工地和拆迁工地，好话说了一箩筐，对方才算松了口“渣土可以给你们，但你们那地方太远，运渣土的车子自己找，运费自己拿。”刘德宝立刻答应了下来，那些废旧的渣土，在他眼中，是发着光的金子，是奠定沿湖村发展的基石。

有一次，填塘工地上需要钢钎，刘德宝骑摩托去借，路坑坑洼洼，车子老旧，闸失灵了，为了躲避一辆货车，一头扎进水塘里。幸亏路过村民发现及时，把刘德宝救了上来，他腿肚子上全是血，但他先把钢钎送到工地，才去医院做了简单包扎。

三个多月到处化缘，三年打基础，十多年“愚公移山”式填塘，在刘德宝带领下，沿湖村村民用一车车土方、一把把铁锹，硬生生让600亩水塘荒滩变成了村民的宅基地，让400多户渔民结束了水上漂的生活。

二

天还没亮透彻，徐流正就从沿湖村出发了，他要趁早去物色当天食客需要的食材。

2020年1月1日起，长江流域重点水域实施十年禁捕计划，邵伯湖作为淮河入江水道之一，全部被纳入禁捕水域。这一举措，对于依靠邵伯湖水产兴盛的农家乐来说，是个不小的冲击。为了能找到好的食材，徐流正要趁早去禁捕范围之外的内河或是水库，寻找渔民新捕的渔获，稍晚一点就会被一抢而空。

相比禁捕之前，徐流正寻找食材的过程要辛苦许多，但从内心里，他感谢现在所处的时代。作为第一批上岸的"渔二代"，徐流正烧得一手好的农家菜，村里谁家办红白喜事，都是他做掌勺的大厨，尤其是渔家宴，堪称一绝。他做的"好风向手撕甲鱼"，曾一度荣获江苏省乡村美食大赛"金牌菜"。

徐流正之所以感谢这个时代，是因为沿湖村依托这样的时代得以发展，他依托沿湖村这个平台创业致富，过上了幸福生活。这还得从2010年说起。当时，徐流正刚上岸居住，刘德宝鼓励他说："咱们背靠邵伯湖，你有烧菜的手艺，老村部的房子闲着，屋子虽然破，但位置不错，你整上一个农家乐，将来咱们村搞乡村旅游，生意肯定会越来越好。"

有了刘德宝的支持，徐流正砌灶台，买炊具，打隔断，买桌椅，设备制备齐全，取名"知棠园"，挑了个好日子开业，客人却寥寥无几。渔家饭渔民天天吃，自然不会来，外面的人不知道，也不会有人来，徐流正愁得直挠头。刘德宝安慰他，这事急不来，要看得长远点。

打这以后，刘德宝每次去镇里开会，都跟周围乡村的村干部介绍："我们村现在农家乐都整起来了，地道的渔家宴，鱼虾蟹都是野生的，你们肯定没吃过！"同行半开玩笑调侃他："你们那穷地方能做出什么花样？"有人抽空去了一趟，还别说，饭馆虽然不大，老板加服务员里里外外也就两个人，但菜烧得没话说，个个赞不绝口。有了口碑，一传十，十传百，知棠园客人天天爆满，原有的空间远远满足不了现实需求。2014 年，徐流正又扩大了经营规模，扩增了十几个包厢，即便是这样，遇到周末和旅游旺季，客人要是不提前预订，肯定是一座难求。

和徐流正一样，马明斌也是上岸后创业开农家乐的渔民，他的“小马哥”农家乐，楼上是民宿，楼下当餐厅，房前的池塘里，栈桥铺路，伸向水塘中心的小岛上，散养着鸡鸭鹅。到了夏天，荷花满塘，人头攒动，农家院里客人欢声笑语。生意好的时候，一个月挣上七八万不是难事。而就在十几年前，他在自己结婚的宴席上，无意中听到妻子家的一个亲戚跟丈母娘耳语：“你咋忍心把女儿嫁到这样一个穷村子！”

如今，沿湖村历经十几年翻天覆地的变化，曾经“呆男不娶渔家女，傻女不嫁渔家汉”的时代彻底过去，现在，谁要是能娶到沿湖村的姑娘、嫁给沿湖村的小伙子，成了一件让方圆几十里羡慕的事情。

和徐流正遇到的难题一样，在禁捕政策下，野生食材难找，价格也贵，但马明斌相信这只是暂时的。他们的担心，书记刘德宝心里早就绘就了一张蓝图，就在当年，新开辟的 1000 多亩的水产基地即将投产，全村 20 多家农家乐食材问题自然迎刃而解。

三

阳光倾泻在城市书房里，倪传雪正在专注绣制一个莲蓬艾草香包。沿湖村塘多，水多，莲藕也多，从众多莲蓬中挑选出品相好看的优品，阴凉处风干，配上艾草香包，串上玛瑙，一个精致的手工挂件就成功了。这是沿湖村乡村旅游文创产品之一，除此之外，竹编花瓶、鱼篓、鱼戏莲手拎袋等，一样一样都整齐摆放在城市书房的展示柜里。

城市书房宽敞明亮，书香浓郁，集聚着咖啡店、渔家学堂、大学生社会实践基地、返乡创业培训基地。1994年出生的屠苏，参与了这里每一个项目的策划与实施。2016年，旅游专业科班出身的屠苏，成为沿湖村第一个回乡发展的本科生。那时候，村里除了知棠园和小马哥农家乐两家餐饮，基本上没有别的体验项目。相比别的同学留在城市，屠苏大学期间的几次返乡，每次回来村庄都在发生变化，当时镇里负责乡村旅游的崔副镇长和村党委书记刘德宝求贤若渴，都鼓励她毕业后回乡发展。在刘德宝看来，沿湖村最缺的不是钱，而是年轻的活力和知识改变现状的创造力。屠苏说，上大学那几年，她深切感受到了渔民上岸后的生活变化，物质上向上向好，但村子要想建得更好，需要有活的生命力，而自己所学的旅游知识能助乡亲们一臂之力。

作为沿湖村最年轻的党员，屠苏在工作上有着青年人特有的见解和前瞻性。那年元旦，一个北京游客在网上搜索邵伯湖边上哪里可以住宿，打算过年时待上几天。屠苏把这一情况汇报给刘德宝，她认为发展民宿可以作为乡村旅游的一个体验项目。刘德宝非常赞成，让屠苏联系北京客人，春节保证入住。刘德宝以村委会名义租下一户闲置的民房，日夜抢工装修，赶在春节到来之前顺利完工。北京客人入住后，十分满意，临走的时候建议说，这么好的地方，要是形成规模就更好了。后来，村里派人专程到北京的古北水镇取经，学习乡村旅游发展经验。如今，沿湖村除了餐饮、民宿、文创产品，还专门成立了沿湖村俏渔娘文旅公司，线下实体经营，线上直播带货，湖虾、米豆腐、圆虾饼、鱼圆、芡实米、虾粉，这些取材于沿湖村的美食和农副产品，通过她们的手走进了全国千家万户的厨房。

四

警车刚停稳，王浩大老远就看见刘德宝从渔文化博物馆走出来。

“书记，又来怀旧啊。”王浩是扬州市公安局邗江分局方巷派出所负责沿湖村的社区民警，嗓门大，一声招呼把鱼塘里的野鸭、野鸟吓得扑棱扑棱乱飞。刘德宝说：“路过博物馆顺便过来看看。”走到王浩跟前，刘德宝指着鱼塘里的野鸭子说：“这要是在十年前，早已经被村民煮进了锅里，你们的法治宣传功不可没。”“光靠我们宣传也不行，要是没有你们村里组建的护鱼队、护鸟队，我就是天天扯破喉咙喊也没啥用。”刘德宝用手点点王浩：“你小子，越来越会说话了。”王浩嘿嘿一笑，说：“我说的都是实话。”

作为沿湖村社区民警，王浩天天跟渔民打交道，这几年，渔民上岸后，在刘德宝的争取下，渔民全部纳入了社保，每人每月有1000多的收入，比周边的农民待遇还好，打麻将的少了，喝酒打架的也少了，尤其是全面禁捕之后，在公安机关和村里宣传过法律知识后，村民的生态保护意识明显跟以前不一样了，不但自己不再去邵伯湖打鱼捕猎，还积极参加村里的护鱼队、护鸟队，成为守护邵伯生态发展的志愿者。

渔民上岸了，生态好了，村民们日子红红火火，刘德宝心里却总觉得缺点啥。苦闷了很长时间，他终于在一条废旧的木船上找到了答案——渔民的乡愁。尤其是上了年纪的渔民，房子在岸上扎了根，他们自己却丢了魂。有一次跟老书记聊天，刘德宝问：“要是建个渔文化博物馆你们支持吗？把咱们沿湖村的发展历史和咱们渔民的文化生活展示出来，既留下了渔民时代岁月乡愁，也作为乡村旅游的一个体验点，向外界宣传咱们的渔文化。”这个想法一说，老书记给刘德宝直竖大拇指：“我这把老骨头没看错人，你说到我们这些老鱼民心坎上了，发展咱们沿湖村，还得是你德宝！”

博物馆建成后，那些渔民世代用过的渔具、流传的故事、传唱的渔歌，以实物、文字、图片或是视频的方式珍藏于这座扬州唯一的渔文化博物馆,让新时代的人们共享渔家乐的同时，也让老渔民和后代们铭记当年撑船打鱼的艰辛，从而更懂得当今幸福生活的来之不易。

如今的沿湖村，成了远近闻名的最美渔村，全国各地的游客到此打卡旅游，渔民们的生活一天比一天好，一年比一年红火。在很多人眼中，刘德宝像是一道光，给原本最贫穷的小渔村带来了光明和希望，他自己却不这么认为，作为渔民的后代，他知道大家需要什么，自己不过是借助国家对渔民政策的东风，做了自己力所能及的事，而真正发光的，是世世代代传下来的渔文化本身。也正是这个原因，他把渔文化博物馆主题取名为“沿湖渔光”。

风中的呜咽

今年的冬天跟往年不一样，立冬一过天就开始降温，冷风飕飕地直往毛孔里灌，把心里的那点热乎气吹得哇凉哇凉的。

哥哥在一个深夜打来电话，电话那头没传来他的声音，倒是听到父亲的哽咽声。哥哥很少在大晚上打电话过来，父亲这辈子也很少为人为事伤怀落泪。直觉告诉我，出事了！

顿了好几分钟，哥哥才勉强控制住情绪，说："四大爷没了！"

我不信，打电话给堂弟，电话一通，堂弟就失控了："哥，我爸没了……"

这个消息把我的心硬生生撕扯开一道口子，口子一开，风裹挟着雨，一股脑扎了进去，冷得我差点窒息，眼泪也开始不听使唤，汩汩往外冒。

四大爷走了，家里的天塌了一半。我们这辈人大学毕业后，都去了城市生活，不但自己离开了老家，把自己的父母也都带了出去。老家的大事小情，全靠四大爷前前后后张罗，我们在外面工作，他把整个家族的事打理得井井有条。

每次回老家，我都会去看看四大爷。有时候他刚好在家，看到我来，高兴得嘴角能咧到后脑勺，亲切里带着兴奋："二小回来了！"然后递给我一个小板凳，我们俩坐在院子里晒太阳、聊天。有时候他不在家，我就搬个小凳子坐在院子里等他。他从外面回来，看到我还是那句话：“二小回来了！”然后自己搬个小凳子坐过来。

侄子侄女当中，四大爷待我最亲。我在南京上学那会儿，他在那儿跑业务。他每次从老家过来，除了见客户，还会去看看我。第一次去看我的时候，他带我去吃酸菜鱼，在南师大对面的一家小馆子里，他给我挑了一碗鱼肉片，自己就着酸菜喝了一瓶二锅头。他把酒喝得那叫香，抿一口，咂一下嘴，滋滋润润的，穷日子被他过得很知足。那是我第一次吃酸菜鱼，现在十多年过去了，这道菜依然是我的最爱。

遗憾的是，四大爷不在了。

四大爷走得太突然，没有一丁点征兆，下午还骑着三轮车去镇上买过冬的煤球，晚饭后正常去跑步，走到半道上，一个跟头栽下去，再也没有醒来。

四大爷比我父亲大 2 岁，今年刚 60 岁，两人是兄弟，也是发小。小时候，父亲常跟在四大爷屁股后面：“四哥，等等我，四哥，等等我……”我们长大后，父亲跟着我们去了城里生活，想家的时候就给四大爷打个电话唠扯一会儿，问问村里的情况、家里的光景、地里的收成。

四大爷突然没有了，父亲再想家，电话打给谁呢？

接到噩耗后，我、父亲、哥哥、堂兄、堂弟、堂姐、堂妹，从北京、上海、西安、江苏、新疆、郑州马不停蹄地往家赶。那天的风很硬，一阵阵捣在胸口，痛得我喘不过气。四大爷的棺材放在房子的正中央，棺材旁坐着他的儿子，我的堂弟。堂弟原本阳光帅气，突来的变故，让他一夜憔悴了许多，眼神也暗淡了不少。我和堂弟夜里守灵，他一边烧纸一边哭，一边哭一边对我说：“向明哥，我总觉着是在做梦。”

我不知道咋安慰他，没吭声。他又说：“向明哥，我总觉着我爸一会儿就从外面回来了。”

他说完又开始哭，我控制不住，也跟着哭，我也总觉着是在做梦，眼睛死死地盯着大门，期待四大爷能从门外走过来，看见我来那么一句：“二小回来了！”

四大爷的遗体在家停了七天七夜，我盯着大门望了七天七夜，还是没听到那句熟悉的话。

出殡那天，村里来了很多人，傻二舅也来了。傻二舅没有亲人，脑袋也不灵光，没有人知道他叫什么名字，也不知道最初谁给他起的这个代号。打我记事起，傻二舅就是村里人捉弄取笑的对象，我也曾经和小伙伴拿着石子投傻二舅，看到他疼得抱头鼠窜，我们一个个幸灾乐祸笑得前俯后仰。

我上一次看到傻二舅是十几年前的秋天。那时候，四大爷种了一片苹果，我嘴馋，跟着去地里摘苹果吃。刚走到地头，傻二舅从里面出来了，嘴里咬着一个苹果，怀里还用衣襟裹着好几个。看到我们，估计是怕挨打，扔下苹果就蹿。我那时候很精干，动作麻利得很，三两步就把傻二舅摁到了地上。四大爷一把把我扯起来，从地上扶起傻二舅，把地上的苹果捡起来重新塞到他怀里。傻二舅没拒绝，抱着苹果走了，走了半道回头看了看，给四大爷鞠了个躬。

打那以后，我到外面上学、工作，十几年没再见过傻二舅，也不知道他和四大爷之间有没有别的故事。听人说，傻二舅被村里送到了乡里的敬老院。他虽然脑子不太好，但身体还算硬朗，平日里在敬老院厨房里干些杂活，一个月能有 40 块钱的补助。

谁也没有想到，傻二舅会出现在四大爷的葬礼上，他从口袋里摸出 100 块钱递到礼桌上，又对着四大爷的遗像鞠了几个躬。这一次，没人再嘲笑傻二舅，还有人给他递烟，他没接，流着泪走了，饭也没吃。

傻二舅的出现，让我的心如刀绞一样疼，原因说不上来，可能是对自己过去的自责，也可能是对亲人早逝的惋惜与痛心。

一曲曲唢呐吹得撕心裂肺，一声声哀号在初冬的冷风中响彻原野，一锹锹黄土在厚重的棺木上堆起一个新的坟冢。但我还是觉得他没走，在哗啦啦飘零的落叶里，我分明又听到了那个熟悉的声音："二小回来了！"

枣 树

故乡的宅院里长着许多棵树，椿树、槐树、榆树、枣树，零零落落地散落在院子的各个角落。其中，个头最为矮小，看起来最弱不禁风的当数那棵枣树。

枣树长在院子中间靠近屋檐的地方，看起来扭扭捏捏，就连开花都显得内敛羞涩，花朵如米粒般大小，远没有椿树花开得招摇，更没有槐树、榆树花作为食材的美味。在色彩斑斓、繁花锦簇的春天，既不争艳也不芬芳的枣花经常被人所忽视，甚至有人压根都不知道枣树也会开花。

然而，我从来没有因为枣树的不够伟岸而轻视或是鄙夷它，反而随着自己的日渐成熟，在情感上越来越尊崇和依恋它。我甚至偏爱地认为，枣树之所以长得不够高大伟岸，是因为它承受了太多生活的艰辛。

枣树是外公童年时种下的，它见证了外公的成熟，见证了母亲的成长，也见证了我从农村走向城市的点点滴滴。

每一个事物的存在，都有着它的价值，枣树也一样。春天里，枣树的花不艳不香，夏天里它的枝叶也遮不了烈日的炙烤。但一到了秋天，枣树就开始自信起来，红彤彤、沉甸甸的果实挂在枝头，秋风一吹，整个枣树的枝叶在收获的气息里左右摇摆，上下舞动，像是在向主人邀功。外公从屋檐下取出赶马车用的鞭子。“啪、啪……”几声甩马鞭的脆响过后，核桃般大小的枣如雨点般落下，有的落在地上，有的落在我们这些站在树下等着拾枣的孩子头上，大家顾不上地上的枣，一个个捂着脑袋跑得比猴子还快。外公看到我们的窘相，咧着掉了门牙的嘴巴，笑得前仰后合。

从树上打下的枣装满了五六个箩筐，也装满了我和小伙伴们身上所有的口袋。大家两只手紧紧地捂着口袋，生怕手一松，枣从口袋里冒出来。

枣一时吃不完，外婆会将枣分成两份，一份在晴日里晒干，等到春节前，做成枣花馍和枣山馍，枣花馍给我们这些小孩子解馋，枣山馍则用来供奉逝去的先人。另一份枣，外婆便差父亲背到乡镇的集市上卖。父亲常常用换到的钱给我们买上几个火烧，一路小跑往家赶，生怕到家火烧冷了不好吃。

枣树给我的童年带来了无尽的快乐和满足。在那个没有零食更没有零花钱的年代，对我们这些家庭条件不好的孩子来说，枣算得上是上等的美味了。我记得，我曾把枣分享给我儿时的玩伴，分享给我小学、初中、高中乃至大学的同学，我用一把甚至一颗枣拉近了我和同学们之间的距离。

我想，枣树和人一样，是有感情的。它陪同故乡的宅院生活了八十多年，送走了外公，送走了外婆。外公外婆过世后，枣树的产量便一年不如一年，勉强够蒸枣山馍用。蒸枣山馍的不再是外婆，换成了母亲，母亲用蒸好的枣山馍供奉外公外婆。每年春节，我都会跪在枣山馍和外公外婆的遗像前，回味我小时候的春节。

那时候的春节里，我除了能吃到枣花馍，还可以理直气壮地放鞭炮。故乡的风俗里，春节有好几个固定的时间要放鞭炮，每每这时，我都是自告奋勇地向父亲请缨，父亲也从来不会拒绝。记忆里，每年的春节，故乡都是下雪的，鞭炮放在地上，炮捻子容易潮湿形成哑炮，我习惯于把鞭炮的一端挂在枣树的枝杈上，用香点燃炮仗后以最快的速度捂着耳朵跑开。我和我的家人乃至整个世界，在爆竹声中又成长了一岁。

枣树在辞旧迎新的鞭炮声中成长到80岁。而就在前不久我回老家的时候，竟然发现枣树死了。邻居说枣树春天开花的时候就长势不好，叶子蔫蔫的，到了秋天，叶子落完，树皮竟也跟着落了，树皮一落，整棵树也就不行了。

我想，枣树是孤独死的。它曾经给一个孩子带来了欢快的童年，给一个家庭带来了丰收的喜悦；它曾见证了母亲的婚姻，也见证了我的爱情。如今，因为我从这座庭院走向异乡的城市，所有的人开始离它而去，它孤苦伶仃地守着这座被抛弃的宅院，没人再稀罕它的果实，没人再往它枝头挂上辞旧迎新的爆竹，甚至没有人再回去看上它一眼。它觉得自己没有了活着的价值，最终选择了去寻找它最初的主人。

而其实，枣树一直在我的心里；今后，它也会一直成长在我的记忆里。

火　烧

豫北地区有一种美味小吃，叫火烧。火烧的制作方法说复杂也复杂，说简单也简单，先将面粉和成面团，从面团上扯下婴儿拳头大小的一块，将面团拉长、压平，抹上油酥，撒上葱花、香料粉、五花肉丁，再把面团卷起来，用手压平，收边做成扁圆形的火烧坯，然后把火烧坯放进炉子里烧。在高温火炉中反复翻烤后，猪肉里的肥油滋润到了葱花和香料，面香、肉香、火燎香喷涌而出，二里地以外都能闻得到，香味钻进鼻孔，口水立马就出来了 。

我小时候，火烧是一种奢侈的吃食，不是说吃就能吃到的，只有到了逢年过节或是到镇上赶集的时候，小孩把大人缠磨得不行，才能如愿以偿。有的家庭困难，一分钱恨不得掰成两半花，大人舍不得买，小孩就躺在地上打滚，一边打滚一边扯着喉咙哭，恨不得把街坊四邻或是赶集的人全吸引过来。中国人喜欢看热闹，不一会儿便熙熙攘攘围了一圈，看得大人脸上有点磨不开，心里责怪孩子不懂事，不知道体谅大人的困难，却最终妥协走向了火烧摊。孩子的脸哭成了小花猫，从大人手里接过火烧便破涕为笑了，一小口一小口地咬，慢慢嚼，细细品，生怕口大了把整个火烧吞下去。一个火烧，从孩子的嘴里过一下，就是幸福的味道。

我们家里人多，劳力少，日子自然也紧巴。生活迫使父亲成了勤快人，除了种庄稼还种菜，韭菜、秦椒、白菜啥都种。农忙时节种地，农闲时节卖菜，菜有时候好卖，有时候不好卖，行情好的时候，父亲心情也好，天不黑就哼着小曲儿回家了。回家要路过镇上，父亲径直骑到路口的火烧摊前，让老板用纸把火烧包严实，然后风风火火往家赶。从镇上到我家，有三里多路，父亲恨不得把自行车蹬得飞起来。有一次，冬天下了雪，父亲骑到家的时候，纸包里的火烧还冒着热气，父亲的头上也冒着热气。父亲把火烧一掰三块，给我哥我妹还有我一人一块，火烧的香味钻进父亲的鼻孔，他喉结动了一下，催促我们赶紧趁热吃。

那时候，火烧对小孩有巨大的诱惑力，有的家长对小孩说，要是期末考试能拿到奖状，就奖励他一个火烧；有的说，只要一上午能把半亩地的草薅完，就奖励一个火烧；有的说，要是谁能考上大学，就可以一天吃一个火烧。一天一个火烧？那不是神仙过的日子嘛！很多小孩子的成绩和干农活的积极性都是在火烧的诱惑下提高的，就算是考大学，似乎都不是为了将来当这个家那个家的，好像就是为了一天能吃一个火烧！

这些年，随着社会经济的发展，火烧的身价也水涨船高，从我记忆里的五毛涨到了现在的五块，要是再夹点牛肉，就要卖到十块钱一个。我上高中那会儿，火烧卖两块钱。平日里学校是封闭式管理，只有到月底的那个周末才可以回家。学校离我家有将近二十里地，从县城坐车到镇上，车票也是两块钱。有一天我突发奇想，要是我不坐车，刚好可以买一个火烧，但要付出徒步走二十里路的代价。一边是坐公共汽车，一边是吃火烧，我权衡了一下，最终选择了火烧。

我啃着火烧穿过县城，穿过乡镇，再穿过一片庄稼地才能到我家的那个村子。学校下午六点放学，我走到家一般要到晚上八九点钟。到了秋天，玉米秆子长到一人高，里面经常藏有社会青年，专抢我们这些学生模样的人。现在想想，那时候真是嘴馋得离谱，为了吃一个火烧，竟然置危险于不顾。每次路过玉米地的时候，天都彻底黑下来了，风一吹，玉米叶子沙沙响，一听到这声音我心里就发毛，总感觉里面会突然窜出个人。我不由自主加快脚步，谁知跑得越快，心里就越害怕，越害怕还就跑得越快，先是提心吊胆地跑，后来是撒丫子猛跑。

有一次周末，我从学校出来，发现门口摆了一个书摊，摊主是个六十多岁的老人。六十多岁的人，在城市里看不出老，放在农村就不一样了，天天风吹日晒，皮肤粗糙得很，人看起来自然就老气很多。老人面前铺了几个用编织袋缝在一起的垫子，垫子上放着五花八门新旧不一的图书。

我看上一本书，他要两块五，我说两块，他不肯让价，我也不肯妥协。僵持的时候，老人突然抓起编织袋就跑，他跑得慌里慌张，书在编织袋里像羊粪蛋儿一样哩哩啦啦往外掉。我不知道咋回事，跟在老人后面拾，等我追上他的时候，他说："快点跑，掀摊儿的又来了。"我一扭头，看见两个年轻人眼看就要追上来，我一把抓过老人手里的编织袋撒腿就往前跑。他们在后面追，我在前面跑，一口气蹿出五里多地，才发现后面早没了人影。等我回头把书交给老人的时候，他很爽快地说："刚才那本书，两块给你了。"

那天，我没吃火烧，接下来的很多次回家的周末，我都没再吃火烧。我自己都不敢相信，之前为了一个火烧，宁愿跑二十里路回家，甘愿冒着被劫的风险也不坐公共汽车，现在竟然为了一本书，放弃了那么大的诱惑。打那以后，陪我穿过县城，穿过乡镇，穿过庄稼地的不再是火烧，变成了一本又一本的书。春天来了，我坐在麦地的田埂上读《平凡的世界》；夏天来了，我就坐在乡间的树荫下读《活着》。我不再害怕秋天走夜路，因为一般人根本撵不上我的速度。我放弃了一个火烧，我的精神世界里却多了路遥、余华、陈忠实……

我为了一个火烧，在城市与乡村的穿梭中，跑得越来越快。考警校的时候，除了高考分数要过线，还要过体能测试这一关，跑步测试的时候，别人见我一开始就愣头愣脑地往前冲，扯着喉咙提醒我，悠着点，悠着点，到后面再使劲。我心里有数，从开始冲到最后，甩了第二名将近半圈。

我凭着一双腿跑进了警校，跑进了特警队伍。有一次，我们奉命去围堵一个规模很大的赌场，赌场设在半山腰，包围难度很大，我们冲进去的时候，赌场一下子炸开了窝。为了逃避打击，赌徒们发了疯似的往外冲。我盯着一个“放水”（放高利贷）的追，他看起来很精干，跑步的姿势也很专业，他在前面跑，我在后面喊：“站住，站住！”他扭头冲我一笑：“傻×才站住，有本事你追我！”他在前面咬牙跑，我在后面拼命追，十多里地下去，我一个猛扑把他摁到地上上了铐。后来得知，他是某省体工队退役，专练中长跑。不过他平时训练、比赛全是塑胶跑道，而我早已习惯了在乡野里奔跑。

特警毕竟是青春饭，每年都有新鲜血液补充到这个队伍，三五年下去，体能慢慢就跟不上去了。外加之前过量的训练，我的膝盖逐渐有了毛病，先是有积液，后来到医院一查，说是滑膜炎。

离开特警的那天我伤心了很久，坐在训练场的台阶上发了一下午的呆，舍不得，又无奈。

我的第二个岗位是交警，每天要站早晚高峰，遇上警卫任务，站上半天也是常有的事，时间一长，膝盖吃不消，下班回家，爬楼疼得受不了。

有一天下早高峰，过了吃早饭的点，肚子饿得咕咕叫，去路边买了一个烧饼。南方的烧饼跟北方的火烧做法不一样，但外形上有几分相似。我在岗亭啃着烧饼，想起了老家的火烧，捎带着想起了那个书摊，想起了路遥、余华和陈忠实……

我开始尝试写作，稿子改了删，删了又改，在无数个把黑夜当白天利用之后，终于发表了几篇小文章，先是豆腐块，再是砖头块，偶尔也会在报纸上把篇幅摊成大饼。

现在想想，我特别感谢当年的那个火烧，让我的人生多了一种选择。

年味儿

扬州人的腊肉一旦晒上窗台，年关的脚步也就近了。尤其是过了腊八，家家户户陆续挂上要风干的鸡鸭鱼，年味儿便发了疯一样扒开你的毛孔，直愣愣地一头扎进你的心坎里。

初为警察的几年，基层所队里繁杂琐碎的警情忙得人焦头烂额，到了年关，值班、备勤更是铁定少不了的事，回家过年，被迫成了件奢侈的事。

母亲不喜欢城里的年，原本该是热闹的节日，反倒比往日里冷清不少，街上车少了，人少了，街边的店铺也不约而同关了门，甚至连烟花爆竹的响动都很少听到。

豫北农村的年味儿要比城市浓烈得多，每年过了祭灶，母亲回家过年的念头便开始蠢蠢欲动，知道我工作走不开，最终硬生生地把窜到嘴边的话给咽了下去，今年咽，明年咽，转眼便是五六年。

所幸的是，近两年在机关里帮忙做事，平日里虽然也忙得不可开交，但到了年关，领导和同事体谅我是外地人，给我回老家过年开了绿灯，这着实让我感动不已，母亲更是因此兴奋不已，整个人顿时精神了不少，连吃饭都比以前香甜了。

回家的日子定了，亲戚、朋友、同学、发小的电话便纷沓至来，乡情乡语在千里之外便迫不及待把我的心融化了。七八个小时的车程，我愣是一口气开到了家门口，非但不觉得累，反倒是离家越近，心里的劲越足。

左邻的两个小姑娘论辈分喊我伯伯，得知我女儿回老家过年，早早地便等在了家门口。女儿看到两个小姐姐，车刚停稳便迫不及待拉开车门跳下车，胡同里瞬间回荡起她们满是童真的欢声笑语。

右舍来年要娶儿媳妇，盖起了两层小楼，大气、干净、整洁。我家的房屋本就老旧，映衬之下更是显得寒碜了。但这丝毫影响不了我对这所宅院的深情。这正是我记忆里的老家，正是我日夜思念回味的故乡。我应该感谢这些年客居他乡的生活，让老屋逃避掉了被钢筋混凝土颠覆的宿命。老屋完好无损地保存着我近三十年的童真趣事，它像是一个技术高超的医者，每每我工作不顺或是心情烦闷时，回趟老家，在老屋里坐坐，烦恼和不悦很快便消散得无影无踪。

故乡除了能疗我精神上的伤，还成了我取之不尽的创作之源。宅院里的一草一木、一砖一瓦，都有着一段故事，故事里有祖辈，有父辈，也有我和我的女儿。我的文字为这里的一朵花开欣喜过，也曾为一棵死去的枣树潸然泪下。

父亲正把屋里的煤炉拢得火旺火旺，三五个老伙计过来吆喝他出去喝小酒，母亲自顾找她的老姐妹们东拉西扯去了。发小们知道我回家，拎一瓶酒、带几包茶、在村里的馆子打包几个小菜，许久不见的兄弟们又聚到了一起。水壶在炉火上噗哧噗哧冒着气，我们围着红彤彤的火炉喝酒、品茶、聊天，聊过去，聊现在，也聊未来。

我们这些当初最不省心的毛孩子，转眼已过了而立之年，有的做了老板，有的当了局长，也有的在四处奔波做苦力养家糊口。年月久远，身份迥异，贫富悬殊，诸多在官场和商场融不到一个圈子的人，因为发小这个特殊的身份，大家又推杯换盏地聚在一起，这是发小的特殊情感，也是年味儿的独特魅力。

我们在年味儿里享受时光、团聚亲友、催化情感，这是一种精神的放松，更是一种对幸福的追随。

可这样的年味儿，这样的情感，这样的幸福，身为警察，又能真正感受几回？